NÃO CONFIE EM NINGUÉM

Livros de Charlie Donlea

A Garota do Lago
Deixada para trás
Não confie em ninguém

CHARLIE DONLEA

NÃO CONFIE EM NINGUÉM

Tradução: Carlos Szlak

COPYRIGHT © 2018. DON'T BELIEVE IT BY CHARLIE DONLEA. PUBLISHED BY ARRANGEMENT WITH BOOKCASE LITERARY AGENCY AND KENSINGTON PUBLISHING.
COPYRIGHT © FARO EDITORIAL, 2018

Todos os direitos reservados.
Nenhuma parte deste livro pode ser reproduzida sob quaisquer meios existentes sem autorização por escrito do editor.

Diretor editorial **PEDRO ALMEIDA**
Preparação **TUCA FARIA**
Revisão **BARBARA PARENTE**
Capa e diagramação **OSMANE GARCIA FILHO**
Imagem de capa © **KAZUNORI NAGASHIMA** | **GETTY IMAGES**
Imagens internas © **REDPIXEL.PL, LUX BLUE, VECTOMART** | **SHUTTERSTOCK**

Dados Internacionais de Catalogação na Publicação (CIP)
(Câmara Brasileira do Livro, SP, Brasil)

Donlea, Charlie
 Não confie em ninguém / Charlie Donlea ; tradução Carlos Szlak. — 1ª ed. — Barueri, SP : Faro Editorial, 2018.

 Título original: Don't believe it.
 ISBN 978-85-9581-043-3

 1. Ficção policial e de mistério (Literatura norte-americana) I. Título.

18-18003   CDD-813

Índice para catálogo sistemático:
1. Ficção : Literatura norte-americana 813

Cibele Maria Dias – Bibliotecária – CRB-8/9427

1ª edição brasileira: 2018
Direitos de edição em língua portuguesa, para o Brasil, adquiridos por **FARO EDITORIAL**

Avenida Andrômeda, 885 – Sala 310
Alphaville – Barueri – SP – Brasil
CEP: 06473-000
www.faroeditorial.com.br

Para Red, pescador, pai, amigo.

DOCUMENTÁRIO: um filme ou programa de tevê baseado em um acontecimento, uma época ou uma história de vida real, ou em sua recriação, que tem o objetivo de ser factualmente preciso e não conter elementos fictícios.

— CAMBRIDGE ENGLISH DICTIONARY

Em um longa-metragem, o diretor é Deus; em um documentário, Deus é o diretor.

— ALFRED HITCHCOCK

SUGAR BEACH

SANTA LÚCIA, CARIBE ORIENTAL

Gros Piton
Jalousie Plantation – Vila de Casas e Pousadas
29 de março de 2007

O SANGUE ERA UM PROBLEMA.

Eu soube assim que o senti pingar em meu rosto. Ele escorria do contorno do couro cabeludo dele e deslizava pela mandíbula, até gotejar no penhasco de granito, primeiro em gotas vermelhas esporádicas, como os primeiros pingos de chuva de uma tempestade que se aproxima, e, depois, em um fluxo contínuo, como se uma torneira tivesse sido conectada no lugar de sua cabeça onde eu a golpeei. Foi um erro de julgamento e estratégia; uma lástima, porque até aquele momento eu agi com perfeição.

Um instante antes, na curva final de minha árdua escalada do Gros Piton, pisei numa poça de lama com as solas macias dos sapatos. A adrenalina tinha tomado conta do meu corpo, o que facilitou bastante a jornada. As endorfinas me ajudariam muito. Eu precisaria de seus poderes analgésicos para descer a montanha tão rápido quanto a subi. Matar alguém exige perfeição, *timing* e sorte. Eu esperava que esses três atributos estivessem ao meu lado nesse entardecer.

Ele ficou visível. Enquanto olhava fixamente para além do penhasco, o sol poente projetava sua sombra em minha direção como uma pantera negra pintada no solo. Ele estava de pé ao lado de uma manta que estendera sobre o granito junto a uma garrafa de champanhe e duas taças. Ao fundo, o sol se aproximava do horizonte, derramando seu brilho sobre as águas calmas do Caribe, perturbadas apenas por um veleiro cuja vela de balão luminosa se achava inflada pela brisa do entardecer.

Eram trinta metros até a água. Uma queda em linha reta, e próxima da base da montanha, que o mar não poderia amortecer substancialmente. Confirmei isso na véspera. Pensei muito a respeito à noite. Além da profundidade da água, calculei o tempo que eu levaria para alcançar o penhasco e voltar para o meu chalé. Tracei meu caminho de volta através do *resort*. Levei em consideração o inesperado. Era uma necessidade para qualquer estratégia correta. E, o mais importante, considerei quanto tempo eu passaria com ele no penhasco. Não seria muito.

De meu lugar na folhagem, dei alguns passos silenciosos para a frente até que ele ficasse acessível, perto o bastante para eu o tocar. Porém, o toque físico seria limitado nesse entardecer. O toque físico deixaria pistas, fibras e provas periciais. Minha arma me permitia manter-me a uma distância segura. Eu a ergui, fazendo uma pausa ligeira no ponto máximo do arco, no momento em que minha mão estava erguida bem acima de minha cabeça, então a abaixei em um golpe violento contra seu crânio. O contato foi vigoroso. Um ataque direto que ele não previu e provavelmente não sentiu. Além de uma sinapse ligeira que se irradiou através dos neurônios do sistema nervoso central, ele provavelmente não sentiu nada. Nenhuma dor, nenhum sofrimento. A menos que, claro, ainda estivesse consciente quando ultrapassou a beira do penhasco. Tento não perder tempo com isso.

Imediatamente eu soube que meu ataque fora muito agressivo. Meu objetivo era atordoá-lo e deixá-lo incapaz de se defender. Em vez disso, meu golpe quase o matou. Automaticamente, ele levou a mão à parte posterior da cabeça e caiu de joelhos. Esperei e observei, sem saber ao certo como as coisas progrediriam. Ele pareceu reconhecer o sangue que pingava no granito e conseguiu reunir força suficiente para se erguer, cambaleante. Antes que ele pudesse se virar, porém, dei um toque em seu traseiro com meu pé, e ele desapareceu. Não o ouvi aterrissar, nem escutei um barulho de batida na água. Não me atrevi a me aventurar até a beira do penhasco com medo de que alguém tivesse visto seu corpo caindo na direção do mar, como um paraquedista cujo paraquedas não abriu, e, na sequência, olhasse para a origem da queda e me visse espreitando.

Nesse momento, no entanto, após avaliar o penhasco, me pus a trabalhar para descobrir a melhor maneira de reparar meu erro. O sangue contaria uma história diferente da que eu esperara descrever nesse anoitecer. Levei apenas uma fração de segundo para tomar minha decisão. A carnificina sobre o penhasco era impossível de esconder. O respingo no meu rosto, porém, precisava ser enfrentado. Em uma inspeção mais atenta, notei que o borrifo correu pelo meu peito e pela minha mão esquerda. Outro acúmulo, notei, manchou minha arma de vermelho. Foi um erro infeliz; não forçado e provocado inteiramente pelo meu ímpeto. Não havia como solucionar todos esses problemas. Assim, escolhi o mais urgente — o sangue que me cobria — e arrumei uma solução. Dei as costas para o sol poente e o penhasco coberto de sangue e desci correndo a montanha, pisando na terra, atravessando o mato e descendo pela escada de pedras e bambu diretamente até o chalé.

Gros Piton
O penhasco
29 de março de 2007

JULIAN CRIST FEZ A ESCALADA DO PICO GROS PITON, NA ponta sudoeste de Santa Lúcia, em pouco menos de trinta minutos. Alcançar o cume do Piton era um programa turístico popular que ele e seu grupo haviam realizado no dia anterior. Nesse entardecer, porém, Julian subiu sozinho até o penhasco de Soufrière; um local que ele encontrara na véspera e decidira que seria um lugar perfeito para observar o pôr do sol. Tratava-se de uma caminhada fácil, que exigia pouco mais do que seguir a trilha que se estendia a partir da base da montanha. A parte mais árdua do passeio era uma subida íngreme por uma escadaria de cinquenta degraus, na encosta do penhasco, feita de pedregulhos e bambus pelos moradores de Santa Lúcia, que tornava transitável o íngreme desfiladeiro inferior.

Assim que o caminhante superasse o único desafio na subida para o penhasco, o resto da escalada seria tranquilo por uma trilha de terra que oferecia vislumbres ocasionais do Mar do Caribe e do resort na orla da praia. Era uma caminhada pitoresca, e, quando chegou à clareira, Julian soube que era o lugar perfeito para o que planejara. Ele tirou a mochila dos ombros e estendeu a manta sobre o granito liso do penhasco. Abaixo, uma vista impecável da baía dos Pitons, onde, em cerca de quarenta minutos, o sol sumiria do céu azul sem nuvens e mergulharia no horizonte.

Julian consultou o relógio. Para compensar sua tolice, o cenário precisaria estar impecável para a chegada dela. Ele quase arruinara tudo nesse dia, mais cedo. Errara ao acusá-la de algo, especialmente porque era ele quem estava escondendo certas coisas. Contudo, faria as pazes com ela esta noite.

Julian tirou duas taças de champanhe da mochila e abriu uma garrafa de *Veuve Clicquot Yellow Label*. A rolha decolou em um arco elevado e depois começou a cair, desaparecendo na beira do penhasco. Ele sentiu um frio na barriga ao observar o voo da rolha. Pela vigésima vez desde que começara a subir o Gros Piton, Julian verificou o seu bolso, esfregando os dedos nas bordas para se certificar de que não tinha perdido.

Com tudo preparado, ele ficou ao lado da manta, observando o sol se pôr. Um veleiro, com sua vela colorida enfunada pelo vento, navegava inclinando-se pela baía dos Pitons. À direita, ele podia ver a praia e um pequeno grupo reunido para assistir ao crepúsculo. Se havia outro lugar mais bonito no planeta, ele ainda não conhecera.

Julian ouviu um graveto estalando atrás de si, e se perguntou como ela pudera alcançar o penhasco sem ele perceber sua aproximação. Antes que esse pensamento fizesse seus músculos reagirem, Julian sentiu um golpe abalar seu corpo. Começou na cabeça, um impacto rápido que paralisou o tempo e congestionou seus movimentos, como se ele nadasse em óleo. Apenas o filete de sangue no cabelo e no ouvido fez com que sua mente alcançasse o presente. Então tocou o lugar na cabeça onde a onda de choque se originou, e trouxe as mãos de volta diante de si ao cair para a frente, de joelhos. De quatro, observou o sangue pingar no granito quando se inclinou mais. O sol realçou a mão direita, cujos dedos eram pontas vermelhas, que pareciam pertencer a outra pessoa.

Julian se ergueu cambaleante e deu alguns passos instáveis, dois para a frente e um para o lado, em uma tentativa de se virar. Um empurrão firme — abaixo de sua lombar — fez seu pescoço se arquear para trás e o arremessou de forma descontrolada para a beira do penhasco. Ele sentiu novamente um frio na barriga, como se estivesse observando outra vez o arco da rolha do champanhe. Uma imagem distorcida da encosta da montanha, exuberante com a folhagem verde, tomou conta de sua visão durante três segundos. Em seguida, o mar surgiu e o absorveu.

No penhasco, o sol poente realçava o sangue derramado e projetava no granito sombras da garrafa de champanhe e das duas taças, que se estendiam pelas rochas. Três objetos inanimados atraindo toda a escuridão oposta de suas sombras a partir da claridade do sol, até uma hora depois, quando se apagaram e se fundiram na noite.

Sala do tribunal
Suprema Corte de Santa Lúcia
Nove meses depois

A REPÓRTER DA NBC, DIANTE DA CÂMERA, SEGURAVA O microfone, com a sala do tribunal da Suprema Corte de Justiça de Santa Lúcia enquadrada bem atrás.

— Três, dois, um — disse o operador de câmera, fazendo a contagem regressiva, e apontou para a repórter.

— Acabamos de receber a informação de que os jurados voltaram a se reunir para deliberar a respeito do destino de Grace Sebold. Foram longos nove meses para a família de Julian Crist em busca de justiça para o seu filho, que foi morto aqui em Santa Lúcia em março passado. Estudante do quarto ano da Faculdade de Medicina de Nova York, o corpo de Julian Crist foi encontrado na manhã de 30 de março na famosa Sugar Beach, onde ele e seus colegas de turma se reuniram no recesso escolar de primavera para celebrar o casamento de uma amiga. Primeiramente, os detetives acreditaram em uma queda acidental de um dos famosos montes gêmeos de Santa Lúcia, Gros Piton, mas logo começaram a suspeitar da ocorrência de um crime. Após apenas dois dias de investigação, Grace Sebold, estudante de medicina e namorada de Crist, foi presa em Santa Lúcia e acusada do assassinato. Um julgamento tenso, com fortes emoções, se seguiu na Suprema Corte de Justiça de Santa Lúcia. Hoje, o destino de Grace Sebold será decidido por um corpo de doze jurados. — A repórter pôs o dedo no ouvido e deu a informação que acabara de receber: — O júri está voltando. Vamos levar vocês até a sala do tribunal para o veredicto.

A equipe de produção passou a transmissão para o interior da sala do tribunal, que estava lotada de espectadores acomodados nos bancos como um culto de domingo movimentado. Os repórteres e os operadores de câmera da CNN, da BBC e da FOX News se amontoavam na parede dos fundos. Os jurados retomaram seus lugares, e a sala zuniu com uma agitação silenciosa, quebrada vez ou outra pelo disparo das câmeras, com os obturadores abrindo e fechando conforme os fotógrafos tentavam capturar cada gesto e expressão facial. Rompendo o silêncio, uma porta lateral se abriu e um policial entrou conduzindo Grace Sebold. A imprensa, frenética, disputava o melhor ângulo para tirar uma foto da enigmática Grace, descrita nos últimos três meses como uma combinação de médica de futuro brilhante e assassina cruel.

O policial levou Grace até seu advogado, sentado a uma mesa diante do juiz. O advogado ficou de pé quando Grace chegou e sussurrou algo em seu ouvido. Ela concordou sutilmente.

O magistrado pediu silêncio com três batidas sonoras de seu martelo.

— Esta é a Suprema Corte do Distrito Sul de Santa Lúcia, presidindo o caso de Santa Lúcia *versus* Grace Sebold — o juiz afirmou e dirigiu o olhar para os jurados. — Representante dos jurados, o júri chegou a uma decisão unânime a respeito desse caso?

— Sim, meritíssimo — um homem de meia-idade respondeu, segurando uma pasta.

O policial pegou a pasta do representante dos jurados e a entregou ao juiz, que a colocou sobre a superfície na sua frente. Sua expressão facial permaneceu impassível quando ele abriu a pasta e leu o veredicto em silêncio. Em seguida, observou a sala lotada.

— Pedirei a todos os aqui presentes nesta manhã que respeitem a Suprema Corte, abstendo-se de reações emocionais após minha leitura do veredicto. Além disso, peço para a imprensa permanecer em seu lugar e não cruzar nenhuma das barreiras que foram montadas. — O juiz baixou os olhos na direção do veredicto e fez uma pausa breve antes de fixar o olhar em Grace Sebold. — Senhorita Sebold, por favor, levante-se.

Grace obedeceu, e sua cadeira emitiu um guincho terrível quando deslizou pelo chão ladrilhado.

— No caso de Santa Lúcia *versus* Grace Sebold, a respeito da acusação de homicídio de primeiro grau, o júri considerou a acusada: culpada — o juiz afirmou.

Um murmúrio atravessou a sala do tribunal; uma combinação de aprovação da família e dos partidários de Julian Crist e de choro e suspiros dos pais de Grace Sebold.

— Por ordem da Suprema Corte, você, Grace Janice Sebold, foi considerada culpada de homicídio qualificado e será encaminhada para a Penitenciária de Bordelais para aguardar a sentença. Senhorita Sebold, você entende inteiramente as acusações impostas contra você e as possíveis penalidades por ser responsabilizada pelas supracitadas acusações?

Grace murmurou um *sim* quase inaudível.

— Gostaria de se dirigir à corte ou aos jurados, como é o seu direito?

Grace fez um gesto negativo com a cabeça e murmurou de novo. *Não.*

O juiz bateu o martelo mais três vezes enquanto o advogado de Grace Sebold tentava ampará-la. O peso de seu corpo sem energia o impressionou, e ele a acomodou na pesada cadeira de madeira que quebrara o silêncio da sala alguns momentos antes. O policial se aproximou rapidamente dela e a ergueu pelo braço para levá-la de volta para a cadeia.

Apesar das contínuas batidas de martelo do juiz, os repórteres gritavam perguntas para Grace enquanto ela deixava a sala do tribunal.

— Você fez isso, Grace?

— Você é culpada?

— Vai apelar da decisão, Grace?

— Está arrependida do que fez?

— Quer dizer alguma coisa para a família de Julian?

Um repórter particularmente incontrolável avançou até a frente da barreira e inclinou-se sobre o parapeito de mogno para chegar o mais perto possível da porta lateral. O policial arrastou Grace até a porta aberta.

— Grace! — o repórter chamou com uma urgência que chamou a atenção dela e a fez olhar para ele. Quando os olhares se encontraram, o repórter empurrou o microfone sobre a barreira, reduzindo a distância entre ele e Grace para apenas trinta centímetros. — Por que você matou Julian?

Grace piscou ante a rudeza da indagação. O policial afastou o microfone com força e empurrou Grace pela porta lateral, deixando para trás os jornalistas que berravam e suas câmeras estridentes.

PARTE I

O DOCUMENTÁRIO

1

Aeroporto Internacional de Hewanorra
Santa Lúcia
Março de 2017
Dez anos depois

AO TERMINAR DE DIGITAR, SIDNEY RYAN SALVOU O
arquivo, fechou o laptop, estendeu o braço sob o assento e o colocou em
sua bagagem de mão. O estalo nos ouvidos lhe revelou que tinham come-
çado a descer. Ela tirou uma pasta grossa da bolsa, abriu-a e apanhou a
carta que desencadeara sua viagem.

Querida Sidney,

Faz um bom tempo. Quinze anos? Parabéns por todo o seu sucesso. Acompa-
nhei sua carreira, como você pode imaginar, com muita atenção. Você é uma heroína
para aqueles que não podem ajudar a si mesmos. Como tenho certeza de que você está
ciente, seus feitos ecoaram muito além daqueles que se beneficiaram diretamente.
Para aqueles como eu, cujos destinos foram traçados há muito tempo, você dá espe-
rança de que as coisas ainda podem mudar.

Assumirei que você conhece a minha história. E espero que esta carta chegue
às suas mãos. Literalmente, você é minha última chance. Esgotei a possibilidade de
apelações. Aqui é diferente dos Estados Unidos. Aprendi muito sobre o sistema judi-
ciário de Santa Lúcia na última década. Não há mais brechas a encontrar e não há
mais formalidades a seguir. Desse ponto em diante, só posso contar com uma coisa
para me ajudar: um reexame das provas. Sem isso, passarei minha vida aqui. E a
cada ano que passa, parece que cada vez menos gente está olhando para o meu caso.
A esta altura, parece que ninguém se lembra de mim além de minha família.

Estou escrevendo para você, Sidney, para pedir que considere ajudar uma
velha amiga. Claro que entendo que nenhuma promessa pode ser feita. E não tenho

como oferecer-lhe alguma compensação. No entanto, ainda me pego escrevendo para você. Não tenho mais ninguém a quem pedir.

Meu advogado e eu podemos lhe fornecer todas as informações a respeito de meu caso. Talvez, se você o examinar totalmente, veja o que muitos outros perderam.

Obrigada, Sidney, por qualquer coisa que você possa fazer por uma velha amiga.

Atenciosamente,

Grace Sebold

Sidney dobrou a carta e olhou pela janela. O avião fez uma curva suave e deu a impressão de estar pronto para pousar no mar quando a pista apareceu e o Airbus 330 aterrissou em segurança. O avião taxiou durante cinco minutos e parou junto às portas do terminal. Todos a bordo abriram os compartimentos superiores e pegaram as bagagens.

Sidney atravessou a porta de saída do avião e pôs os pés no patamar da escada, onde o úmido ar caribenho logo fez sua pele brilhar. Ela desceu a escada até o pavimento e sentiu o calor do asfalto subir em chamas invisíveis ao seu redor. A equipe de filmagem cuidou dos equipamentos, e ela se dirigiu ao terminal. Trinta minutos depois, após passar pela alfândega, Sidney acomodou-se no assento traseiro do táxi, e o motorista pôs-se a percorrer os caminhos sinuosos que cortavam as encostas das montanhas de Santa Lúcia.

Na maior parte do percurso de sessenta minutos, as colinas exuberantes cobertas de floresta tropical passaram pelas janelas do táxi. Finalmente, o motorista engatou uma marcha mais reduzida, e o veículo avançou com dificuldade por aclives bastante íngremes. Ao chegarem ao topo do precipício nos arredores do resort que fica aos pés dos montes Piton, o oceano apareceu no vale. No meio da tarde, a água apresentava um resplendor esmeralda. De tão elevado ponto de observação, parecia quase caricatural. Na área próxima à praia, o mar refulgia cobalto, que se fundia com um azul-marinho mais distante da costa.

O motorista começou a descida para o vale em direção ao Sugar Beach Resort. Em contraste com o percurso até aquele ponto, que incluiu diversas subidas íngremes vencidas pelo cansado motor do táxi, a descida ao vale se compôs de um constante ranger dos freios e curvas fechadas.

Quanto mais desciam, mais altos os picos vulcânicos gêmeos de Gros Piton e Petit Piton se erguiam nos dois lados. A natureza pré-histórica das montanhas íngremes deu a Sidney a sensação de estar tomando o rumo do *Jurassic Park*.

Enfim, o táxi venceu a última curva, e os altos portões de ferro se abriram quando ele se aproximou da entrada do *resort*. Mais uma vez, a umidade assaltou Sidney quando ela desembarcou do veículo.

— Senhorita Ryan, bem-vinda a Sugar Beach — uma funcionária a cumprimentou, estendendo um cesto de toalhas de mão.

Sidney pôs a toalha na nuca.

— O pessoal vai cuidar de sua bagagem — a mulher afirmou com um agradável sotaque caribenho. — Sua empresa já providenciou o *check-in*. Então, seu quarto está à espera.

Sidney seguiu a funcionária por um caminho margeado por árvores, com as sombras oferecendo um alívio para o calor. Durante a caminhada, a jovem apontou para alguns pontos de referência.

— Esse caminho leva ao spa — ela afirmou, indicando —, que tem renome mundial e é altamente recomendado. Foi construído no meio da floresta tropical.

Sidney sorriu, observando as estruturas semelhantes a uma casa de árvore construídas no interior da mata e as escadas de madeira em caracol.

A mulher indicou outra direção.

— Aquele caminho dá na praia.

Os ramos das palmeiras pendiam sobre a longa passagem de paralelepípedos. Suas pesadas folhagens sacudiam sob a ação da brisa do mar até o extremo do caminho, e de onde estava Sidney podia ver um ponto brilhante de sol e ondas espumosas.

Elas fizeram mais uma curva.

— E aqui está o seu chalé.

A mulher abriu a porta e deu passagem a Sidney para o elegante aposento, com móveis brancos perfeitos. O piso de cerejeira escura brilhava com a luz do sol que entrava pelas janelas e pelas portas francesas.

— O bar está bem abastecido: água, sucos e refrigerantes. Bebidas destiladas também. Sua bagagem chegará em breve.

— Obrigada. — Sidney olhou de relance para a plaqueta do lado de fora da porta: 306.

— Sim — a funcionária afirmou, identificando a pergunta nos olhos de Sidney. — Este foi o quarto em que ela ficou.

Sidney assentiu.

— Por favor, entre em contato se precisar de alguma coisa.

— Obrigada.

Sidney fechou a porta do chalé e ligou o ar-condicionado para refrescar o corpo e conseguir desgrudar a blusa da pele. Percorreu o quarto com o olhar, observando o piso de madeira polido, as acomodações confortáveis do banheiro, o terraço banhado pelo sol e a elegante cama com dossel com uma manta branca. Passou a mão pelo cobertor grosso antes de se sentar na beirada.

Dez anos antes, Grace Sebold dormira naquele mesmo quarto na noite em que Julian Crist fora morto.

2

LADEADOS PELOS JARDINS TROPICAIS, SIDNEY E SUA EQUIPE atravessaram os caminhos sinuosos do *resort* que levavam até a praia. Assim que passaram pela piscina, os tênis de Sidney afundaram na areia. Ao redor dela, os picos gêmeos se projetavam na direção do céu: à direita e ao norte, o Petit Piton; à esquerda e ao sul, o Gros Piton. Entre os dois picos, havia um trecho de quase duzentos metros de areia branca que cintilava sob o sol quente. Mais perto da água, a areia era mais escura, onde a rebentação a deixava com uma cor de caramelo molhado.

— Senhorita Ryan? — um jovem caribenho perguntou, aproximando-se.

— Sidney — ela respondeu, estendendo-lhe a mão.

— Darnell. Serei o guia hoje, seu e de sua equipe. Vocês estão prontos?

Sidney concordou, olhou para trás, na direção da equipe de filmagem, e apontou para os Pitons.

— Filme os picos, pessoal. Algumas tomadas da base até o cume, com o céu coberto de nuvens. Talvez um *time-lapse* para conseguir uma tempestade tropical passando. Pode ser uma boa chamada: um belo cenário e, de repente, uma tempestade violenta. Tomadas aéreas funcionariam bem se pudéssemos incluir no orçamento. — Sidney, então, olhou de volta para Darnell. — A caminhada é difícil?

— Até o topo? — ele quis saber, sorrindo. Seus dentes eram grandes e muito brancos. — Sim. Para o penhasco de Soufrière? Fácil.

— Fácil?! — Sidney estranhou.

— Sem problemas. — Darnell apontou para o bíceps de Sidney e, depois, para o próprio, e deixou escapar uma risada jovial. — Confie em mim. Sem problemas.

Trinta minutos depois, eles tinham preenchido a papelada necessária e assinaram as autorizações exigidas para participar de uma caminhada guiada de subida até o Gros Piton. O trajeto até o topo envolvia uma excursão que levava mais de quatro horas. Até o penhasco onde Julian Crist foi morto, eram necessários mais trinta minutos de caminhada por uma trilha estreita ladeada por folhagens pesadas, com vistas ocasionais da baía dos Pitons ao norte e da vila de casas e pousadas ao leste.

Sidney e sua equipe estavam no meio do caminho para o penhasco quando alcançaram uma escada de pedregulhos ladeada por um corrimão de bambu improvisado. Ao longo dos anos, a estrutura foi reforçada com corrimãos adicionais e algumas pedras. O arranjo artificial atravessava um desfiladeiro íngreme que seria muito desafiador para superar.

Quando se aproximaram da escada jurássica, Sidney perguntou:

— Darnell, esta parte da caminhada mudou ao longo dos anos?

— Não. É a mesma de sempre.

— Então, dez anos atrás, era a mesma escada?

— Sim. Igualzinha.

Sidney se dirigiu à sua equipe:

— Filmem isso de baixo para cima e, depois, de cima para baixo. Capturem um relato em primeira pessoa da subida pela escada, mas sem ninguém no quadro. E me cronometrem durante a subida. Façam mais algumas tomadas e tirem uma média de quanto tempo leva andando, correndo levemente e correndo a toda a velocidade.

Sidney seguiu Darnell pelos pedregulhos; a primeira parte vigorosa da caminhada do dia. Sob uma temperatura de 32°C e 100% de umidade, sua regata já estava encharcada na metade da escada.

Sidney tinha trinta e seis anos, era saudável e estava em boa forma física, e ainda assim precisou da ajuda do corrimão de bambu para chegar ao topo. Porém, considerou que, dez anos atrás, Grace estava com apenas vinte e seis — visto que ambas tinham a mesma idade — quando supostamente fez aquele mesmo trajeto.

O íngreme aclive em direção ao topo exigiu que ela pegasse os corrimãos com as duas mãos, uma de cada lado. Uma vez ali, inspecionou o patamar e, depois, voltou para baixo. Ao pé da escada, pegou um tripé de um dos membros da equipe, estendeu-o até o comprimento total, colocou-o no ombro e repetiu a subida pelos pedregulhos com apenas uma mão disponível para pegar o corrimão de bambu.

Enfim, satisfeita com seus testes, Sidney encontrou Darnell sentado sob a sombra de uma árvore.

— Quanto falta?

— Não muito. — Darnell se ergueu e retomou a caminhada. — Alguns caminhos em zigue-zague.

Sidney seguiu Darnell pelo caminho estreito de terra até que venceram a última curva. Então, depois da folhagem apresentou-se uma clareira e o penhasco ficou visível: um granito bege liso que refletia o sol vespertino. Sidney caminhou até lá, já visualizando como poderia apresentar essa cena majestosa e trágica.

— É o penhasco? — ela perguntou, andando com cuidado sobre ele.

— Sim. — Mais ousado, Darnell se dirigiu, destemido, para a beira.

— Ele chegou aqui e despencou até a água. — Apontou para a beira e depois bateu as palmas das mãos.

Sidney parou a poucos metros da beira, inclinou-se e lançou um olhar hesitante além do limite. Sentiu o estômago embrulhar. Era uma longa queda.

Ela olhou para trás. A equipe de filmagem vinha chegando, depois de filmar a escada nos ângulos que ela pedira. Sidney aproximou-se de Leslie Martin, sua parceira de produção, e se virou para observar a clareira, o penhasco e a vista imaculada da baía dos Pitons cintilando sob o sol vespertino. Ela abriu bem os braços.

— Preciso de um plano geral dessa vista. Uma perspectiva em primeira pessoa, vencendo a curva e vendo o penhasco, a clareira e a baía. Também precisaremos fazer uma tomada ao pôr do sol, com o sol no fundo e longas sombras avançando na direção da câmera. Ele foi morto mais ou menos nessa hora.

— Posso visualizar a chamada. — Leslie refletiu. — Deslumbrante, mas assustadora.

Sidney prosseguiu.

— Estenda uma manta aqui também. Com uma garrafa de champanhe e duas taças. Enquadramento em câmera baixa, ok? Nível do solo, com os copos em primeiro plano e o sol poente atrás deles.

— Você é um gênio. Adoro — Leslie disse.

— O garoto caiu no mar há muitos anos — Darnell interrompeu. — Qual é o interesse depois de tanto tempo?

— Pesquisa.

— Para um livro?

— Não, para um filme.

— Um filme? — Darnell tornou a sorrir.

— Um documentário.

Sidney voltou a caminhar sobre o penhasco enquanto a equipe se preparava para filmar a área onde Julian Crist foi morto. Ela aproveitou aquele momento a sós e observou o mar e, depois, a praia, onde os turistas passeavam de mãos dadas, com seus passos se derretendo na areia.

— Tudo bem, Santa Lúcia. Me conte sua história.

A GAROTA DE SUGAR BEACH

EPISÓDIO-PILOTO
BASEADO EM ENTREVISTAS COM TESTEMUNHAS DA CENA

Eles estavam celebrando em Santa Lúcia e escolheram essa manhã, o dia de seu vigésimo aniversário de casamento, para assistir ao nascer do sol. Com os contornos escuros dos montes Pitons gêmeos se projetando em cada lado da praia, como guardas de ombros largos em vigília noturna, o casal embarcou em seus caiaques antes do amanhecer. O céu ainda estava escuro, e o luar era a única luz que os guiava enquanto sua claridade acinzentada caía suavemente sobre a baía dos Pitons. Sugar Beach, situada no lado oeste da ilha, era o local perfeito para o pôr-do-sol. Para observar o nascer do dia, os turistas precisavam vencer quase vinte quilômetros de terreno montanhoso para alcançar o lado leste de Santa Lúcia. A outra opção era por mar. Um percurso de oito quilômetros sobre águas calmas levava os turistas para o extremo sul da ilha, logo depois de Vieux Fort, e apresentava uma vista irrestrita do horizonte oriental.

Eles acenderam suas lanternas de cabeça quando partiram na escuridão, seguindo a costa em torno do Gros Piton, e ficaram a cinquenta metros da costa, mantendo um bom ritmo de quase três nós de velocidade. Tinham treinado duro muitas vezes antes. Mantinham uma formação em conjunto, com ele na frente dela. Após uma hora remando, a negridão da noite se dissolvia à medida que uma claridade azulada tomava o céu. Depois de quase cinco quilômetros, ele recuou e permitiu que ela assumisse a dianteira até que a parte sul da ilha se afastasse deles para o sudeste. Aqui, eles mantiveram a navegação em linha reta, que os levou para mais longe da costa, um caminho mais direto que acabou proporcionando uma linha de visão clara para o horizonte.

Quando passaram por Vieux Fort, flutuando no meio do Mar do Caribe, juntaram os caiaques e beberam a água de suas garrafas. A respiração deles voltou ao normal exatamente quando o sol emergiu do mar. Uma visão magnífica, com a ponta do sol rompendo o horizonte e o casal inclinado sobre as bordas de seus caiaques e se beijando.

Depois de dez minutos, o sol brilhava, e seu reflexo se espalhava a partir do horizonte, capturando os caiaques em sua luz. O casal deu meia-volta e começou a viagem de volta para Sugar Beach. Os picos gêmeos a distância atuavam como seu instrumento de navegação. Com uma constante corrente marítima noroeste, o casal levou apenas pouco mais de uma hora para chegar ao sopé do Gros Piton, remando ao redor dele. Uma curva final, e a praia ficou visível. Ainda era muito cedo para o início das atividades do *resort*, por isso a praia estava vazia, exceto por alguns caminhantes madrugadores. As barracas estavam livres, e os bangalôs, sem atividade. Alguns funcionários montavam espreguiçadeiras e levavam louça e artigos de vidro para o bar da praia.

Ela moveu o remo do caiaque no lado esquerdo. Depois, moveu-o no lado direito. Repetira o mesmo processo nas últimas três horas. Dessa vez, porém, o remo não deslizou suavemente pela água, mas golpeou um objeto sólido. Ela estremeceu, assustando-se com o fato de que um animal marinho estava pronto para emborcar o caiaque. Porém, quando olhou para a água, viu imediatamente que não era um animal.

Seu grito quase bastou para derrubar o marido, que, alguns metros à frente, se preparava para desembarcar do caiaque e entrar nas águas rasas de Sugar Beach. Ele fez uma meia-volta rápida enquanto sua mulher, histérica, batia com o remo na água em um esforço para fugir.

Ao chegar ao lado dela, ele sentiu o estômago embrulhar. O corpo flutuava de bruços, com os braços e as pernas estendidos como um paraquedista no meio do voo. Um torvelinho de sangue enturvava as águas cristalinas do mar.

3

—QUAL É O SEU INTERESSE, SENHORITA RYAN? – O INSPETOR
Claude Pierre perguntou.

Alto e magro, com cabelo tão curto que o couro cabeludo era visível, Pierre comandava o departamento de investigações da polícia de Santa Lúcia havia duas décadas. Nascido e criado na ilha, ele era produto do país e de seu sistema educacional, sendo um exemplo de como o trabalho duro e a determinação podiam levar alguém ao ápice de sua profissão. Era o representante da lei ali, em uma pequena ilha, mas poderia estar em qualquer grande cidade dos Estados Unidos. Sidney fizera sua investigação a respeito do inspetor Pierre e sabia que ele tinha muito orgulho de sua terra natal e de seu papel nela.

— Estou fazendo um documentário sobre Julian Crist e procurando qualquer pessoa que tenha informações a respeito do caso. Qualquer uma que seja capaz de fornecer detalhes.

— Qual é a natureza do documentário?

— Contar a verdade sobre o que aconteceu com Julian Crist. Irá ao ar nos Estados Unidos. Estou em Santa Lúcia em uma missão de averiguação para coletar detalhes do caso e fazer algumas filmagens. Meu estúdio me concedeu um orçamento enxuto para trazer minha equipe até aqui e ver se há o bastante para a realização do trabalho.

— Bastante do que, senhorita Ryan? O caso de Julian Crist foi encerrado há muitos anos. A verdade já foi contada.

— Bastante controvérsia — Sidney afirmou.

O inspetor Pierre sorriu.

— Não tenho certeza de que chamaria de "controversa" a morte trágica de um jovem. Suponho que a senhorita esteja procurando algo mais *perturbador* do que qualquer outra coisa.

Sidney estava à procura de algo mais do que uma história perturbadora. Ela buscava furos no caso. Coisas que podiam não ter sido percebidas pelo inspetor Pierre e seus assistentes. Ela buscava pistas que confirmassem a história que lera nas centenas de cartas que Grace Sebold lhe enviara nos últimos dois anos, em que alegava sua inocência e dava muitos exemplos de como o caso fora tratado de modo inadequado. Então, ela estava à procura de algo perturbador? Sidney nunca diria que histórias perturbadoras não vendem, mas o que ela procurava era algo que pudesse levar aos seus chefes da emissora de tevê que os convencesse de que uma grave injustiça ocorrera.

Sidney ficou encarregada da montagem do episódio-piloto do documentário proposto a respeito de Grace Sebold. Então, a emissora decidiria se daria ao projeto uma temporada de verão após ver a primeira edição. Aquele seria o quarto documentário de Sidney — supondo que ela conseguisse emplacá-lo. Seus dois primeiros filmes foram transmitidos apenas *on-line* através de um serviço de assinatura, e seu terceiro foi apresentado no *Events*, programa jornalístico do horário nobre; a primeira incursão de Sidney na televisão. Ela fizera todo o trabalho — filmagem, roteirização, produção do especial com uma hora de duração —, mas só para desempenhar um papel secundário em relação a Luke Barrington, o rosto da programação da emissora no horário nobre, que insistiu em narrar a edição especial e, no final das contas, recebeu a maior parte dos créditos pelo sucesso do documentário. No entanto, a emissora gostou do trabalho de Sidney, e a contratou para a realização de outro filme. Seu projeto era um filme biográfico sobre a vida de Grace Sebold, incluindo a história de amor da garota com Julian Crist, a condenação pelo assassinato do rapaz, os dez anos passados na prisão de Santa Lúcia e as alegações de inocência em relação ao pavoroso crime. No entanto, para conseguir a aprovação do projeto, Sidney precisaria demonstrar que o caso fora conduzido de modo inadequado. Que o governo de Santa Lúcia atribuíra a ela um crime que Grace não cometera; que fizera suposições e incorrera em erros, dez anos atrás, que custaram a liberdade de uma mulher inocente.

Sidney não compartilharia nada disso com o homem responsável por colocar Grace Sebold atrás das grades. Para manter escondida de Claude Pierre sua verdadeira motivação, ela concentraria suas perguntas em Julian Crist.

— Perturbador ou não, inspetor Pierre, estou à procura de fatos — Sidney disse, por fim. — Faz dez anos que esse garoto foi morto. Infelizmente, os Estados Unidos se esqueceram dele.

Na maior parte, essa afirmação era verdadeira. Os Estados Unidos *tinham* se esquecido de Julian Crist, mas não de sua morte. A cultura popular americana recordava somente que um jovem estudante de medicina havia sido morto em Santa Lúcia e que sua namorada fora condenada por seu assassinato. Julian Crist era uma nota de rodapé na história de Grace Sebold. Ela roubara as manchetes na última década. Suas apelações e seus gritos de injustiça foram estridentes. Os Estados Unidos a conheciam como a garota presa em um país estrangeiro, acusada de um assassinato que ela alegava não ter cometido.

Alguém condenado alegando inocência não era algo novo. Muitos criminosos condenados recorreram diversas vezes de suas sentenças. Mas só alguns fizeram sua voz ser ouvida. Aqueles que seguem as notícias a respeito dos condenados por engano conheciam muito bem Grace Sebold. De fato, diversos sites foram criados para provar sua inocência. Doações foram coletadas para ajudar a montar sua defesa. Ela teve a sorte de chamar a atenção do Innocence Project, uma organização que trabalhava para anular as condenações daqueles que se sentiam acusados por engano e sentenciados injustamente. Essa organização tomara Grace Sebold sob sua proteção havia alguns anos e organizara mais de um ataque contra o sistema judiciário de Santa Lúcia. A organização denunciou o uso de técnicas ilegais de interrogatório e de falsos testemunhos de peritos para conseguir uma condenação. Segundo a organização, o governo de Santa Lúcia quis solucionar rapidamente o caso da morte de Julian Crist, para que a ilha não sofresse uma queda no turismo. No entanto, apesar dos ataques vigorosos, todas as tentativas anteriores de libertar Grace falharam.

— Bem, não me esqueci do senhor Crist, nem o povo de Santa Lúcia o esqueceu — o inspetor afirmou. — Conheço, porém, a obsessão americana por documentários de crimes reais. Assisti a muitos. Em geral, a polícia e a acusação não são apresentadas de modo muito favorável, mas, sim, como irresponsáveis em sua busca por justiça.

Apesar de sua *vibe* caribenha bastante sociável, Sidney sentiu que o inspetor Pierre não só era orgulhoso como também feroz em suas convicções. Ele fora o responsável por colocar Grace Sebold atrás das grades. Assim, Pierre ficou sujeito a muita exposição na última década. Até o momento, conseguira impedir que o peso disso o esmagasse.

— Claro que não esqueceu — Sidney afirmou. — Por isso vim conversar com você. Os cidadãos americanos só conhecem a história de Grace Sebold. Só conhecem suas alegações.

— Isso é chocante. Mas aqui não é assim. Em Santa Lúcia, as pessoas sabem que o rapaz foi morto. E sabem que quem o matou foi levado à justiça.

— Então, me ajude, por favor, inspetor. Fale-me de sua investigação, do que você descobriu e seu caminho para fazer justiça.

O inspetor Pierre pensou nisso por um instante.

— Eu sofri muita pressão de uma organização americana que acha que a garota é inocente.

— O Innocence Project. Sim, eu sei.

— Seu documentário mostrará a verdade, ou aquilo que *acreditam* que seja a verdade? Porque a verdade a respeito da senhorita Sebold, eu lhe garanto, é claríssima.

— É isso o que eu quero — Sidney afirmou. — A verdade. Você vai me ajudar a encontrá-la?

Pierre manteve-se calado. Sidney percebeu que ele não só queria falar, mas, depois de tantos anos, *precisava* contar sua história. Precisava defender suas decisões e suas ações, e a ideia de fazer isso em um documentário que poderia alcançar uma grande audiência fora de sua minúscula ilha era atraente.

Bem devagar, Pierre fez que sim com a cabeça.

— Eu vou ajudá-la.

A GAROTA DE SUGAR BEACH

EPISÓDIO-PILOTO
BASEADO EM ENTREVISTA COM CLAUDE PIERRE

Os policiais da delegacia da Divisão Sul de Santa Lúcia foram os primeiros a chegar à cena e rapidamente isolaram a área, que incluía não só a praia como também a base do Gros Piton. Instruído por um médico-legista de Castries a não remover o corpo, um policial foi designado para a deplorável tarefa de permanecer na água tingida de sangue, com ela até a cintura, segurando com as mãos enluvadas os calcanhares dos tênis do morto para impedir que a maré o arrastasse para o alto-mar. Enfim, perto das nove da manhã, Claude Pierre chegou e assumiu o controle da cena.

— Quando o senhor acha que a praia será liberada? — o gerente do *resort* perguntou a Pierre após ser autorizado a falar com ele.

Pierre o olhou com certa expressão de espanto.

— Acabaram de descobrir um cadáver flutuando em sua praia. Vai levar algum tempo. Agora, preciso de uma lista de todos os hóspedes do *resort*. E saber se algum deles está desaparecido ou ausente.

— Sim, senhor. Vou consultar a lista no computador. Ainda é cedo, muitos de nossos hóspedes ainda dormem.

— Comece a bater nas portas, cara! Você é o gerente do único *resort* nesta praia, e é bem provável que aquele morto ali seja um de seus hóspedes. Faça isso agora, por favor.

— Senhor, o doutor Mundi chegou — outro policial informou.

Em instantes, Emmanuel Mundi alcançava a areia e espiava a água. Ele acenou para o policial que segurava os calcanhares dos tênis do cadáver.

— Traga o corpo aqui.

— Espero não ter alterado nada. — O policial rebocou o cadáver para a praia.

O doutor Mundi percorreu os arredores com o olhar.

— A cena já foi muito alterada. — Ele se virou e acenou de novo, dessa vez para a equipe que esperava a certa distância, próxima do *resort*. Quando ela se aproximou, ele afirmou: — Vamos precisar de fotografias.

A unidade responsável pela cena do crime tirou fotos do morto, que flutuava de bruços no mar. Uma combinação de morte e água salgada descoloria a pele dos braços e das pernas do cadáver projetados através das mangas da camiseta e da bermuda. Inchado e ensopado, o pedaço pálido de pele entre o colarinho e a linha limite do cabelo parecia massa de pão macia pronta para ir ao forno.

A equipe do doutor Mundi virou o corpo com cuidado, expondo o rosto e o peito. Mais fotos foram tiradas até que o corpo foi acondicionado em um saco de vinil preto. Os peritos carregaram-no pela praia, levando-o até a área da piscina, onde uma maca esperava em terra firme. A maca foi posta na traseira de um triciclo motorizado, e o cadáver, transportado pela encosta íngreme do *resort* até o estacionamento, onde o furgão do doutor Mundi esperava. Àquela altura, alguns hóspedes que tinham ouvido falar da atividade policial e percebido a área demarcada por fita de cena do crime na praia, reuniam-se em pequenos grupos e murmuravam a respeito do que teria acontecido.

— Inspetor?

Pierre ergueu o olhar e deparou com um jovem policial parado num penhasco no Gros Piton, com as mãos em concha em torno da boca para fazer sua voz soar mais clara.

— É melhor o senhor subir e dar uma olhada nisso.

No penhasco do Gros Piton, o inspetor Pierre olhava para o Mar do Caribe, onde dois mergulhadores flutuavam na superfície e contemplavam as águas rasas procurando algo que parecesse fora do comum. A unidade responsável pela cena do crime vasculhava a areia de Sugar Beach em busca de provas. No penhasco, Pierre ordenou que seus assistentes recolhessem a manta que cobria o granito, junto com a garrafa de champanhe e as duas taças, sinistramente solitárias.

Pierre já espalhara doze placas tipo cavalete pelo penhasco, sinalizadas com números. A primeira estava ao lado de um respingo de sangue no granito; outra, ao lado de um acúmulo maior de sangue que se concentrou mais abaixo do respingo original. Uma pegada na terra perto do penhasco também foi sinalizada.

Pierre se manteve parado enquanto um policial tirava fotos de cada uma das áreas sinalizadas por placas amarelas. Outro policial filmava em vídeo meticulosamente toda a cena, abrangendo o penhasco de um lado para o outro e capturando a manta, o champanhe e o sangue. O vídeo era para os detetives, para que, mais tarde, pudessem rever a cena do crime para descobrir pistas que não tinham detectado inicialmente. Eles não tinham ideia de que, uma década depois, essa filmagem seria vista nas televisões americanas em um documentário sobre crimes reais.

O doutor Mundi chegou ao penhasco e se pôs ao lado de Pierre, também olhando para o mar onde o corpo fora descoberto.

— Você não acha que foi um simples acidente? Talvez álcool demais e pouco equilíbrio? — Mundi perguntou.

— Seria um simples acidente se ele não tivesse sangrado antes da queda. — Pierre apontou para o sangue espalhado pelo granito.

O doutor Mundi examinou as doze placas amarelas, que sugeriam sinais de crime.

— Muito bem. Vou dar uma olhada no corpo no meu necrotério.

— Talvez tenha sido suicídio. — Pierre deu de ombros. — Mas isso não explica o sangue.

— Vou saber em breve.

— Mantenha-me informado, doutor.

— Peço-lhe o mesmo. — E o doutor Mundi deixou o penhasco, dirigindo-se à praia.

— Inspetor — o jovem policial disse de novo ao se aproximar —, parece que um dos hóspedes do *resort* está desaparecido.

— Nome?

— Julian Crist. Um americano.

4

– MUITO BEM – O INSPETOR PIERRE DISSE, APÓS SE ACO-
modar à mesa de conferência, com uma xícara de café diante de si. Para um país com uma temperatura média diária na casa dos trinta graus, o café era uma bebida estranhamente popular em Santa Lúcia.

A entrevista era filmada de diversos ângulos. Em um deles, uma tomada por trás de Sidney registrava as respostas do inspetor diretamente, com um vislumbre ocasional da parte posterior da cabeça dela. Outros pontos de vista vinham de um segundo operador de câmera, que se movia de lado a lado, gravando por alguns minutos antes de se deslocar para outro local, que ocasionalmente enquadrava o rosto de Sidney ao fazer suas perguntas, mas que se concentrava principalmente em Claude Pierre.

— Depois que o corpo de Julian foi descoberto, fomos chamados para o local — Pierre informou. — A praia estava desobstruída e demarcada, e o médico-legista foi trazido para cuidar do cadáver. Nossa equipe de perícia forense também.

Sidney mantinha anotações sobre o colo, que o operador de câmera deixava fora do enquadramento. O objetivo, quando Sidney estava em cena, era dar a impressão de uma jornalista neutra fazendo perguntas sem um roteiro prévio sobre o caso.

— O que o senhor lembra a respeito do corpo de Julian Crist naquela manhã?

— Quando cheguei, o corpo flutuava perto da praia. Até hoje, recordo o jeito como estava invertido: os pés eram visíveis, e o tronco e a cabeça se achavam submersos, como se o mar tentasse levá-lo, mas a praia não deixasse.

— O senhor se lembra de algo específico sobre o corpo de Julian?

— Lembro mais nitidamente do traumatismo craniano. Foi quase tudo o que pude perceber quando a equipe do médico-legista levou o corpo para a terra.

— Ficou determinado que Julian morreu por causa de um golpe na parte posterior da cabeça. Isso está correto?

— Foi o que se concluiu posteriormente. Porém, no local, naquela manhã, presumiu-se que ele caíra do Gros Piton.

— E por que foi feita essa suposição?

— Ele estava hospedado no *resort*, e o Gros Piton é uma atração conhecida. Era uma hipótese razoável para começar, assumindo a natureza tranquila e isolada do *resort*.

— E quando essas suposições mudaram de um acidente para um homicídio?

— Minha primeira pista foi um respingo de sangue que descobrimos no penhasco.

— O sangue encontrado fez com que o senhor suspeitasse de um crime? — Sidney imaginava as fotos da cena do crime que apareceriam junto com o áudio de sua entrevista.

— Claro. Se a suposição original foi que Julian tinha caído acidentalmente, então não havia jeito de explicar o respingo de sangue.

— Com a descoberta do sangue, o senhor imaginou que alguém o golpeara.

— É isso mesmo.

Sidney fez uma pausa antes de lançar a próxima pergunta:

— Mais de cem hóspedes estavam no *resort* na noite em que Julian Crist foi morto. Como o senhor decidiu tão rapidamente que Grace Sebold foi quem o matou?

A GAROTA DE SUGAR BEACH

EPISÓDIO-PILOTO
BASEADO EM ENTREVISTA COM CLAUDE PIERRE

Atrás do balcão da recepção, Grace Sebold se encontrava sentada em uma pequena sala de reunião, onde a polícia de Santa Lúcia montou um recinto de interrogatórios improvisado. Havia uma pequena mesa retangular com três cadeiras: duas de um lado para Pierre e seu assistente, e uma cadeira solitária no outro lado da mesa, onde se acomodava a pessoa submetida ao interrogatório. Grace era a primeira interrogada, com uma longa lista de outras pessoas a seguir.

Pierre sentou-se com as mãos cruzadas sobre o tampo, com os dedos longos e finos entrelaçados, e deu início ao interrogatório de modo frio e distante:

— Como você conheceu o senhor Crist?

Seu assistente fazia anotações frenéticas em um bloco. Um gravador, no meio da mesa, registrava a entrevista.

— Ele era o meu namorado.

— E qual a natureza de sua visita à ilha de Santa Lúcia?

Por causa do carregado sotaque caribenho do detetive, aliado ao próprio nervosismo, Grace sentiu dificuldade de entender o que ele falava.

— A natureza do quê? — Grace perguntou com uma voz trêmula, vendo-se à beira das lágrimas novamente. Ela chorou durante toda a manhã, e ficou histérica quando o triciclo motorizado que transportava a maca passou por seu grupo. Até então, a notícia de que Julian estava desaparecido e um corpo havia sido descoberto na água tinha se espalhado.

— O que a trouxe aqui, senhorita Sebold? — o inspetor Pierre perguntou com um tom de voz mais forte. — Férias?

— Não. Sim, minha amiga se casou há dois dias. Nós viemos para o casamento.

— "Nós" quem?

— Ah... Julian e eu viemos juntos. Mas encontramos meus pais e meu irmão aqui. E todos os meus amigos.

— Qual é o nome da amiga que se casou?

— Charlotte.

— Sobrenome?

Grace fez um gesto negativo com a cabeça.

— Desculpe. Não entendi o que o senhor perguntou.

— Sobrenome? — Pierre repetiu, bem mais alto.

O encantador sotaque caribenho dos funcionários do *resort* de que Grace tanto gostara agora se convertera em um obstáculo desagradável que ela tinha dificuldade em superar.

— O sobrenome de sua amiga — o assistente esclareceu, tranquilo, menos afetado pela impaciência.

— Ah... Brooks. Charlotte Brooks.

— Como você e a noiva se conheceram?

— Charlotte e eu somos amigas desde o ensino médio. Acho que há dez anos, mais ou menos. Fui sua dama de honra.

— Sendo dama de honra, posso supor que você e a senhorita Brooks sejam melhores amigas?

— Ela é uma amiga, inspetor. Sim, claro. Uma querida amiga.

— Sua amiga mais próxima?

Grace hesitou.

— Ela é uma amiga próxima, sim.

— Por que seus pais e seu irmão também vieram?

— Nossos pais são amigos. — Grace prendeu uma mecha de cabelo atrás da orelha. — Os meus e os de Charlotte. Meus pais foram convidados para o casamento.

— Onde a senhorita esteve ontem à noite?

— Aqui, no *resort*.

— Onde, exatamente? Fale-me do seu dia.

Grace umedeceu os lábios e passou um dedo sob o olho direito para secar uma lágrima.

— Nós ficamos na piscina à tarde.

— De novo, senhorita Sebold: "nós" quem?

— Todos nós. Julian e eu, e todos os nossos amigos. Depois, almocei com meus pais e meu irmão. Acho que foi às três da tarde. Então, fui ao meu chalé para tomar banho.

— O senhor Crist almoçou com a senhorita?

— Não. Julian tinha algo planejado para ontem à noite. Assim, ele não compareceu ao almoço com os meus pais para se preparar para isso.

— O que ele planejava, senhorita Sebold?

— Não tenho certeza. Um jantar, acho. Ele me pediu para encontrá-lo no Piton.

O inspetor Pierre se endireitou na cadeira.

— No Gros Piton?

— Sim.

— Você o encontrou?

— Não — ela respondeu, fazendo um gesto negativo com a cabeça.

— O senhor Crist pediu que você o encontrasse, e a senhorita disse "não"?

Grace tornou a fazer um gesto negativo com a cabeça.

— Não, eu planejei encontrá-lo, mas... Marshall adoeceu, e tive de ficar com ele.

— Quem é Marshall?

— Meu irmão mais novo.

— Quão mais novo?

— Apenas um ano. Ele tem vinte e cinco.

— Seu irmão, que é um adulto, ficou doente e pediu para você cuidar dele? O que houve com ele?

— Marshall teve uma convulsão. Precisei ficar com ele até que passasse.

— Uma convulsão? — Pierre franziu a testa.

— Sim, ele tem... — Grace tamborilou os dedos sobre a mesa para acelerar seus pensamentos. — Ele tem um problema crônico. Convulsões são comuns para Marshall, mas, quando acontecem, ele precisa de ajuda. Assim, fiquei ao seu lado.

— Com certeza há um registro do seu telefonema para a emergência, como uma ambulância ou um enfermeiro do *resort*...

— Não. Eu sei lidar com as convulsões dele. Meu irmão sofre disso há muitos anos, desde... o acidente.

— Onde essa convulsão ocorreu?

— Em meu chalé.

— Que horas?

— Não sei direito. Eu estava me aprontando. Então, mais ou menos às seis, imagino.

— Suposições não me ajudam, senhorita Sebold.

Grace respirou fundo e fitou o teto.

— Eu diria que foi pouco antes das seis. Tinha acabado de sair do banho, feito a maquiagem e secado o cabelo, quando o ouvi começar a convulsionar no quarto.

— Seu irmão de vinte e cinco anos costuma passar o tempo com a senhorita enquanto você se veste para se encontrar com seu namorado? Seu quarto parece um lugar estranho para seu irmão ficar durante o seu banho.

— Marshall tem um problema crônico que o deixa... Ele passa muito tempo comigo, sim. Isso o tranquiliza.

O assistente anotou a resposta freneticamente. Quando terminou, fez um gesto afirmativo com a cabeça para Pierre, que então continuou o interrogatório:

— Seu irmão teve uma convulsão. O que houve a seguir?

— Suas convulsões duram apenas alguns minutos, mas leva algum tempo para ele se recuperar. Talvez trinta ou quarenta minutos. Foi necessário algum tempo para limpá-lo, levá-lo de volta para seu chalé e colocá-lo na cama.

— Limpá-lo?

— Ele vomitou — Grace informou, deixando claro seu primeiro sinal de aborrecimento. — E urinou em si mesmo. Peguei roupas limpas e esperei enquanto ele tomava banho.

— Quanto tempo tudo isso levou?

– Uma hora, talvez. Acho que eram sete da noite quando o levei de volta para o chalé dos nossos pais.

– Sua imprecisão não é nada útil, senhorita Sebold.

– Estou tentando não ser imprecisa. Não registrei a hora, senhor. Estou lhe contando o que me lembro, do melhor modo possível.

– No entanto, a senhorita tinha planos de se encontrar com o senhor Crist. Você deve ter tido uma noção da hora, já que estava atrasada.

– Sim, uma noção. Só não consigo lhe dizer a hora exata.

– Seu irmão está agora na cama e com seus pais. De acordo com a senhorita, são sete da noite. Você ficou com ele?

– Não. Quero dizer, por um tempo, sim. Para garantir que ele estava bem. Meus pais assumiram o comando a partir dali. Então, fui me encontrar com Julian, mas na hora em que saí para a praia, estava ficando escuro. Eu sabia que a subida até o penhasco levaria muito tempo, e fiquei com medo de tentar na escuridão. Assim, esperei na praia.

– Pelo senhor Crist?

– Sim.

– E quando o senhor Crist não apareceu na praia, como tenho certeza de que não apareceu, você tentou entrar em contato com ele, não? Ligou ou enviou uma mensagem de texto?

– Nossos celulares não funcionam aqui. Não há sinal neste vale.

– Tudo bem. Mas você deve ter mencionado a ausência dele para alguém. Seus pais, ou talvez a segurança do *resort*.

Grace franziu os lábios em sinal de tensão.

– Só falei para minha amiga Ellie Reiser. Ela veio ao meu chalé e ficou durante toda a noite.

– Seu namorado está desaparecido e isso não é motivo de preocupação para você?

– Não. Quero dizer, foi. Fiquei preocupada, mas não que ele estivesse desaparecido. Nem que algo ruim tivesse acontecido com Julian.

– Se você não ficou preocupada com o desaparecimento dele, qual foi exatamente o motivo de sua preocupação?

– Nós tivemos uma discussão naquele dia. Como não consegui chegar ao penhasco na hora marcada, achei que Julian iria supor que eu não queria saber dele. Esperei na praia até escurecer. Depois, fui ao seu quarto. Aí, quando não consegui encontrá-lo, imaginei que ele estivesse bravo e me evitando.

— Você e o senhor Crist tiveram uma discussão? Qual foi o motivo? Por que ele estava bravo com você?

Grace suspirou.

— Ele era meu namorado. De vez em quando, nós brigávamos.

— Mas essa discussão em particular, que aconteceu no dia em que ele foi morto. Qual foi o exato motivo da briga, senhorita Sebold?

Grace fechou os olhos e tornou a abri-los, bem devagar.

— Temos mesmo que falar disso?

— Receio que sim.

Grace fitou o teto e voltou a enxugar as lágrimas.

— Julian ficou bravo por causa de outro rapaz. Ele teve ciúme.

— Ciúme do quê?

— Não sei. Julian achou que Daniel e eu estávamos... Ele achou que tínhamos sentimentos um pelo outro.

— Daniel?

Grace balançou a cabeça, desviou o olhar e encarou, impotente, o bloco de anotações do assistente.

— Daniel Greaves — ela disse. — Daniel e eu namoramos há muitos anos, por pouco tempo, na graduação. Julian descobriu isso à tarde e achou que havia algo entre nós.

— Entre você e Daniel Greaves?

— Sim. Aliás, não havia. Foi apenas um mal-entendido. — As lágrimas de Grace começaram a aparecer novamente.

— Quem é Daniel Greaves e por que ele estava no Sugar Beach Resort?

Grace olhou para o gravador, que estava na mesa, e mais uma vez para a taquigrafia complicada que o assistente do inspetor Pierre anotava com rapidez no bloco de anotações. Por fim, Grace cerrou as pálpebras.

— Ele era o noivo de Charlotte... — Grace se calou por um instante. — Acho que, àquela altura, ele era o marido dela.

5

SIDNEY OLHOU PARA O INSPETOR PIERRE E DISSE:

— Então, essa discussão entre Grace e Julian... Imagino que muitos hóspedes do *resort* a tenham testemunhado, uma vez que aconteceu perto da piscina. E no dia em que Julian foi morto. Mas uma discussão entre dois jovens namorados é tão incomum que fez o senhor suspeitar imediatamente de Grace? Não conheço nenhum jovem casal que não tenha uma briga de vez em quando.

— A discussão em si não foi o que despertou minha suspeita, mas sim a *causa* da discussão — Pierre afirmou.

— Grace admitiu que teve a ver com seu relacionamento anterior com Daniel Greaves.

— É o que ela sugeriu. — Pierre deu de ombros. — Era um jeito conveniente de explicar a briga, e, óbvio, dava a entender que Julian estava bravo com *ela*. Que *ele* era o ciumento.

— E o senhor não acreditou nisso?

— Não. Pedimos o registro das ligações telefônicas do quarto de Julian, que mostrou três telefonemas para um número de Nova York durante sua estada. Quando rastreamos o nome do destinatário das chamadas, descobrimos que era o de uma antiga namorada de Julian. O último telefonema para Nova York foi feito na tarde anterior à morte de Julian e antecedeu imediatamente a discussão testemunhada entre Julian e a senhorita Sebold. E quando pedimos o registro das ligações telefônicas da senhorita Sebold, descobrimos uma chamada para o mesmo número de Nova York. Então, logicamente, concluí que a senhorita Sebold descobriu que Julian havia telefonado para a ex-namorada, e que ela ligou para o número para confirmar sua suspeita. *Isso* é o que provocou a discussão entre eles. E apesar de como a senhorita Sebold gostaria que as coisas fossem percebidas, foi ela quem ficou brava naquele dia, e não Julian Crist.

— Qual é o nome dessa ex-namorada de Julian? — Sidney quis saber.

— Allison Harbor.

— O senhor conversou com ela durante sua investigação?

— Claro. E ela confirmou que o relacionamento entre ela e Julian ainda estava de pé.

— De pé em que sentido?

— No sentido íntimo, senhorita Ryan.

Sidney precisou de um momento para recompor seus pensamentos. A ideia de que Grace descobrira o relacionamento constante de Julian com uma namorada do passado a pegou de surpresa. Finalmente, ela tornou a olhar para o inspetor.

— Entendo como essa omissão por parte de Grace pode ser considerada enganosa.

— Eu a classificaria como uma mentira — Pierre foi direto.

— Compreendo. Porém, essa única declaração falsa a respeito de uma discussão, dada por uma jovem sob tremendo estresse... lembre-se de que o namorado tinha acabado de ser encontrado morto, e ela, naquele momento, estava sendo interrogada pela polícia... foi o bastante para fazer com que você concentrasse sua investigação nela, e só nela?

O inspetor Pierre negou com a cabeça.

— Não, senhorita Ryan. Você perguntou como passei a suspeitar da senhorita Sebold quando mais de cem hóspedes estavam registrados no hotel. A mentira dela a respeito da discussão foi a origem de minha desconfiança. Mas foi o sangue que me fez suspeitar da senhorita Sebold acima de qualquer outra pessoa.

— O sangue?

— Sim.

Sidney vira as fotos do respingo no penhasco muitas vezes.

— O sangue era tão secundário... Estou confusa.

— Eu não diria que o sangue era secundário de forma alguma. Havia uma grande quantidade dele.

— Uma grande quantidade?! Não foram quatro gotas de sangue? O padrão do respingo no penhasco não continha *quatro* gotas de sangue?

— É isso mesmo. E mais outro acúmulo de sangue em um segundo lugar no penhasco.

— Ou seja, um único respingo com quatro gotas e um segundo acúmulo são considerados uma *grande quantidade de sangue* pela polícia de Santa Lúcia? E como, exatamente, o sangue no Gros Piton despertou sua suspeita de que Grace estivesse envolvida?

Pierre semicerrou os olhos e lentamente fez outro gesto negativo com a cabeça.

— A senhorita está considerando apenas o sangue encontrado no penhasco. Mas o sangue que descobrimos no quarto da senhorita Sebold, este pode ser descrito como uma grande quantidade.

A GAROTA DE SUGAR BEACH

EPISÓDIO-PILOTO

BASEADO EM ENTREVISTA COM CLAUDE PIERRE

— Esse homem tem um sério problema de autoridade — Ellie Reiser disse ao irromper no chalé de Grace. — É abuso de poder e intimidação.

Os detetives entrevistaram todos os membros do grupo delas, levando-os, um por um, para a pequena sala de reunião perto do saguão do *resort*. Logo depois que Grace teve permissão para sair, eles chamaram Ellie Reiser.

— O que aconteceu? — Grace ainda tinha os olhos avermelhados do seu encontro com o inspetor Pierre.

— Ele é um idiota. E não pode nos tratar assim.

— Ellie! O que houve?

— O cara me fez a mesma pergunta cem vezes enquanto seu subordinado escrevia tudo o que eu dizia em um bloco de anotações. Perguntei por que ele transcrevia o meu depoimento se estavam gravando o interrogatório. Nenhuma resposta. Estão tentando nos intimidar.

— Meu Deus, Ellie, me diga o que você disse! Era o mesmo detetive, certo? Pierre?

— Sim. Ele perguntou se vi você ontem à noite.

— Você ficou em meu quarto. Por favor, me diga que disse isso para ele.

— Sim, Grace. Achei que podia ser importante mencionar que fiquei em seu quarto durante a noite.

Ellie olhou para o canto do quarto onde Marshall, o irmão mais novo de Grace, estava sentado à mesa com o tabuleiro de xadrez diante de si, com as peças perfeitamente arrumadas. Ela assumiu uma expressão de repulsa, como se sentisse um cheiro ruim.

— Ele jamais para com essa porra do xadrez? — Ellie perguntou, baixinho. — Juro, Gracie, eu amo o seu irmão, mas ele às vezes sabe o que está acontecendo?

— Marshall não está plenamente... recuperado. Da convulsão de ontem à noite.

— Não sou surdo — Marshall afirmou com uma voz tranquila, estudando o tabuleiro. — E, Ellie, sim, sei muito bem o que está havendo. Mas obrigado pelo ar de superioridade. É sempre encantador.

— Marshall... — Grace balançou a cabeça sutilmente quando seu irmão fez contato visual com ela.

Era tudo o que ela precisava fazer para manter Marshall acuado. Apenas dezesseis meses os separavam em idade, e o relacionamento entre irmão e irmã era bastante forte. Às vezes, até opressivo para aqueles ao seu redor. Era algo que apenas os dois entendiam completamente. Desde o acidente de Marshall, eles só se aproximaram ainda mais.

Marshall retornou a atenção para seu tabuleiro de xadrez. Grace olhou de novo para Ellie.

— O que Pierre disse quando você contou que ficou comigo?

— Ele quis saber a que horas cheguei ao seu quarto e quanto eu tinha bebido. Seu subordinado anotou tudo o que eu disse em seu bloquinho.

Grace passou a mão pelo rosto e pela nuca.

— Eles acham que eu fiz isso. Meu Deus, Ellie! Eles acham que eu fiz isso!

— Pare com esse histerismo! É o que eles querem: histeria. Em vez de procurar quem realmente matou Julian, ficam perdendo tempo tentando nos assustar.

Grace se surpreendeu com uma forte batida na porta. Dois barulhos altos, seguidos pela cadência outrora rítmica, mas agora desagradável, do outro lado.

— Senhorita Sebold, é o inspetor Pierre, com a polícia de Santa Lúcia. Por favor, abra a porta.

Os lábios de Grace se separaram em uma pose congelada, e seus olhos se arregalaram ao se fixarem em Ellie. No canto, Marshall rapidamente juntou as peças do xadrez e fechou o tabuleiro.

— Senhorita Sebold!

Novas batidas vieram da porta.

— Vá! — Ellie apontou naquela direção.

Grace enxugou os olhos com o dorso da mão, atravessou o chalé e girou a maçaneta. E deparou com o inspetor parado ali, com um grupo de policiais logo atrás.

— Senhorita Sebold... — Pierre entregou um envelope para Grace. — Temos um mandado de busca para inspecionar seu quarto.

Os chalés eram separados pelos jardins exuberantes do *resort* e ficavam dentro da floresta tropical no sopé da orla da praia. Apesar de ser pequeno em sua capacidade — apenas oitenta e oito chalés, vivendas e bangalôs constituíam o Sugar Beach Resort —, o terreno era extenso. Triciclos motorizados transportavam os hóspedes pela propriedade, não só porque a caminhada dos chalés para a praia era longa, mas também porque o terreno era montanhoso e difícil de ser encarado a pé.

Depois que Grace Sebold saiu do chalé, Pierre e sua equipe entraram pela porta da frente, sendo recebidos por um grande quarto com piso de cerejeira e uma ampla cama com dossel coberta por lençóis brancos. Um sofá e uma poltrona estavam em um canto e ficavam diante de uma televisão de tela plana. O bar estava abastecido com rum Chairman's Reserve e cerveja Piton, e a bancada continha ingredientes e utensílios para café e chá.

Ao lado do quarto havia um *closet*, que levava a um confortável banheiro. Ao longo das paredes do *closet*, prateleiras para roupas e malas. A fileira inferior de cubículos continha uma variedade de sapatos de Grace Sebold, para os quais Pierre apontou. Os peritos aproximaram-se com mãos enluvadas e coletaram os sapatos, colocando-os em sacos de plástico transparentes, que rapidamente lacraram. Os vestidos e as blusas de Grace, pendurados no *closet*, também foram colocados em sacos plásticos transparentes.

Pierre precisou de trinta minutos para inspecionar os aposentos, examinando e filtrando os pertences de Grace tomando o cuidado de desarrumá-los o mínimo possível. Por fim, dirigiu-se ao banheiro. As persianas de madeira funcionavam por meio de uma alavanca, que ele baixou até escurecer o recinto.

— Posso sentir o cheiro antes mesmo de olhar — Pierre disse.

— Eu também — o perito concordou.

Pierre foi para o canto, e o perito aspergiu o luminol de um borrifador de plástico, cobrindo a pia, a bancada, o espelho, a parede, o armário e, finalmente, o piso diante da pia. Quando terminou, recuou. O inspetor Pierre acendeu a luz negra portátil. O espelho e a parede ficaram brancos, mas a pia e o piso irradiaram um azul fluorescente, brilhante e assustador no banheiro escuro.

O segundo perito retirou diversos frascos de uma embalagem, desaparafusou a tampa de um deles e mergulhou um cotonete na solução no interior do frasco. Metodicamente, passou a solução em todas as áreas, que irradiaram sob o feitiço da luz negra. Utilizou quatro frascos para examinar o piso, e outros seis para conseguir as provas na bancada e na pia.

Então, ele desaparafusou o sifão de baixo da pia, emergindo com a peça de PVC em forma de U na mão. Pierre abriu as persianas e acendeu a luz do banheiro. O perito mergulhou outro cotonete na sombra escura do cano de esgoto, perdendo momentaneamente de vista a extremidade branca enquanto esfregava a parte superior da conexão. Quando puxou o cotonete para fora, a extremidade de algodão antes branca estava manchada de vermelho.

6

NA COSTA A BARLAVENTO DE SANTA LÚCIA, NA CIDADE DE
Dennery, os prédios brancos da Penitenciária de Bordelais se espalhavam por um terreno plano, enquanto colinas se projetavam a distância e palmeiras balançavam na brisa do mar.

A equipe de Sidney, incluindo dois operadores de câmera, um engenheiro de som e um técnico de iluminação, embarcara no furgão para a longa viagem de Sugar Beach até a única prisão da ilha, passando pela vila de casas e pousadas e pelas montanhas de Santa Lúcia. Ao chegarem ao topo de uma colina, um dos operadores de câmera abriu a porta corrediça do furgão.

A Penitenciária de Bordelais aparecia no vale abaixo; com a câmera posta sobre o ombro, ele se inclinou para fora da porta aberta para registrar algumas cenas. Altas cercas de arame encimadas por concertinas cercavam todo o complexo. Depois do muro interior de tijolos com três metros e meio de altura e quatro torres de vigilância, a cerca de arame era a última linha de defesa a separar o resto da ilha dos presidiários. Quatro longos prédios retangulares de dois andares e tijolos brancos constituíam os blocos de celas. Um campo de futebol de terra seca representava o único alívio dos prisioneiros ao confinamento.

Do seu lugar no alto da colina, Sidney e sua equipe presenciaram dois times de criminosos correndo pela nuvem de poeira. Aquele era o lugar onde Grace Sebold passara os últimos dez anos.

As centenas de cartas escritas por Grace Sebold ao longo dos anos vieram depois que Sidney conquistou alguma fama por seus documentários e pelas anulações de condenações que conseguiu com eles. A primeira carta chegou após o documentário de Sidney que mostrava o caso de Neve Blackmore, mulher de meia-idade que passara dezoito anos em uma prisão da Flórida pelo assassinato de seu filho de dez anos. Como jovem e inexperiente produtora, Sidney investigou o caso até ter certeza da inocência da mulher. Jornalismo investigativo de boa qualidade, junto com pura sorte e a descoberta de uma prova contundente de DNA foram suficientes para um recém-eleito procurador do estado da Flórida reabrir o caso. Quase duas décadas depois que seu filho foi atacado ferozmente, Neve Blackmore foi inocentada. Sidney Ryan documentou a jornada da senhora Blackmore, a descoberta da nova prova e a saída de Neve da prisão, e reuniu tudo em um filme de duas horas.

Embora o primeiro documentário tenha sido aclamado como um símbolo de justiça, Sidney o considerou exatamente o contrário. Na esteira da morte de seu filho, uma mãe foi acusada de seu assassinato e forçada a guardar o luto na prisão. Neve Blackmore lutou a maior parte de sua vida adulta para limpar seu nome. Sim, ela acabou sendo inocentada, mas pagou um preço alto demais pelos erros daqueles ávidos em condenar. E dezoito anos angustiantes depois, ainda ninguém tinha sido responsabilizado pela morte do seu filho. Neve Blackmore passou quase duas décadas não rastreando o assassino de seu filho, mas simplesmente trabalhando para provar sua inocência. Para Sidney, pareceu muito menos uma imagem de justiça do que um lastimável desperdício de duas vidas.

Depois que o primeiro documentário conquistou elogios da crítica e um sucesso de público moderado, começaram a chegar cartas de presidiários de todo o país esperando que Sidney invocasse a mesma mágica que libertara Neve Blackmore. Sidney folheou cada uma, pesquisando as condenações e as provas que as produziram. Naquela época, a quantidade de cartas era manejável. Ela mesma cuidava de toda a correspondência, e escolheu o caso de Byron Williams, jovem afro-americano acusado de atirar e matar dois policiais à paisana que estavam em serviço de vigilância. Ao deparar com álibis de cinco fontes diferentes e perícias forenses que sugeriam que o assassino era mulher, Sidney atacou o caso com zelo. Com sua equipe de filmagem a reboque, ela conduziu uma investigação de um ano de duração, que, por fim, chamou a atenção de um senador americano e de um promotor público local. Dessa vez, após oito anos de prisão, Byron Williams foi solto e inocentado de todas as acusações.

Sidney organizou sua jornada em um documentário de quatro episódios e o ofereceu para venda. A Netflix o comprou, criou um plano de marketing agressivo e o liberou para os assinantes para ser transmitido pela internet. Aquele se tornou o documentário de crime real mais baixado do ano, e colocou o nome de Sidney Ryan no radar de todos os condenados do país que acreditavam ser inocentes. Sua caixa de entrada de e-mails ficou abarrotada de pedidos de criminosos solicitando sua ajuda em suas apelações. Familiares de acusados também escreviam, implorando para Sidney ajudar seus entes queridos que apodreciam na prisão por crimes que não haviam cometido. Em dada semana, ela recebeu uma pilha de envelopes com quinze centímetros de altura. Dentro deles, trabalhos de investigação de má qualidade, listas de apelações e entrevistas improvisadas com "testemunhas" que certamente decifrariam cada caso. A correspondência tornou-se grande demais para ser manuseada, e boa parte dela continuou empilhada, fechada e ignorada no canto de seu escritório.

De repente uma produtora e cineasta disputada, Sidney recebeu diversas ofertas e acabou aceitando um cargo na produção do programa *Events*, veiculado em horário nobre e ligado à conhecida revista de mesmo nome. Ali, ela começou a trabalhar em seu terceiro documentário, ingressando no implacável mundo da hierarquia de uma rede de tevê. Sidney era ingênua em relação às deslealdades e aos conluios que dominavam o ramo, e acabou devorada viva e ofuscada por Luke Barrington durante o primeiro ano como sua produtora. Ainda assim, o estilo e as habilidades cinematográficas de Sidney conquistaram muitos elogios e geraram diversos produtos parecidos, incluindo podcasts e documentários do YouTube de crimes pouco conhecidos. Foi mais ou menos nessa época que ela abriu a primeira carta de Grace Seabold.

Sidney conhecia bem o caso, e não simplesmente porque ela e Grace tinham feito a graduação na Universidade de Syracuse juntas. A história ganhara manchetes nacionais uma década antes, e a mídia americana ficou em frenesi a respeito dos detalhes sórdidos. "A Abominável Grace Seabold" e "A Sinistra Grace" foram as manchetes escolhidas para descrever a estudante de medicina do quarto ano que atacara o namorado com um porrete antes de empurrá-lo de um penhasco no Caribe. Embora nunca tivessem pertencido aos mesmos círculos, Sidney se lembrou bem de Grace quando as notícias foram divulgadas, quatro ou cinco anos depois de Syracuse, e ficou chocada com a história. No entanto, Sidney não tinha um vínculo bom o suficiente com ela para saber se as acusações eram verdadeiras ou falsas. Uma década depois, Sidney recebia a oportunidade de descobrir.

Sidney passou horas lendo as mais de cem cartas que Grace enviara em um período de vinte e seis meses. Ela notou, enquanto folheava cuidadosamente cada uma delas, que nenhuma era repetitiva. Além de pedir a ajuda de Sidney, cada uma abordava um assunto diferente. Muitas eram atestados poderosos a respeito das inconsistências do processo contra ela: as regras do bom trabalho de investigação que foram violadas, as provas físicas que foram engendradas, as descobertas de DNA que foram mal interpretadas e a total falta de motivação de Grace para ter matado o homem que amava. Outras eram acerca da vida de Grace antes da condenação, da família que desesperadamente sofria por ela, do irmão que estava doente e exigia mais cuidados do que seus pais podiam oferecer, e da vida que ela vinha perdendo por causa dos anos passados na cadeia. Outras ainda eram congratulações pelo sucesso de Sidney e sua ascensão na hierarquia do jornalismo televisivo, elogiando seu trabalho duro e a diferença que ela fizera na vida daqueles que ajudara a inocentar. Por meio das cartas, Sidney sentiu certo carisma emanando de Grace; um atributo que ela não conseguia explicar nem se lembrar de seu tempo com Grace em Syracuse. Havia algo sedutor em Grace Sebold. E se Sidney conseguia sentir isso nas cartas, tinha certeza de que os telespectadores veriam isso em um documentário.

O advogado de Grace fornecera a Sidney um *pen-drive* de todas as informações relevantes a respeito do caso, incluindo o laudo e as fotos da autópsia de Julian Crist, os resultados toxicológicos, as provas coletadas durante a investigação, as fotos da cena do crime em alta resolução, as entrevistas gravadas e as transcrições do julgamento. Sidney sabia tudo sobre o caso de Grace Sebold, do seu julgamento e de sua condenação.

Ao menos, essa era sua crença antes de entrevistar Claude Pierre.

7

O GUARDA DESTRANCOU A PORTA DA SALA DE ENTREVISTAS, e Sidney entrou. Grace Sebold estava sentada à mesa. Como as únicas referências de Sidney eram fotos antigas, vídeos do julgamento e imagens mentais da época das duas na graduação, ela teve de se esforçar para conter sua surpresa ao ver Grace.

A bela e jovem universitária não existia mais. Fora substituída por uma mulher de aparência rude, perto da meia-idade. Condenada pelo assassinato de Julian Crist aos vinte e seis anos, Grace Sebold estava agora se aproximando dos quarenta. Uma década em uma prisão estrangeira não a fizeram envelhecer bem. Ela tinha bolsas sob os olhos que sugeriam anos sem sono tranquilo. Seu cabelo, outrora longo e loiro, achava-se cortado rente, ao estilo presidiário, e voltara ao castanho original, além das listras grisalhas aleatórias. Sem maquiagem, seus lábios estavam secos e rachados, e sua pele mostrava a palidez de uma década sem a companhia do sol.

Os operadores de câmera de Sidney registraram as duas mulheres se encontrando pela primeira vez em mais de quinze anos. Grace franziu os lábios e se esforçou ao máximo para impedir que as lágrimas rolassem pelo rosto.

— Uau... — Grace disse com a voz trêmula e tentando sorrir. — Faz tempo.

— Oi, Grace.

Elas deram-se um abraço amável. Sidney sentiu que era tanto um alívio bem-vindo como uma exibição desajeitada de emoção física, da qual Grace fora privada nos últimos dez anos.

Depois que se separaram, Sidney pôs uma pilha de envelopes sobre a mesa, com um elástico mantendo-os juntos.

Grace olhou para seus anos de trabalho.

— Não tinha certeza de que você havia lido.

— Li todas as cartas. É por isso que estou aqui.

Elas se sentaram frente a frente. Grace observou as câmeras, apontadas para ela e filmando-a de cada lado.

— Vai demorar um pouco para eu me acostumar.

— Só temos uma hora, Grace. Então, acostume-se com as câmeras rapidinho, tá?

Grace concordou.

— Para isso funcionar, para haver uma chance de que eu possa ajudá-la, você terá de ser honesta comigo.

Grace voltou a concordar.

— Claro.

— 100%, e não estou exagerando. Nada de distorcer a verdade.

Outro gesto afirmativo com a cabeça.

— Passei os últimos dois dias conversando com o detetive que cuidou do seu caso. Também li o laudo do médico-legista que realizou a autópsia de Julian e testemunhou contra você em seu julgamento.

— Tudo bem.

— Há diversas questões que vão contra suas afirmações nessas cartas.

— Comece com qualquer uma delas — Grace pediu, com determinação. — Eu vou lhe dizer o motivo pelo qual estão incorretas.

Sidney se aproximou.

— Quero começar com seu relacionamento com Julian. Para a audiência acreditar que você não o matou, ela vai ter de acreditar que você o amava.

— Eu o amava.

— Eu acredito nisso. Mas ao conversar com o inspetor Pierre e ler as transcrições do julgamento, muitas coisas foram reveladas acerca de seu namoro com Julian. Talvez seu relacionamento não fosse tão perfeito quanto você sugere em suas mensagens para mim.

— Tínhamos vinte e poucos anos, Sidney. Não sei se algum relacionamento é perfeito nessa idade. Mas eu o amava. Alguma parte de mim ainda o ama. A parte que não está brava com ele. Passei muitas horas e mais do que algumas noites em claro tentando descobrir essa emoção, mas, em algum nível difícil de explicar, sinto raiva de Julian. Não tenho acesso a um psiquiatra aqui, por isso preciso entender essas emoções sozinha. No entanto, o que decidi é que sinto raiva de Julian porque ele me deixou aqui. Porque sua morte me trouxe muita dor e tristeza. Sua morte custou minha própria vida. E mesmo assim, depois de todos esses anos, ainda o amo. Sei que nada disso é culpa dele. Só não tenho nenhum outro lugar para pôr a culpa. Assim, o pobre Julian é quem leva uma boa parte dela.

Sidney compreendeu.

— Quero encontrar uma maneira de mostrar para a audiência o quanto você amava Julian. Porque quando li a respeito da história de amor de vocês, como você apresentou em suas cartas, fiquei comovida. Quero fazer o mesmo com a minha audiência.

Grace olhou para o guarda por sobre o ombro. Ele estava fora do alcance da câmera. Ela apontou para a mesinha ao seu lado, e o guarda deu sinal para que pudesse prosseguir. Grace estendeu a mão, apanhou um objeto e o colocou sobre o tampo, na frente de Sidney.

— Você já viu um desses? — Grace perguntou.

Sidney observou um cadeado antigo. Era grande, do tamanho da palma de sua mão aberta. De aparência medieval, a peça era de bronze e tinha bordas lisas, o que a deixava parecida com um *kettlebell* rústico em miniatura.

— É um cadeado.

— Um cadeado do amor — Grace explicou. — Meu avô o deu para mim quando eu tinha dez anos. Ele me disse que era para o meu coração. Para trancá-lo e só abri-lo quando eu encontrasse o homem certo. Quando conheci Julian, finalmente entendi o gesto de meu avô.

Sidney pegou o pesado cadeado e passou o polegar sobre ele. Dois nomes estavam gravados na superfície lisa: *Grace e Julian*.

— Parece tolo para mim agora. — Grace deu de ombros. — Mas na época em que Julian e eu namorávamos, esses cadeados do amor estavam na moda. Ainda estão, na França e em alguns outros países. A *Pont des*

Arts, em Paris, é, talvez, o lugar mais famoso do mundo no que se refere aos cadeados do amor. Ao encontrar a pessoa com quem você vai passar a vida, grave seus nomes no cadeado, prenda-o na ponte e jogue fora a chave. Sempre achei que Julian e eu iríamos para Paris algum dia. Ali, na *Pont des Arts*, prenderíamos nosso cadeado e jogaríamos a chave no Sena. Ou talvez voltássemos para Nova Delhi, onde nos conhecemos, e encontrássemos um lugar ali. Eu tinha muitos planos loucos naquele tempo — ela concluiu, dando um sorriso.

— Qual era o plano de Julian?

— Ele nunca ficou sabendo desse cadeado. Gravei seu nome nele, mas nunca tive a chance de lhe mostrar.

Sidney percebeu que Grace estava ficando perturbada. Assim, conduziu a conversa para outra direção. Ela ergueu o cadeado.

— É permitido que você mantenha isso em seu encarceramento?

— Não. — Grace pegou o cadeado de Sidney e o fitou. — Não no começo. Só no ano passado o diretor do presídio me concedeu o privilégio de manter alguns objetos pessoais, por causa do meu bom comportamento. Minha amiga Ellie Reiser guardou o cadeado para mim durante todos esses anos. Quando o diretor me permitiu ter alguns objetos de casa, escolhi meu cadeado do amor como um deles. Ellie o trouxe em uma visita.

Grace forçou um sorriso e mais uma vez lutou para impedir que as lágrimas rolassem. Então, soltou uma gargalhada esquisita.

— Desculpe. — Ela respirou fundo. — Muita coisa mudou entre Julian e mim ao longo dos meus anos aqui. Ele era o meu mundo. Agora, ele é essa… *coisa*. Essa voz em minha cabeça que me faz atravessar os dias difíceis. Julian é uma sombra escura em minha mente que grita comigo. De vez em quando, também grito com essa sombra, porque ainda estou com raiva. É estranho considerar isso, mas conheço esse espírito de Julian há mais tempo do que conheci o homem.

Grace ergueu o cadeado do amor.

— Mantive isto todos esses anos, porque eu amava Julian naquele tempo, e ainda amo hoje.

Sidney consultou suas anotações.

— O nome de Allison Harbor, ex-namorada de Julian, surgiu durante minha entrevista com Claude Pierre.

Grace deixou escapar uma risada nervosa.

— Claude Pierre ficou obcecado com ela.

— Você acha que Julian ainda estava envolvido com Allison?

— Não.

— Acha que ele ainda a amava?

— Não — Grace respondeu. — Julian me amava.

— Você tem muita confiança nisso — Sidney constatou. — Tanto em suas cartas para mim como agora. Mas quando eu examinar seu passado, e o de Julian, vou encontrar uma história diferente?

Grace tornou a respirar fundo.

— Julian ia me pedir em casamento. É por isso que ele me disse para encontrá-lo no penhasco de Soufrière. Por que ele faria isso se estivesse apaixonado por outra garota?

A GAROTA DE SUGAR BEACH

EPISÓDIO-PILOTO
BASEADO EM ENTREVISTA COM CLAUDE PIERRE

Eram quase seis da tarde quando Pierre deixou a praia. Ele levou uma hora para chegar ao Hospital Victoria, em Castries, capital de Santa Lúcia. Uma vez ali, entrou no necrotério e encontrou o doutor Mundi parado ao lado da mesa de autópsia que apoiava o cadáver de Julian Crist.

— Até onde você chegou? — Pierre perguntou da soleira.

— Terminando agora. Desculpe ligar para você tão tarde, mas achei que gostaria de dar uma olhada. — O doutor Mundi puxou uma longa linha cirúrgica pela incisão para fechar o peito de Julian Crist, deu um nó e a cortou.

Pierre se aproximou da mesa e olhou para o cadáver de Julian Crist, recém-suturado após o exame do doutor Mundi. A visão de um corpo atormentado, sem energia e impotente para protestar contra a busca de pistas deixadas para trás sempre perturbou Pierre. Ele não era novato em relação a autópsias. Pierre as tolerava porque faziam parte de seu trabalho, mas preferia muito mais ler laudos a ver pessoalmente os resultados. Nesse caso, porém, ele não podia esperar pelo resumo por escrito de Mundi. A garota americana estava mentindo, e ele queria saber o mais rápido possível o que matara o senhor Crist.

— O que você encontrou?

— Lesões típicas de uma queda de uma altura considerável — o doutor Mundi revelou. — Do penhasco até a água são quase trinta metros. Alguns ossos quebrados: tíbia, fíbula, úmero e duas costelas. Todos do lado direito. O baço foi lacerado como resultado de uma das costelas quebradas. Nenhuma outra lesão em órgãos internos.

Nenhum rompimento ou corte de vasos que me levassem a crer que o paciente teve uma hemorragia interna fatal. E nenhum acúmulo de sangue outro que não seja do baço.

— Então a queda não o matou?

— Não.

— O que o matou?

Com um pouco de esforço, o doutor Mundi virou o corpo de Julian para que ficasse de bruços sobre o aço inoxidável da mesa, e apontou para a parte posterior da cabeça.

— Descobri uma fratura craniana grande e profunda aqui. — O doutor Mundi passou seu dedo enluvado ao redor da parte superior direita do couro cabeludo recém-raspado de Julian. — Desculpe, eu sei que você acha essas coisas desagradáveis.

O doutor colocou as pontas dos dedos na incisão superior, no topo da linha-limite do cabelo de Julian, e afastou o couro cabeludo para expor o osso nu de seu crânio. Pierre engoliu em seco ante o procedimento bruto.

— Foi isso o que o matou — o legista afirmou, referindo-se ao crânio descoberto. — Essa fratura foi o resultado do traumatismo provocado por um objeto contundente em velocidade média. Outras fraturas ocorreram por causa da queda, mas esse foi o traumatismo primário — o doutor Mundi prosseguiu, traçando as linhas de fratura no osso.

— Como você pode afirmar isso? — Pierre estudava a teia irregular do osso fraturado, que parecia aos seus olhos leigos uma bagunça de destruição total.

— As fraturas secundárias produzidas durante a queda se aproximam dessa fissura inicial, mas não a cruzam, nem poderiam cruzá-la. Todas param no limite externo dessa fratura principal. Do núcleo dessa fratura, posso mapear as linhas de irradiação através de todas as demais linhas de falha. Uma vez que o osso esteja quebrado, uma segunda fratura não pode preencher a brecha original. É por isso que ainda estou aqui tão tarde, inspetor. Levei horas para mapear a fratura. Mas, com certeza, essa lesão foi o que o matou. Ela provocou um grande hematoma subdural que se espalhou ao redor do crânio e provavelmente abalou o cérebro, deixando o rapaz inconsciente, ou possivelmente semiconsciente, mas não funcionalmente alerta. Ele não estava morto quando caiu do penhasco. Com base na água salgada em seus pulmões, o jovem ainda respirava quando atingiu o mar.

O doutor Mundi recolocou o couro cabeludo sobre o crânio e começou a suturar a incisão superior.

— E isto. — O doutor apontou a parte posterior do crânio de Julian, onde ele raspara o cabelo para deixar uma porção circular de pele nua, que parecia um lugar queimado em um gramado. Na clareira, havia um ferimento totalmente aberto. Desprovido de sangue por todo aquele tempo após a morte, o corte, para Pierre, lembrava um sulco em um sofá de couro. — É a fonte do respingo de sangue que você encontrou no penhasco.

— Como pode ter certeza de que ele não sofreu essa fratura e essa laceração na queda? Talvez tenha batido em uma pedra na encosta do penhasco.

O doutor Mundi fez que não com a cabeça.

— Por causa da localização. Principalmente no topo, no lado posterior da cabeça, é impossível que essa fratura tenha sido provocada pela queda. Para que isso acontecesse, a vítima teria de cair de cabeça sobre um objeto duro e contundente. E para que isso fosse verdade, a partir de uma altura estimada de trinta metros, sem dúvida haveria traumatismo no pescoço e na medula espinhal, o que não é o caso. E, com certeza, essa queda teria provocado uma fratura muito mais substancial do que essa localizada. Por fim, minha equipe de perícia forense não encontrou sangue em nenhum lugar na encosta do Piton ou em sua base.

Ante a explicação, Pierre assentiu, enquanto observava o doutor Mundi perfurar o couro cabeludo com a sutura e puxar a linha.

O legista prosseguiu:

— Acredito que o paciente tenha sido golpeado na parte posterior da cabeça com um objeto contundente, em um ângulo para baixo. O objeto provocou uma fratura estrelada de sete centímetros de largura e três centímetros de profundidade.

— Alguma ideia de qual teria sido o objeto?

– Impossível dizer a partir do exame. Mas foi provavelmente algo com algum peso. – O doutor Mundi terminou de suturar o couro cabeludo de Julian Crist, cortou a linha e descalçou as luvas. – O golpe em sua cabeça o fez cair do penhasco. As lesões do lado direito ocorreram quando ele atingiu a água. O traumatismo inicial na cabeça ou o impacto da aterrissagem deixaram-no inconsciente, mas ainda respirando, o que encheu seus pulmões com água e o asfixiou.

Pierre estudou o corpo por um momento.

– Alguém o golpeou na cabeça, ele caiu na água e em seguida se afogou. É essa a sua hipótese? Eu a entendi corretamente?

– É isso mesmo, inspetor. Causa da morte: traumatismo provocado por objeto contundente, que levou à asfixia. O tipo de morte será registrado como homicídio. Desconfio de que isso não seja surpresa para você.

– Não é.

– Alguma ideia de quem matou esse rapaz?

– Sim, uma boa ideia.

Na manhã seguinte à autópsia de Julian Crist, o inspetor Pierre entrou no laboratório em Castries, onde os peritos da unidade responsável pela cena do crime tinham trabalhado até tarde na noite anterior. Como a vítima era americana, assim como a principal suspeita de Pierre, eles tinham de se apressar.

– Alguma coisa? – Pierre quis saber.

– Muita coisa – o perito-chefe respondeu, desviando o olho do microscópio.

Em seguida, ele girou a cadeira e tirou o computador do estado de hibernação mexendo no mouse. Uma foto em tela dividida surgiu. À esquerda, a impressão da pegada retirada da terra perto do penhasco na Gros Piton. À direita, a sola do tênis de corrida de Grace Sebold, que eles tinham coletado na véspera, durante a diligência no chalé da jovem.

– A correspondência é exata entre a pegada e a sola – revelou o perito. – Visualmente parecem iguais. Microscopicamente são idênticas. O banco de dados correspondeu à sola na impressão do tênis Nike TR 3 Flyknit. Numeração 36. É o mesmo tênis recolhido no quarto da americana.

— Então, nossa garota estava no penhasco?

— Não resta dúvida, senhor. — O perito girou a cadeira novamente, pegou uma folha de papel quando ela saiu da impressora e a entregou a Pierre. — A análise veio dos cotonetes coletados no banheiro da americana. O que farejamos estava certo. Deu positivo para água sanitária. Mas ela foi desleixada. Devia estar com pressa, porque havia um pouco de sangue misturado na água sanitária.

— E o sifão? — Pierre perguntou.

— Era sangue — o perito afirmou.

— Nada de água sanitária no sifão?

— Não, senhor. Ela só usou água sanitária naquilo que podia ver. O piso e a bancada. O resto do sangue desceu pelo sifão. Qual é o ditado? Longe dos olhos…

—… longe do coração. O sangue corresponde ao do senhor Crist?

— Estamos testando agora. O laboratório está apressando a análise do DNA.

— As roupas dela?

O perito fez um gesto negativo com a cabeça.

— Nenhum sangue nas roupas dela. Eu mesmo testei.

Pierre pensou em tudo o que precisava fazer em curto espaço de tempo. A mídia local já se tornara, após apenas dois dias de investigação, uma forte presença no *resort*. Suas chamadas para a sede pedindo atualizações tinham sido incessantes. E a mídia americana, Pierre tinha certeza, se encontrava a caminho. Era preciso antecipar-se à onda. A única coisa mais espetacular do que um turista morto era uma americana acusada de matá-lo.

— Bom trabalho. Avise-me quando o resultado do DNA chegar. — Pierre se virou para partir.

— Mais uma coisa, senhor.

Então, Pierre voltou a se virar e seguiu o perito até o canto do laboratório, onde ficavam os armários das provas coletadas. Todos os materiais relevantes se mantinham trancados em armários durante a fase de análise de uma investigação antes de a polícia assumir a custódia formal. O perito abriu um deles.

— O doutor Mundi entregou-nos ontem as roupas da vítima. Só conseguimos cuidar delas há pouco. O sangue no colarinho pertencia ao senhor Crist. Nenhum outro sangue foi encontrado.

— Preserve o resto para a análise do DNA.

— Sim, senhor. Já fizemos isso. Só vamos precisar de uma amostra para compará-la mais à frente.

— Estou trabalhando nisso. — Pierre já conversara com o juiz que concedera o mandado de busca. As impressões digitais e os cotonetes orais só viriam depois de uma prisão. — Algo mais?

— Sim, senhor. — O perito tirou um saco plástico lacrado e o entregou ao inspetor. — Encontramos isto no bolso da vítima.

Pierre pegou o saco e, ao erguê-lo, avistou uma caixinha guardada dentro dele. Um feltro cinza revestia o exterior.

— O que é? — Pierre ergueu um pouco mais a prova, como se isso pudesse tornar seu conteúdo mais facilmente reconhecível. — Uma caixa?

— Sim, senhor.

— O que há nela?

— Um anel.

— Um anel? — Pierre perguntou. — De que tipo?

— Parece ser um anel de noivado, senhor.

8

— MAS VOCÊ NUNCA O VIU, CERTO?

— O anel? Não — Grace respondeu. — Os pertences de Julian foram devolvidos aos pais dele, que não falam comigo desde então.

— Segundo a teoria do inspetor Pierre, o anel encontrado com Julian era para Allison Harbor, e que essa descoberta deixou você louca de ciúme.

— Eu ouvi os argumentos dele. O inspetor os apresentou para mim durante as muitas horas em que me interrogou, a maioria das quais foram feitas sem a presença de um advogado, apesar de eu ter pedido um. Nunca soube do anel, nem da intenção de Julian me pedir em casamento. Tive de juntar as peças enquanto tudo estava acontecendo. Pierre me provocou com o anel e todas as suas teorias a respeito dele. Não fazia sentido Julian trazer um anel para Santa Lúcia para alguém além de mim.

— Como você soube que a intenção de Julian era pedi-la em casamento no Gros Piton se ele nunca lhe disse isso?

— Ele contou para Ellie, minha amiga. Julian queria a ajuda dela para ter certeza de que tudo correria bem.

Sidney consultou suas anotações novamente.

— Você mencionou sua amiga Ellie Reiser.

Grace sorriu.

— Sim. Melhor amiga.

— Nos últimos dez anos, aqui na Penitenciária de Bordelais, além de sua família, duas pessoas fizeram visitas regulares: Ellie Reiser e Daniel Greaves.

— A prisão é algo solitário. Além disso, estar tão longe de casa dificulta as visitas. Eu entendo isso. Mas sou grata a Ellie e Daniel, que vieram fielmente ao longo dos anos. Suas visitas me ajudaram a sobreviver.

— Você e Ellie Reiser são amigas de infância. Ellie também me enviou várias cartas me pedindo para examinar seu caso.

— Ela é uma boa amiga.

— Fale-me de Daniel Greaves.

— Daniel é uma pessoa especial. Temos uma amizade poderosa. Uma que mudou muito desde que nos conhecemos, mas é uma amizade que significa muito para mim.

— Daniel teve um papel importante em seu julgamento.

— Sim.

— A acusação sugeriu que vocês dois estavam mantendo um relacionamento.

— Sugeriram muitas coisas. Não significa que fossem verdadeiras. Daniel e eu fomos namorados nos tempos de faculdade. E só. Essa é toda a história em poucas palavras. Qualquer outra coisa é falsa.

— A acusação sugeriu que seu relacionamento com Daniel estava ativo, e que Julian descobriu.

— É tudo mentira.

Sidney consultou suas anotações.

— Você estava em Santa Lúcia para o casamento de Daniel e Charlotte.

— É isso mesmo.

— Você afirmou que seu relacionamento com Daniel mudou ao longo dos anos. Como assim? Vocês dois costumavam sair. Como permaneceram amigos?

Grace sorriu de leve.

— Daniel e eu namoramos por pouco tempo na graduação. Foi uma aventura. Tínhamos acabado de passar por rompimentos e estávamos lá um para o outro. Essa é toda a história.

— Ele tinha terminado o namoro com Charlotte?

— Sim, por pouco tempo. — Grace deu de ombros. — Nós ficamos juntos por cerca de um mês antes de percebermos que éramos muito bons amigos para nos envolvermos romanticamente. Foi o fim de nosso namoro.

— Daniel a visitou dezoito vezes em dez anos. Duas vezes por ano, basicamente.

— Sim.

— Você não acha que alguém que analise seus registros de visitas terá a impressão de que você e Daniel eram mais do que amigos?

— Se você acreditar em Pierre e estiver à procura de algo execrável, sim. Caso contrário, para mim, parece um amigo visitando o outro.

— Tudo bem. Mas Daniel a visitou dezoito vezes ao longo dos anos. E Charlotte? Zero.

Encarando Sidney, Grace permaneceu em silêncio.

— Por que Daniel tomaria essa iniciativa de manter contato com você, mas a mulher dele, uma amiga que lhe pediu para ser sua dama de honra, não veio vê-la em mais de uma década?

— Acho que você tem de fazer essa pergunta a Charlotte. — Grace ajeitou o cabelo. — Não foi assim que imaginei que nossa conversa aconteceria.

— Só estou sentindo alguma dificuldade com parte de sua história, porque venho tomando conhecimento de coisas que você não mencionou em suas cartas.

A GAROTA DE SUGAR BEACH

EPISÓDIO-PILOTO

BASEADO EM ENTREVISTA COM CLAUDE PIERRE

Através das estradas sinuosas de Santa Lúcia, Pierre voltou para o Sugar Beach Resort. A viagem propiciou-lhe tempo para pensar. Um caso complicado veio parar em suas mãos: uma americana matando um americano em sua ilha. Uma vez que ele divulgasse publicamente suas conclusões e acusações, não demoraria muito para que a garota procurasse ajuda da embaixada americana. Com certeza, as autoridades dos Estados Unidos iriam querer se envolver e se atualizar. O FBI ofereceria ajuda.

Pierre sabia que tinha de agir rápido, e precisava manter suas cartas na manga até a hora de apresentá-las. O mandado de busca concedido para investigar o quarto da americana a pusera em alerta. Pierre já a pegara em mais de uma mentira: o motivo de sua discussão com Julian fora a primeira, e agora, a pegada do tênis, que a colocava no penhasco apesar de seu desmentido a respeito desse fato. Além do mais, a descoberta da limpeza com água sanitária e o sangue do senhor Crist no quarto de Grace Sebold seriam fundamentais no caos imediato após a prisão dela. De fato, ele teria de agir rapidamente quando o momento chegasse, mas com calma até lá.

O comboio de quatro viaturas encostou na entrada do *resort*. Pierre desembarcou do assento traseiro de um dos carros e se dirigiu com sua equipe ao átrio de boas-vindas. O gerente geral saiu apressado de trás da recepção para saudá-lo.

— Inspetor, bom dia.

— Vou precisar de seu escritório novamente — Pierre disse —, para outra rodada de interrogatórios. Junto com minha equipe, gostaria que você entrasse em contato com os hóspedes e organizasse os horários.

Um policial entregou ao gerente geral uma lista de nomes.

— Muito bem, senhor. Qualquer coisa que possamos fazer. No entanto, devo lhe dizer que alguns de nossos hóspedes estão bastante aborrecidos com o fato de a praia ainda estar sob perícia. Ela é a principal atração do *resort* e continua inacessível.

— Receio que as necessidades dos banhistas tenham sido ofuscadas pelo homem morto encontrado na praia de seu *resort*. Se algum hóspede tiver algum problema, adicione seu nome à lista, e ficarei feliz em falar com ele. Quanto à fita amarela que cerca a praia, permanecerá no lugar no futuro próximo.

Grace Sebold se sentou de novo no pequeno escritório.

Era a mesma formação de dois contra um, com Grace acomodada em frente a Pierre e ao homem que escrevia em seu bloco de anotações.

Pierre ligou o gravador posicionado no meio da mesa.

— Meus pais me disseram para pedir um advogado — Grace afirmou.

— A senhorita está solicitando um?

— Estou em apuros?

— Você melhor do que ninguém pode responder a essa pergunta — Pierre disse. — Seu namorado foi encontrado morto há pouco mais de quarenta e oito horas. Estamos tentando descobrir quem o matou. Se você quiser ir para a capital para um interrogatório formal, isso poderá ser arranjado. Podemos oferecer um advogado assim que você estiver lá. No entanto, levará algum tempo para organizarmos um evento assim, e teríamos de mantê-la em uma cela enquanto cuidamos dos preparativos. Provavelmente só amanhã bem tarde ou talvez depois de amanhã poderíamos assegurar-lhe um advogado. Claro que não há nenhum problema com esse método, mas acho melhor mantermos as coisas andando o mais rápido possível e evitarmos atrasos.

— Certo. O que o senhor quer saber?

— Há evidências que sugerem que o senhor Crist permaneceu no penhasco por algum tempo. Talvez uma hora. Suspeitamos que ele estivesse esperando alguém. Eu gostaria de lhe perguntar novamente: a senhorita viu o senhor Crist na quarta-feira à noite?

— Vi Julian na quarta-feira durante o dia. Ficamos todos na piscina. Mas não na quarta-feira à noite. Acho que falamos disso no outro dia.

— Vocês estavam passando férias juntos, senhorita Sebold. Era normal o senhor Crist passar uma noite sozinho, longe da mulher com quem estava viajando?

— Eu... Não, não era normal.

— Ele lhe disse para onde estava indo? Ele lhe disse por que escalaria o penhasco ao entardecer?

— Julian me convidou para assistir ao pôr do sol. Eu já lhe disse isso dois dias atrás.

— Mas você não foi. Seu irmão mais novo ficou doente.

— Isso mesmo.

— Há quanto tempo você e o senhor Crist namoravam?

— Um ano e meio.

— Você classificaria o relacionamento de vocês como sério?

Grace voltou a sentir dificuldade com o sotaque caribenho, a mistura de palavras e a ênfase silábica posta de forma estranha.

— Sim — ela respondeu.

— Vocês estavam apaixonados?

Grace sentiu os olhos lacrimejarem.

— Há realmente necessidade de fazer essas perguntas?

— Receio que sim, senhorita Sebold.

Grace enxugou a pálpebra inferior com o dedo.

— Sim, estávamos apaixonados.

— O senhor Crist estava apaixonado por outra pessoa, além de você?

— O quê? — Grace se mostrou confusa.

— Havia mais alguém por quem o senhor Crist estava apaixonado?

– Não. – Grace enfatizou com um gesto negativo de cabeça.

– Não? – Pierre insistiu, mantendo o olhar concentrado nela.

O assistente de Pierre deslizou alguns papéis pela mesa até que eles pararam na frente de Grace.

– Essa é uma lista de chamadas feitas do telefone do quarto do senhor Crist. Três delas foram feitas para Nova York. O número está registrado em nome de Allison Harbor, que descobrimos ser uma amiga do senhor Crist.

Grace engoliu em seco.

– Ela era sua ex-namorada.

– É isso mesmo? Quando falei com a senhorita Harbor, ela sugeriu que o relacionamento deles ainda existia.

– Eles frequentavam a mesma faculdade. Então, tenho certeza de que se viam no *campus*.

– Não é verdade que eles ainda eram íntimos, senhorita Sebold, e não apenas conhecidos, como você sugere?

– Não. Isso não é verdade.

– E você não ficou preocupada com isso?

– Não.

– Mas não é verdade que você também ligou para Allison Harbor durante sua estada no *resort*? Por que fazer uma ligação se não havia nenhuma preocupação?

Grace olhou para a lista de telefonemas diante de si. E manteve-se em silêncio.

– Então, me permita organizar os meus pensamentos – Pierre prosseguiu. – O senhor Crist, que estava apaixonado por você e só por você, escalou o penhasco, estendeu uma manta, abriu uma garrafa de champanhe, encheu duas taças, mas nunca lhe contou a respeito desse encontro?

Grace voltou a fazer um gesto negativo com a cabeça.

– Não, Julian me falou. Não a respeito de um encontro desse tipo. Ele só me pediu para encontrá-lo no penhasco. Mas eu não fui.

Pierre elevou a voz:

– Mas a senhorita e o senhor Crist tiveram uma discussão nesse dia. É isso mesmo?

— Sim — Grace respondeu, abrindo as palmas das mãos.

— Você afirma que essa discussão foi sobre Daniel Greaves, o novo marido de sua amiga.

— Sim, foi.

— Talvez o senhor Crist tenha descoberto algo sobre seu relacionamento com o noivo.

— Não havia relacionamento. — Grace encarou o detetive.

— Não é verdade que você e o senhor Greaves namoraram?

Grace respirou fundo.

— Sim. Anos atrás.

— Talvez você ainda sentisse algo por ele.

— Não, não sentia.

— Talvez o fato de estar em um cenário tão romântico tivesse trazido esses sentimentos de volta para você. Talvez você começasse a pôr em dúvida seu relacionamento com o senhor Crist.

Grace ficou em silêncio.

— Não?

— Não — Grace finalmente respondeu.

O inspetor Pierre consultou seu bloco de anotações.

— Algumas noites atrás, você e Charlotte Brooks também se envolveram em uma discussão. Outros hóspedes do *resort* testemunharam essa discussão. Isso não é fato?

Grace ficou em silêncio novamente.

— Sem suas informações, senhorita Sebold, só posso supor que sua discussão com a noiva, entendendo agora sua história romântica, tenha tido a ver com seu relacionamento com Daniel Greaves. É isso mesmo?

— Sim. Mas foi apenas um mal-entendido.

— Um mal-entendido? Um vídeo do sistema de segurança do *resort* mostra o senhor Greaves visitando seu chalé na véspera do casamento dele. Tem certeza de que quer negar oficialmente um relacionamento entre a senhorita e Daniel Greaves?

— Somos amigos. Isso é tudo.

— Será que a senhorita não se dá conta de minha confusão? E como alguém pode analisar tudo isso e não achar que você estava avaliando muitos homens ao mesmo tempo?

— Muitos homens? O que o senhor está dizendo?

— E que talvez depois de você descobrir os telefonemas de Julian para Allison Harbor, em Nova York, ficou brava e enciumada. Talvez você não estivesse pensando com clareza. Talvez tenha feito algo por causa da raiva...

— Não.

— A senhorita esteve no penhasco na quarta-feira ao entardecer?

Grace olhou para o gravador e para o assistente, confusa com a rápida mudança de assuntos.

— Senhorita Sebold! Você esteve no penhasco na quarta...

— Não!

— Não? — Pierre ficou de pé e se curvou sobre ela. — Então pode explicar por que a pegada de seu tênis foi encontrada ali?

Grace chacoalhou a cabeça e, então, pôs as palmas das mãos nas têmporas, como se tentasse encurralar uma enxaqueca iminente.

— Não, suponho que seja inexplicável. — Pierre arqueou uma sobrancelha. — Você pode me dizer por que usou tanta água sanitária em seu chalé?

Pierre esperou.

— Não? Pode explicar por que o sangue do senhor Crist foi encontrado no sifão de sua pia? — o inspetor prosseguiu.

Grace permaneceu calada.

— Não? Você não tem respostas para nenhuma dessas perguntas?

— Gostaria de falar com um advogado — Grace finalmente disse.

Pierre continuou curvado sobre ela. Depois da quase gritaria dele, o único ruído na sala, agora, vinha do ar-condicionado. A quietude foi quebrada quando a porta se abriu e um policial surgiu, dizendo:

— Senhor, solicitamos sua presença na praia. Encontramos algo.

9

– MAIS QUINZE MINUTOS – O GUARDA DISSE.

Sidney olhou de volta para Grace.

— Se eu conseguir arranjar isso corretamente e esclarecer as dúvidas e as desinformações a respeito de Allison Harbor e Daniel Greaves, poderei imaginar sua história de amor com Julian constituindo a narrativa inicial do documentário. Posso ver isso atraindo a audiência para o seu lado. Mas, com o tempo, as entranhas do filme se aprofundarão no assassinato de Julian. Terei de apresentar o caso contra você, Grace. Antes de eu poder refutar as alegações ou destacar as inconsistências, será preciso que eu mostre para a audiência tudo o que a condenou. Todas as provas.

— Entendo.

— O problema é que há muito para mostrar. A pegada que põe você no penhasco, o sangue em seu banheiro, a limpeza.

Grace admitiu a derrota.

— Só quero a oportunidade de contar o meu lado da história. Quando considerada apenas do ponto de vista da polícia, até eu me pergunto como podiam existir tantas provas contra mim. No entanto, lembre-se de que tudo nessa investigação foi contaminado, desde a coleta de provas até a análise. Desde as provas físicas até as de DNA, passando pelos motivos e métodos propostos. Sidney, foi tudo forjado. Estava errado na época e continua errado hoje, dez anos depois. Os detetives fizeram exatamente o que eles *não* são treinados para fazer. De cara me escolheram como suspeita e depois procuraram provas para respaldar sua teoria. E eis o problema em investigar um crime dessa maneira: qualquer prova encontrada que não respaldasse a teoria deles era ignorada ou descartada.

Sidney fez uma pausa antes de voltar a falar:

— Mas a arma do crime, Grace, é um ponto crítico para mim, e provavelmente será para a audiência.

A GAROTA DE SUGAR BEACH

EPISÓDIO-PILOTO
BASEADO EM ENTREVISTA COM CLAUDE PIERRE

Pierre mandou prender Grace Sebold. Dois policiais a conduziram pelo átrio com as mãos algemadas às costas e a colocaram no assento de trás da viatura.

O inspetor dirigiu-se com outro policial na direção oposta, atravessou o saguão e rumou para a praia. Ao verem-nos passar apressados pela piscina, os hóspedes trocaram cochichos nas espreguiçadeiras.

Pierre e o policial pisaram na areia fofa e passaram pelo restaurante ao ar livre, onde o café da manhã estava sendo saboreado em meio à cacofonia de pratos e talheres. Aqueles em férias pareciam esquecidos de que um hóspede tinha sido trazido à praia pelas águas dois dias antes.

— Nós isolamos o lugar assim que encontramos, senhor — o policial informou durante a caminhada.

Pierre o seguiu pela praia até chegarem à cabana de esportes aquáticos. A fita amarela barrava a entrada da estrutura, que consistia em um telhado de palha cobrindo quatro paredes de estuque. A cabana era cercada por ladrilhos bege, que proporcionavam uma separação em relação à areia. Era ali que os hóspedes alugavam todo tipo de equipamentos para esportes aquáticos: *snorkels* e nadadeiras, pranchas de *bodyboard*, bolas de vôlei. Por causa das águas calmas de Sugar Beach, e da localização protegida da baía dos Pitons, a prática do *stand up paddle* era uma atração popular. Uma longa fileira de pranchas de *stand up paddle* estava na areia ao lado da cabana.

– O que vocês encontraram? – Pierre quis saber.

O jovem policial ofereceu um par de luvas de látex, que Pierre colocou ao entrar na cabana. Seu interior era tão cuidadosamente mantido como o resto do *resort*. As máscaras de *snorkel* e os equipamentos de mergulho achavam-se pendurados impecavelmente nas paredes: nadadeiras, coletes, trajes e reguladores de mergulho. De modo organizado, os tanques de oxigênio estavam encostados em uma parede adjacente.

– Aqui, senhor. – O policial indicou a parede dos fundos, coberta com remos de caiaque e de *stand up paddle*, e iluminou com a lanterna o canto de trás da cabana.

Um longo remo de madeira repousava de lado, com o cabo no piso de ladrilhos e a pá encravada no canto.

– Parecia fora de lugar porque não estava pendurado com o resto dos remos. Quando dei uma olhada mais atenta, notei isso. – E o policial apontou o facho de sua lanterna para perto do remo.

Pierre se inclinou para a frente. Sem tirar os olhos do remo, ele fez um gesto com o dedo indicador para o policial e tomou-lhe a lanterna, colocando-a a centímetros da pá de madeira. Correu o facho de luz pelo cabo, e depois no sentido inverso.

– Alguém tocou neste remo?

– Não, senhor. A cabana está sem atividades desde quinta-feira de manhã, quando a praia foi isolada. Assim que notei o remo, isolei a cabana e entrei em contato com o senhor.

– Muito bem. Mande os homens da unidade responsável pela cena do crime de volta para cá.

O policial saiu apressadamente da cabana, e Pierre continuou a analisar as manchas de sangue que cobriam a pá do remo.

Um tubo de plástico transparente protegia o remo de madeira de *stand up paddle* como se estivesse em exposição em um museu. Ele permanecia próximo do doutor Mundi, que estava junto à mesa de autópsia. O legista terminava a autópsia de um homem de Santa Lúcia que morrera na noite anterior durante uma transação com drogas que não dera certo.

— É possível? — Pierre perguntou.

— Possível? — O doutor Mundi interrompeu por um instante seu trabalho para observar o remo preservado. — Sim, é possível. Corresponde à natureza da fratura. É um objeto pesado e contundente, que pode ser usado para dar um golpe em velocidade de baixa a média. Mas eu precisaria fazer algumas medições para constatar se a pá do remo é correspondente ao tamanho e ao formato da fratura craniana.

— Emmanuel... — Pierre chamou a atenção do médico por tratá-lo pelo primeiro nome. — Entendo a metodologia que você precisa usar para confirmar minha suspeita. Também sei que levará algum tempo, algo que não tenho. O que estou lhe perguntando é se você acha que esse remo pode ter sido usado, e não se foi usado com certeza, para golpear Julian Crist e provocar seu traumatismo na cabeça.

— Talvez. — O doutor ainda observava o tubo de plástico, com suas mãos paradas no meio da sutura do corpo à sua frente. — Mas, vendo de onde estou, o tamanho da pá não corresponde àquilo que me lembro da fratura.

— O sangue dele está na pá, Emmanuel. O DNA provará que existe uma correspondência.

— Você me pôs ciente desse fato, Claude.

Ansioso, Pierre olhou para o outro lado do necrotério, na direção da porta, e depois voltou a fitar o doutor Mundi.

— Preciso disso, Emmanuel — ele afirmou, controlando o tom de voz. — Estou sendo pressionado para ter isso sob controle rapidamente. Preciso que você me diga que esse remo provocou a fratura craniana.

— Você está me pedindo, no momento em que tenho um corpo diferente na minha mesa, para confirmar que esse remo provocou a fratura craniana no caso de Crist. Meu instinto inicial é de que isso é apenas possível. Tenho de realizar os testes e executar minha análise. Será necessário que eu tire o cadáver da geladeira e dê uma olhada mais atenta.

— Quando?

— Terminarei esta autópsia em uma hora.

Pierre pôs a mão no topo do tubo de plástico.

— Eu aguardo.

10

– O TEMPO ACABOU – O GUARDA AVISOU.

— Escute, Grace, serei honesta com você. As anulações de condenações são bastante raras. Elas não acontecem frequentemente, e jamais sem uma nova prova que provoque uma reviravolta. Quero que você saiba que tentarei vender esse documentário para a minha emissora apontando o holofote para você e para sua história. Não posso prometer que algo mudará por causa desse filme. Posso garantir, no entanto, que se conseguirmos emplacar esse projeto, você e seu caso ganharão grande atenção de uma rede de tevê importante dos Estados Unidos. Você chamará a atenção dos inimigos e dos cínicos, aqueles que nunca acreditarão que você não é a assassina de Julian Crist. Contudo, se apresentarmos seu caso da forma correta, também poderemos chamar a atenção dos outros que acreditam em você. E nenhuma de nós sabe quem serão essas pessoas, ou o alcance que essa atenção terá.

— Vou chamar a atenção agora, Sidney, porque não tenho mais nada. Já esgotei a possibilidade de apelações. Então, legalmente, não há mais nada a ser buscado. Esse documentário é tudo o que me resta. Sendo assim, estou nessa com você para contar a minha versão. Uma história que o mundo nunca ouviu porque a verdadeira Grace Sebold foi ofuscada há dez anos pelas manchetes sensacionalistas envolvendo sangue, encobrimentos, pegadas e fraturas cranianas. A "Sinistra Grace", com todos os seus homens e que ficou louca de ciúme. Toda essa merda que tinha tão pouco a ver com quem eu sou e com o que Julian significava para mim.

Portanto, por favor, diga ao mundo quem é Grace Sebold, e eu serei eternamente grata. Mas estou implorando para você, Sidney: examine o meu caso. Analise as provas que foram usadas para me condenar. Mostre como estavam erradas. Mostre como eram inconsistentes. Prometa-me que fará isso.

Sidney abriu a boca para falar, mas hesitou, refletindo melhor.

— Escute, Grace, você passou por muita coisa que nunca vou entender e que nunca serei capaz de relatar, e não serei mais uma a provocar-lhe uma desilusão. Farei um documentário sobre a sua história, sobre quem Grace Sebold era quando veio para Sugar Beach em 2007, sobre como seu namorado foi morto e como você foi acusada e condenada pelo seu assassinato. Destacarei o quanto você clamou sua inocência nos últimos dez anos. Apresentarei a ideia de que a polícia, interessada em evitar uma investigação de assassinato prolongada que prejudicaria o turismo, tirou conclusões precipitadas, utilizou técnicas de interrogatório ilegais e lhe designou um advogado de defesa incompetente. Destacarei as discrepâncias de seu caso e abordarei tudo o que você me disse em suas cartas. Isso será o suficiente para encontrar audiência? Acho que sim. Será suficiente para provar sua inocência? Duvido.

— Sou inocente, Sidney.

— Entendo sua convicção, Grace, mas não posso prometer que meu documentário provará isso. De novo, minha intenção é contar sua história. Se, ao fazer isso, eu colocar em dúvida tudo o que existe contra você, considerarei uma vitória.

Grace reclinou-se na cadeira e cruzou os braços sobre o peito.

— Você não acredita em mim, não é?

Sidney ficou em silêncio, levando em consideração a pergunta e todas as provas que condenaram Grace Sebold anos atrás. Sua mente estava perturbada por tudo o que Claude Pierre revelara.

Ela deu uma rápida olhada na câmera que filmava no canto da sala de entrevistas e, depois, tornou a fitar Grace.

— Não tenho certeza no que eu acredito.

DELIBERAÇÃO DO JÚRI
DIA 1

Sentados à mesa de reunião, os doze membros do júri precisaram de trinta minutos de preâmbulos para decidir que Harold Anthony atuaria como representante dos jurados. Harold era um dos quatro homens do corpo de jurados. Os demais membros eram oito mulheres, sendo cinco empresárias, duas aposentadas e uma dona de casa.

Harold Anthony era um empresário local de comportamento sereno e capacidade de liderança, portanto, uma escolha adequada para comandar uma discussão em grupo que determinaria o destino de uma mulher e decidiria se ela era culpada ou inocente de assassinato.

— Tudo bem — Harold disse à cabeceira da mesa. — Todo o caso, ofertado dos dois lados, nos foi apresentado. O juiz deixou claro que o mundo está vendo e esperando que nós doze tomemos uma decisão. O escrutínio da mídia será intenso e, talvez, opressivo. O juiz deixou claro também que, depois de uma deliberação meticulosa e completa, deveremos nos manter unidos como se fôssemos um em nossa decisão. Assim, acho que a primeira coisa a fazer seria discutir nossas ideias iniciais e esclarecer quaisquer áreas que não tenhamos entendido completamente.

— As impressões digitais dela foram encontradas na arma do crime — uma das mulheres aposentadas disse. — Não estou entendendo inteiramente o que há para discutir.

— Bem — Harold respondeu —, como o nosso voto inicial não foi unânime, tivemos de assumir a tarefa de debater até que todos chegássemos a um acordo. Mas você traz um bom ponto de partida. A arma do crime, e as impressões digitais dela, é um bom lugar para começarmos esse debate.

PARTE II

A APRESENTAÇÃO

11

Segunda-feira, 20 de março de 2017

O PRÉDIO DA SEDE DA REDE DE TEVÊ FICAVA EM MIDTOWN, em Nova York.

Sidney pegou um táxi na rua 42 até o trânsito impedir seu progresso. Ela, então, deixou o dinheiro da corrida sobre o assento, agradeceu ao motorista e desembarcou na manhã de primavera. Serpenteou entre os carros e chegou ao meio-fio, onde se misturou ao fluxo incessante de pessoas naquela segunda-feira indo em direção ao trabalho. Esbarrou em diversos ombros por quatro quarteirões até atravessar as portas giratórias e entrar no saguão.

O elevador a levou ao quadragésimo quarto andar, onde Sidney mostrou seu crachá para passar pela recepção e ter acesso aos escritórios dos executivos. Sua reunião era às nove horas, e o trânsito a atrasara. O plano até então era beber café na cafeteria do saguão e repassar tranquilamente suas ideias antes da reunião para apresentar seu projeto. Em vez disso, Sidney corria para não perder a hora.

Ela foi alcançada pela cacofonia reinante dentro das paredes de vidro do escritório, que ofereciam pouca privacidade para os executivos que comandavam a rede de tevê. O projeto arquitetônico permitiu-lhe ver que a sala de projeção já estava cheia. Sidney respirou fundo e se dirigiu apressada para lá. Quando abriu a porta, sentiu alívio ao ouvir o murmúrio de diversas conversas sobrepostas. Uma dúzia de filas de cadeiras se alinhava na sala, todas de frente para a parede norte, onde um projetor multimídia com DVD iluminava uma grande tela com o título:

A GAROTA DE SUGAR BEACH

PRODUTORA: SIDNEY RYAN

Sidney se sentou na única cadeira desocupada, que ficava na primeira fila e era reservada para ela. Por um instante, acreditou que sua chegada em cima da hora passaria despercebida.

— A grande Sidney Ryan finalmente se juntou a nós para sua própria exibição — Luke Barrington disse, com sua voz grave e desagradável.

Sidney fechou os olhos e bufou. Enganara-se ao acreditar que Luke só usava aquela entonação insuportável durante a gravação de seu programa jornalístico no horário nobre. Porém, no último ano, ela aprendeu que a dinâmica rítmica de sílabas saltitantes e inflexão cavernosa se manifestava em tudo o que ele dizia, desde os detalhes da morte de uma jovem em seu renomado programa jornalístico até as lembranças de seu fim de semana no café da manhã de segunda-feira. Sidney gostaria de dizer que aquela voz sonora, que valera intimamente a Luke o apelido de "o Urso", era falsa como bananas de plástico, mas como ele nunca vacilava em seu tom, ela só podia afirmar que era irritante.

— Agora que estamos todos atrasados em relação ao cronograma, vamos apressar as coisas, certo? — o Urso prosseguiu.

Essa foi dirigida a Graham Cromwell, que comandava a divisão jornalística da emissora.

Graham se encaminhou até a frente da sala de projeção e parou junto ao projetor.

— Obrigado, Luke. Desculpe por afastá-lo de seu jogo matinal de golfe. Mas talvez você devesse investir em algumas horas de trabalho esta semana. Seus índices de audiência estão baixos.

Essa afirmação gerou um coro de risadas.

— Baixos? — Luke arqueou uma sobrancelha. — Ainda assim são os índices mais altos da rede. E de todos os telejornais do horário nobre.

Em zombaria, Graham ficou boquiaberto.

— Maiores índices de audiência do horário nobre? Sério? Ninguém nesta sala ouviu essa notícia de última hora.

Essa afirmação gerou mais risadas. Luke Barrington sabia se auto-promover, e a modéstia nunca fora seu ponto forte.

— Aliás, meus índices estão mais baixos porque saí de férias por dez dias. E, como todos nós sabemos, a rede ainda precisa achar um apresentador que consiga manter minha audiência.

— Foi uma piada, Luke. Também estamos tentando consolidar Sidney no horário nobre, já que seus documentários anteriores foram muito bem recebidos. Achamos que há uma oportunidade com a última proposta dela. Com certeza, Sidney gerou um grupo de fãs.

— Então vamos ver. — Luke abanou as mãos. — O suspense está nos matando.

Falou como um verdadeiro babaca, Sidney pensou.

— Sidney? — Graham a chamou.

Sidney se levantou e tomou seu lugar na frente da sala de projeção. Além da grande plateia no recinto, ela percebeu que outros funcionários se amontoavam no corredor para conseguir dar uma olhada em seu muito falado documentário.

— Os crimes reais são populares — Sidney afirmou. — Todos nós sabemos disso. E estão empolgando cada vez mais. Não precisamos ir além de *Making a Murderer* e *The Jinx* para perceber o imenso potencial de audiência para as redes de tevê; *48 hours* é um campeão de audiência permanente. *Serial* foi um dos podcasts mais baixados da história. O público tem apetite por crimes da vida real narrados em *thrillers* sob a forma de documentários. Como Graham apontou, meus três documentários anteriores retrataram casos desconhecidos e prisioneiros desconhecidos, e apresentaram suas histórias de condenações injustas. Nós conquistamos uma audiência maior a cada documentário, e desenvolvemos um nicho: encontrar vítimas de erros judiciais e apresentar suas histórias de injustiça. Minha apresentação de hoje sobre o meu novo documentário é diferente de duas maneiras em relação aos meus filmes anteriores. Trata-se de uma apresentação ambiciosa cheia de potencial. Espero que todos concordem.

Sidney notou que os demais funcionários entraram na sala de projeção e ficaram de pé nos fundos, uma vez que não havia lugares disponíveis para que se sentassem. Também percebeu que Graham Cromwell abriu mão de sua cadeira quando Dante Campbell, a coapresentadora de

Acorde, América, o programa matinal de grande sucesso da rede, entrou furtivamente. Por um momento, Sidney hesitou quando reconheceu todo o poder que havia reunido na primeira fila da sala: a rainha da programação matinal da tevê, Luke Barrington e os homens de terno do departamento comercial. De repente, ficou feliz por ter se atrasado — desse modo, a enormidade do momento não teve chance de oprimi-la.

— Primeiro, no lugar de um caso desconhecido, dessa vez vou destacar uma pessoa bem conhecida — Sidney continuou.

— Quem? — Luke Barrington quis saber.

Sidney esboçou um sorriso; uma máscara que sugeriu a todos da sala que ela estava emocionada por estar conversando com uma lenda tão estimada do horário nobre. Em sua mente, porém, seus lábios curvados eram o equivalente a mostrar o dedo médio.

— Grace Sebold.

Houve alguns murmúrios na plateia; um zumbido de excitação ante um caso tão notório.

— Essa é uma história antiga — Luke afirmou.

— Por isso é interessante. — Sidney sorriu mais largo. — Ela está presa há dez anos e alega sua inocência sem vacilar.

— Se eu entrevistasse uma centena de presidiários, ouviria a mesma coisa cem vezes. Todas histórias tristes de criminosos que são culpados de modo inquestionável.

— Você apresenta atualidades, Luke — Graham Cromwell interveio —, e tem o monopólio das notícias de opinião. Este é um documentário de crime real. Não vai roubar o seu público.

Agora foi Luke quem deu um sorriso falso.

— Acha que tenho medo de ela roubar meu público?

— Você tem? — Sidney o fitou com fingida inocência.

Muitos na sala se viraram para contemplar o Urso.

Ele deu uma risadinha, e mesmo esse som veio com um eco irritante.

— Óbvio que não.

— Então, pare de interromper e escute a apresentação dela — Graham ordenou.

Sidney olhou para Graham e, depois, para a plateia. E pôde captar uma piscadela e um sutil gesto afirmativo de cabeça de Dante Campbell.

— Grace Sebold é bem conhecida. Assim, prevejo uma onda inicial de interesse pegando carona em minha audiência básica. Meus demais documentários começaram devagar e foram conquistando uma audiência maior ao longo do tempo, quando os episódios se aproximaram da conclusão. Neste caso, espero uma audiência inicial maior.

Sidney pigarreou.

— A outra diferença é que *A garota de Sugar Beach* será produzido como documentário em tempo real. Produzirei os episódios à medida que investigo. Eu editei o piloto e o material bruto de dois episódios de abertura. É o resumo que vamos projetar esta manhã. Incluí minha entrevista com o inspetor Pierre de Santa Lúcia, as provas que condenaram Grace Sebold e o caso de amor entre Grace e Julian Crist. Os episódios vão recontar os acontecimentos, como eu os entendo, numa mistura de recriações e também de filmagens ao vivo de minha investigação. A audiência descobrirá o que eu descobri no momento em que descobri.

— Há muito risco aí.

— Concordo com Luke — Ray Sandberg afirmou, na primeira fila. Sandberg era o presidente da emissora, e teria a palavra final na aprovação do projeto de Sidney. — Um problema com *Serial* foi o final bastante insatisfatório, que deixou mais perguntas do que respostas.

— Então, aprendamos com isso — Graham disse. — Vamos construir o suspense e dar um fim gratificante para o público. O resultado final pode ser enorme. Traremos de volta Grace Sebold e Julian Crist. Não iremos apenas mergulhar na história de amor deles e descobrir quem eles eram, mas também vamos encontrar a verdade. *Isso* vai fisgar a audiência.

— Fisgar a audiência não é o que me preocupa. — Ray explicou. — Mas sim fisgá-la com uma grande promessa e não entregar. Assim, perderemos a confiança dela. Alguém viu os números da segunda temporada de *Serial*? Não sabemos toda a história a respeito de Grace Sebold. O que acontecerá se você não propuser nada revelador além de uma jovem estudante de medicina que matou o namorado, Sidney?

— Essa é a sedução. Não sei o que vou encontrar quando começar a me aprofundar, e tampouco a audiência. Porém, há algo mais na história de Grace Sebold do que qualquer um de nós sabe.

— Com base em quê?

— Em minha viagem a Santa Lúcia, onde Grace Sebold passou dez anos na cadeia. Eu falei com o detetive que conduziu o caso. Os recursos de investigação ali não são iguais aos dos Estados Unidos. A economia local depende do turismo, e toda a polícia estava sob pressão para solucionar esse caso, para chegar ao fim dele e fazê-lo desaparecer, para que assim os possíveis turistas não desistissem de visitar a ilha. Acho que para concluir a investigação o mais rápido possível a polícia fez com que as provas se encaixassem na narrativa. Também falei com Grace Sebold, como vocês verão em instantes. Tivemos uma longa conversa a respeito de seu caso e das provas que a condenaram uma década atrás. De forma convincente, ela consegue mostrar os furos existentes em todas elas.

— Se Grace conseguiu transmitir sua inocência de forma tão convincente para você, por que o advogado dela não foi capaz de convencer um júri? — Luke Barrington fez um esgar.

— Ela foi obrigada a usar um advogado local. É a lei em Santa Lúcia: um advogado local precisa integrar a equipe de defesa dela. Ele não era um profissional qualificado e cometeu erros decisivos durante o julgamento. Claro, no calor da batalha e após o choque de perder o namorado e ser acusada de assassinato, Grace não se apercebeu desses erros. Só com o tempo as carências de seu advogado se tornaram evidentes. E todos nós sabemos que os jurados podem ser persuadidos tanto pela teatralidade quanto pelos fatos. No dia em que entrou no tribunal, Grace Sebold já estava condenada pela mídia e pela internet.

— Quantos episódios? — Ray Sandberg quis saber.

— Terei de levantar meu plano de produção e entender o arco dramático da história. Mas minha proposta atual envolve dez episódios, com alguma margem de manobra, obviamente, com base em minha investigação. Eu editei o episódio-piloto e esbocei o que quero fazer nos quatro primeiros episódios.

— Época apropriada?

— Verão — Graham se adiantou. — Três meses no verão. De junho a agosto. Dez semanas para deixar a história de Grace Sebold se desenvolver.

— Não apenas *contar* sua história — Dante Campbell comentou, na primeira fila. — Sidney quer dar ao público a verdade, que ela acha que é diferente do que foi dito ao mundo até este momento. Eu já sou uma fã.

Sidney sorriu para Dante e juntou as sobrancelhas em um gesto silencioso de gratidão. Dante superara até o grande Luke Barrington nas posições de poder da emissora, com seu programa matinal trazendo centenas de milhões de dólares de faturamento anual.

Sem demora, e com o apoio de Dante ainda pairando no ar, Graham diminuiu as luzes, e Sidney se colocou ao lado da tela quando a primeira edição de seu episódio-piloto começou a passar.

A GAROTA DE SUGAR BEACH

"MATCH DAY" – PARTE DO EPISÓDIO 1
BASEADO EM ENTREVISTA COM GRACE SEBOLD

Na terceira sexta-feira de março, Grace Sebold se juntou a cento e cinquenta e oito colegas de turma quando eles se reuniram no Hiebert Lounge, no *campus* da Faculdade de Medicina da Universidade de Boston. Além de alguns estudantes ocasionais que usavam jeans e *blazers* esportivos ou blusas e saias casuais, os vestidos de primavera formais e os ternos eram o traje comum. Café, docinhos e salgadinhos cobriam uma longa mesa, onde os estudantes enchiam os pratos e batiam papo. Como Grace acordara com indisposição estomacal, não conseguia pensar em comer um sonho recheado de geleia, e muito menos em beber um café. Em vez disso, ela perambulava pelos corredores sozinha, desinteressada de se misturar com seus colegas de turma. Ela era assim. Alguém que convertia momentos alegres em momentos de angústia.

Havia uma agitação palpável no ar. Nesse dia, cada estudante de medicina do quarto ano saberia para qual programa de residência médica fora escolhido. O teto do Hiebert Lounge estava cheio de balões que cairiam sobre os alunos quando abrissem os envelopes do *Match Day*. Nos últimos anos, a universidade tinha providenciado o registro do evento matinal por meio de um serviço profissional que montava câmeras em posições estratégicas para gravar tudo. Os operadores de câmera andavam entre os estudantes e suas famílias colhendo depoimentos, e estavam prontos para gravar *close-ups* quando os envelopes fossem abertos.

De manhã cedo, Grace havia participado da sessão de fotos em grupo, quando os estudantes do quarto ano se reuniram nos degraus da frente do prédio da faculdade de medicina e fizeram expressões faciais de "Ah, meu Deus", para que a universidade pudesse fazer o *upload* do dia inteiro em seu site e atrair futuros alunos. Mas agora, após a sessão inicial de fotos e com a aproximação da abertura dos envelopes, Grace não tinha interesse em conversas fiadas enquanto as câmeras gravavam. Tudo o que ela queria era abrir o envelope e ver se conseguira a residência em Nova York.

Grace parou na frente da janela e observou os prédios do centro de Boston. Pegou o celular e, com os polegares se movendo a jato, digitou uma mensagem de texto para Julian:

Mais cinco minutos.
Sim. Todo o mundo enlouquecido aqui.
Isso é muito estúpido. Apenas nos deixem abrir os envelopes. Uma produção tão idiota...
Relaxe! Divirta-se e pare de se estressar.

Um tilintar e alguns assobios chamaram a atenção de Grace.

Tenho de ir. Na iminência de abrirem os nossos envelopes!
Os nossos também. Ligo para você em um minuto.

Grace tirou os olhos do celular e respirou fundo. Ela desceu a longa escadaria, empurrou as portas de vidro e entrou no salão.

— Estamos muito contentes de dar as boas-vindas a todos os estudantes do quarto ano e seus entes queridos para o *Match Day* da Universidade de Boston! — o diretor do programa de residência médica disse ao microfone. — Estamos orgulhosos de nossos alunos e da dedicação que mostraram nos últimos quatro anos. Desejamos boa sorte a vocês. E agora, sem mais delongas, apresentamos seus envelopes do *Match Day*!

Postos ordenadamente sobre uma mesa, cento e cinquenta e nove envelopes brancos continham o nome de cada estudante. No interior deles, uma única folha de papel, que dizia onde cada um faria sua residência médica.

Grace achou ter ouvido uma contagem regressiva, com as pessoas ao seu redor gritando números no sentido inverso. Mas o barulho e as vozes ficaram ao fundo. Concentrada só nos envelopes, ela avaliou onde o seu estaria localizado em ordem alfabética. A multidão começou a aplaudir, a monótona contagem regressiva terminou, e a manada se moveu em direção à mesa.

Grace seguiu com todos os demais, e finalmente chegou à mesa. Os envelopes começaram a ser recolhidos, e as fileiras de retângulos brancos antes organizadas agora estavam espalhadas em ângulos estranhos. Grace encontrou os envelopes da letra S e conseguiu localizar aquele com o seu nome. Ela o pegou.

Alguns estudantes em torno dela, eufóricos, liam suas cartas. Grace caminhou com toda a calma através da multidão com seu envelope fechado e saiu do Hiebert Lounge. Tomou o elevador para o andar térreo, atravessou as portas da frente do prédio e saiu para a manhã fria de março. Só então abriu o envelope e tirou dele a folha de papel, deixando os restos do envelope rasgado caírem no chão. Leu rapidamente seu nome e seu número de identificação e chegou ao meio da página:

Parabéns, você conseguiu!
Programa: Neurocirurgia
Localização: Hospital de Cirurgia Especial
Universidade Cornell, Nova York

Sem deixar que a façanha tomasse conta dela, Grace pegou o celular e ligou.

— Onde? — Julian perguntou antes que o primeiro toque terminasse.

— Cornell.

Silêncio.

— Julian? Você abriu seu envelope?

Houve uma longa pausa.

— Fale! — ela pediu.

— Cornell também!

Na sala de projeção, no quadragésimo quarto andar do prédio da sede da emissora, o rosto de Sidney apareceu na tela enquanto ela olhava para a câmera com a Universidade Cornell ao fundo. Era uma manhã clara, e o sol nascente destacava a portaria de vidro do hospital atrás dela.

— No *Match Day*, em 17 de março de 2007, Grace Sebold e Julian Crist, um típico casal americano que havia se conhecido durante um programa para estudantes de medicina em Nova Delhi, descobriram seu futuro. Os dois se candidataram à especialidade altamente competitiva de neurocirurgia e conseguiram ser aprovados para o mesmo programa de residência médica na Universidade de Cornell. Sob qualquer parâmetro, esses dois jovens adultos talentosos e ambiciosos estavam a caminho de um futuro brilhante. Mas salvar vidas não era o que esperava por eles. Tragicamente, menos de duas semanas depois de terem aberto seus envelopes do *Match Day*, Julian Crist estava morto, e Grace Sebold, sendo julgada por seu assassinato.

Sidney percorreu lentamente o caminho para pedestres do *campus*, sem nunca desviar o olhar da câmera.

— Neste verão, e nos próximos dez episódios, nós nos tornaremos íntimos desse casal antes tão promissor. Iremos nos colocar a par dos tristes acontecimentos que levaram à morte de Julian Crist na famosa praia de Sugar Beach, em Santa Lúcia, e conheceremos a garota que o amava. Nós trabalharemos para entendê-la, para mostrar a vocês os acontecimentos que moldaram a vida de Grace Sebold e a conduziram ao objetivo de se tornar uma cirurgiã. Também investigaremos a última década de sua vida, que ela passou em uma penitenciária estrangeira junto com outros assassinos condenados. Tomaremos conhecimento de sua história. Uma história comum, com reviravoltas desconcertantes e revelações estranhas. Uma história contada da perspectiva de Grace e daqueles responsáveis por condená-la. Examinaremos as provas que colocaram Grace atrás das grades e determinaremos se foram baseadas em ciência ou ficção. Nesse verão, investigaremos a alma de Grace Sebold e finalmente descobriremos a verdade.

Sidney parou de caminhar. O hospital e sua radiante fachada de vidro brilhavam no fundo.

— Eu sou Sidney Ryan, e este é *A garota de Sugar Beach*.

O projetor multimídia com DVD parou a projeção, e as luzes da sala voltaram a se acender. Houve mais murmúrios da plateia. Sidney notou que uma multidão maior se reunira no corredor durante a exibição.

— Adorei! — Dante Campbell sorria. — Quero muito conhecer a história de Grace. Com toda a certeza, adorei.

— Obrigada, Dante. — Sidney compartilhou um momento de contato visual com a maior estrela da emissora.

— Ray? — Graham perguntou.

Ray Sandberg ficou de pé na primeira fila.

— Apresentação sensacional. — Ele se dirigiu a Sidney: — Vamos conversar a respeito da logística hoje à tarde.

— Sem dúvida. — Sidney fez que sim com a cabeça.

O público ia diminuindo conforme se encaminhava para as portas da sala de projeção.

— Não acho que Luke seja um fã — Sidney comentou quando ela e Graham ficaram a sós.

— Luke não assina os cheques.

12

Terça-feira, 28 de março de 2017

UMA SEMANA DEPOIS, APÓS DIVERSAS REUNIÕES COM executivos da rede de tevê, Sidney, após ter recebido o sinal verde para estrear seu projeto no verão, sentou-se a sua mesa e editou um clipe para o episódio de abertura. Nos últimos sete dias, o episódio-piloto foi refinado e apresentado aos homens de terno, que tomam decisões sobre a programação, e aos gerentes de vendas, que decidiam a respeito de possíveis anunciantes. Na emissora, havia uma sensação geral de entusiasmo com o documentário e com o formato em tempo real. Sidney filtrara e esboçara as entranhas dos primeiros episódios, e, quando começassem a ir ao ar, ela trabalharia para juntar novos episódios a partir das revelações que esperava descobrir enquanto investigava Grace Sebold, Julian Crist, seus passados e os acontecimentos em Sugar Beach.

A expectativa do que Sidney poderia descobrir era a origem dos murmúrios dentro da emissora e a fonte de sua ansiedade. Quando se acomodou à sua mesa e sua frequência cardíaca começou a subir e a voz no fundo de sua mente passou a sussurrar suas dúvidas, ela lembrou a si mesma, mais uma vez, que não tinha de mostrar para a audiência *quem* matara Julian Crist. Sidney só precisava apresentar de forma coerente a possibilidade de não ter sido Grace Sebold.

As sugestões de edição em que Sidney vinha trabalhando tinham sido feitas por Ray Sandberg, que não possuía sequer um osso criativo no corpo, mas sentira a necessidade de ajustar o episódio-piloto antes de assinar um cheque. Quando Sidney fez menção de discordar das sugestões de Ray durante a reunião que revelara a ela tudo o que precisava saber, Graham Cromwell dirigiu-lhe um gesto desencorajador com a cabeça.

Diga sim às edições a fim de emplacar o documentário.

O gesto sutil de Graham era um lembrete de que Sidney não estava criando um documentário a ser escolhido para veiculação, mas, em vez disso, fazia concessões para que os executivos da emissora aprovassem seu projeto. Se ela conseguisse superar esse obstáculo inicial, Graham prometeu-lhe que teria mais controle criativo dali em diante. E assim, com um sorriso largo, Sidney passara a manhã com os administradores, gerentes de vendas e burocratas da divisão jornalística da emissora, ouvindo as edições sugeridas para o episódio-piloto de *A garota de Sugar Beach*. E por fim, após esses ajustes finais, o episódio de estreia do documentário estava programado para ir ao ar no início de junho.

O resumo que Sidney apresentara na sala de projeção uma semana antes tinha conteúdo bastante para quatro episódios de uma hora de duração. Nas próximas duas semanas, o objetivo dela era encontrar material suficiente e evidências novas e relevantes para os quatro episódios seguintes. E depois, de alguma forma, criar uma conclusão que abarcaria os dois episódios finais e apresentar provas capazes de mostrar que Grace Sebold não era tão culpada quanto o mundo acreditava.

Era uma tarefa árdua. Não pela primeira vez, Sidney considerou que dera um passo maior do que a perna. E aí residia o dilema de tentar entrar em uma indústria: quando sua apresentação é tão forte que até pessoas como Dante Campbell começam a acreditar em você, junto com a confiança delas vem a pressão para entregar. Agora, depois de um ano revisando o caso de Grace Sebold e lendo as centenas de cartas que ela e Ellie Reiser lhe escreveram, após pesquisar, entrevistar e editar os episódios de abertura, além de sua apresentação oficial, Sidney não estava mais perseguindo esse projeto. O documentário recebera o sinal verde. Agora Sidney perseguia relevância. Chegara a hora de entregar. O primeiro prazo parecia uma corda apertada em volta de seu pescoço, e foi por isso que, quando ela tirou os olhos do computador e viu Luke Barrington entrando em seu escritório, deixou escapar um longo suspiro.

— Do que você precisa, Luke?

— Parece que você precisa mais do que eu. Você precisa de uma história, e não tenho certeza de que tem uma. — A voz do Urso ecoou pelas paredes do escritório de Sidney.

— Obrigada por sua preocupação. Eu me viro.

— Você vai?

— Vou o quê?

— Conseguir uma história.

— Sim, Luke. Eu já tenho uma. E trabalho a fazer. Assim...

— Sabe...

Sidney ouviu a entonação grave e falsa dele se manifestar, como se Luke estivesse transmitindo alguma sabedoria para seu público.

— Essa coisa sua. Essa cruzada para ajudar vítimas de erros judiciais. É algo nobre. É um nicho, mas é sustentável?

— É o *quê*?

— Sustentável. Você pode fazer uma carreira com isso? Veja, a minha carreira é o jornalismo. O jornalismo político, que sempre existiu e sempre existirá.

— Então, acho que você está protegido. Mas eu não gosto de política.

— Não estou preocupado com a minha carreira.

Sidney sorriu.

— Também não estou preocupada com a minha, Luke. Posso ser uma mulher frágil, mas consigo me virar muito bem. E não gosto de ser assediada.

Luke deu uma risada condescendente.

— Não estou te assediando. Estou tentando ajudá-la. Na realidade, existem muitas pessoas condenadas por engano por aí? Você vai salvar todas elas? Uma após a outra?

— Neste exato momento, só estou preocupada com uma delas. E estou com o prazo apertado, Luke. Então, me dê um pouco de privacidade.

— De onde vem isso? Essa sua cruzada?

— Vem de três documentários de sucesso. Sei que você não vai reconhecer o sucesso de ninguém além do seu, mas meu interesse vem do fato de que fiz isso três vezes com grande êxito.

Luke franziu o lábio inferior e inclinou a cabeça para o lado como um cachorro que ouviu um assobio.

— Eu classificaria o sucesso mais como moderado do que grande, mas isso é irrelevante. Estava perguntando apenas para descobrir sua influência. Muitas pessoas me perguntam a minha.

Sidney voltou para suas edições sem morder a isca.

— Parece que você está ocupada. Vou deixá-la voltar ao trabalho.

— Perfeito — Sidney disse.

— Se precisar de algum conselho, me avise.

Isso fez Sidney sorrir.

— Luke, você nunca fez uma série documental na vida, ainda que tenha posto seu nome naquilo que eu criei para a emissora no ano passado. Por que eu iria lhe pedir conselhos?

Luke achou graça.

— Não sobre como fazer o seu documentário, querida. Mas talvez você queira um conselho sobre como ganhar audiência. Sou bastante versado nisso.

Impaciente, Sidney revirou os olhos e voltou para o computador. Ao mesmo tempo, o Urso deixou misericordiosamente seu escritório. Mas, ainda após a saída dele, ela podia ouvir a sua voz plangente ecoando nos vazios de seu escritório.

"De onde vem isso? Essa sua cruzada?"

Sidney voltou para sua edição, porém, se esqueceu do que estava tentando executar no clipe atual.

— Droga! — Ela empurrou o laptop para o lado.

Sidney olhou para a beirada da mesa, onde havia um envelope solitário. Ela o evitava desde sua chegada, dois dias antes. Finalmente, Sidney estendeu a mão para pegá-lo e o abriu, retirando a carta, dobrada em três partes. Ao desdobrá-la, ela deparou com um quadradinho de lenço de papel, também dobrado impecavelmente.

Sidney considerou sua descoberta por um instante, e examinou o quadradinho antes de abrir cuidadosamente o lenço de papel. Ao fazer isso, diversas unhas cortadas caíram sobre sua mesa. Ela soltou o lenço e deixou escapar um longo suspiro.

— Pelo amor de Deus...

13

Sexta-feira, 31 de março de 2017

A PENITENCIÁRIA ESTADUAL DE BALDWIN FICAVA EM Milledgeville, na Geórgia — uma prisão exclusiva para homens, onde se encontravam alguns dos criminosos mais hediondos do estado.

Durante anos, Sidney visitou o presídio. Os guardas costumavam brincar com ela, perguntando, em sua chegada, qual condenado iria soltar. Fazia seis meses que Sidney não ia à Geórgia, e ela não saberia dizer por que escolhera esse fim de semana para visitar Baldwin. Culpou Luke Barrington. A voz que sussurrava nos cantos recônditos de sua mente, dizendo-lhe que *A garota de Sugar Beach* era um projeto muito difícil de ser realizado, também desempenhou um papel. E como uma menina de dez anos fugindo do pátio de recreio, Sidney ignorou o pensamento de que estava procurando compaixão nessa viagem para Baldwin. Era lamentável demais para considerar. Assim, ela fingiu que não era verdade.

Sidney encarou a rotina agora habitual de assinar formulários, mostrar a identidade, passar por detectores de metal, ficar de pé como um crucifixo enquanto um guarda passava um bastão pelo seu corpo e permitir que uma guarda feminina a revistasse em busca de drogas e armas. Depois de trinta minutos, ela teve permissão para se sentar em uma sala de espera com meia dúzia de outros visitantes. Leslie Martin, sua coprodutora, enviou gravações em vídeo que esperava incluir no episódio-piloto, e Sidney passou o tempo assistindo aos clipes em seu celular e fazendo anotações. Por fim, uma funcionária abriu a divisória de vidro.

— Sidney Ryan.

Sidney tirou os olhos do celular e ergueu a mão.

— Sua vez, querida — a mulher disse.

Sidney foi até a porta ao lado da divisória de vidro e a abriu, depois que a mulher a destravou por meio de um controle remoto.

— Sem equipe de filmagem? — a mulher perguntou.

— Hoje não. — Sidney sorriu.

A funcionária apontou para uma fileira de cabines, onde barreiras de vidro separavam os visitantes dos presidiários.

— Número seis.

— Obrigada. — Sidney percorreu a fileira. Ela sempre teve o cuidado de não prestar atenção aos outros visitantes que compartilhavam esse momento íntimo com os encarcerados. Mantinha os olhos baixos e observava os pés até se sentar em sua cabine. Só então ela olhava para a divisória de vidro. Algumas vezes, ele estava sentado ali, esperando. Em outra, ele aparecia de uma porta lateral escoltado por um guarda.

Nesse dia, Sidney esperou quase cinco minutos até que ele viesse. O traje laranja que ele usava parecia muito grande. Seus braços magros e pálidos escapavam das mangas como videiras murchas. Ele deu um sorriso sutil quando se sentou. Ela sabia que os presidiários só tomavam conhecimento de que tinham um visitante, mas não a identidade dele. Ele pegou o telefone e o levou ao ouvido. Sidney fez o mesmo.

Os dois se entreolharam sem dizer uma palavra. Sidney piscou algumas vezes e finalmente cumprimentou:

— Oi, pai.

14

Quinta-feira, 1º de junho de 2017

NA PRIMEIRA QUINTA-FEIRA DE JUNHO, QUANDO AS temperaturas em Manhattan começavam a subir e a umidade pairava pesada no ar, fazia frio no quarto do hospital. De fato, muito frio para as enfermeiras, mas ele era mantido em uma temperatura baixa pelo único paciente ali dentro por duas razões simples. Primeira: ele desprezava o calor, e seu corpo aquecia demais, e muito rápido. Isso sempre aconteceu, desde os quinze anos de idade. E considerando o fato de que ele ainda não era capaz de tomar banho sozinho, a última coisa de que precisava era chafurdar em lençóis suados e em uma camiseta malcheirosa. E segunda: ele sabia que o termostato ajustado em dezesseis graus irritava as enfermeiras. E, bem, para o inferno com elas.

As persianas estavam fechadas, e sua última lembrança eram os vestígios finais do anoitecer do verão que se espalhavam pelas bordas da janela. Todas as noites, às sete horas, a fisioterapia acabava com ele, o que o fazia cochilar até as três da manhã, horário em que acordava alerta e inquieto. Isso era outra coisa que irritava as enfermeiras, já que ele apertava o botão de alarme assim que despertava para pedir ajuda para ir ao banheiro. Ele não fazia xixi na cama, disse às enfermeiras mais de uma vez. E o outro procedimento estava completamente fora de questão.

As enfermeiras não gostavam de sua resistência, de seu desprezo e de sua atitude geralmente grosseira, e não escondiam isso.

— Vou adicioná-la à longa lista de pessoas de minha vida que se sentem da mesma maneira — ele disse à enfermeira-chefe, que realizou uma reunião do tipo intervenção com ele dois dias depois de sua internação no quarto. — Farei isso hoje mesmo se você me ajudar a ir ao banheiro.

O que mais o tirava do sério por estar naquele lugar era que ele não tinha controle do ambiente. O desamparo nunca fez parte de seu caráter. Ele simplesmente não aceitava a premissa. Levara sua vida assumindo o controle das situações, e ficar deitado naquela cama de hospital roubara não só sua dignidade como também sua autoridade. Para impor essa realidade, as enfermeiras jogavam de acordo com as regras de fazê-lo esperar por meia hora antes de aparecerem todas as manhãs. Ele tinha certeza de que a maioria dos idiotas internados naquele lugar se sujava durante a espera, ou enchia o recipiente de plástico transparente que ficava na mesa do café da manhã, e, então, permanecia como gado à espera de que seus tratadores os parabenizassem por um feito tão admirável antes de descartar seus resíduos no banheiro.

Mas ele era novo naquele lugar; acabara de ser internado no quarto após a cirurgia de pouco mais de uma semana atrás, e as enfermeiras ainda não tinham entendido que ele não era como a maioria dos idiotas. Assim que percebeu o jogo da espera, que considerou como o modo não verbal de as enfermeiras lhe explicarem como as coisas funcionavam, ele transformou as horas do amanhecer em um prazer real para todas no dia anterior, quando virou de propósito a mesa do café em sua tentativa de alcançar o banheiro. O caos fez as enfermeiras virem correndo para seu quarto, onde o encontraram sentado na beira da cama.

— Uma ajudinha seria legal — ele disse.

As enfermeiras não acharam graça do comentário.

E para essa noite as bruxas haviam adaptado sua estratégia. Ele notou, quando abriu os olhos no quarto escuro, que elas tinham mudado a mesa do café para o outro lado do aposento, e, enquanto ele dormia, o recipiente de plástico fora colocado entre seu quadril em boas condições físicas e o corrimão lateral do leito. Foi como se elas tivessem lhe dito um sonoro "Foda-se!". Ele quase apreciou a tática das bruxas.

As janelas brilhantes estavam escuras agora; o primeiro indício de que ele dormira por pelo menos algumas horas. O seguinte foi a pressão na bexiga. Quando seus olhos se adaptaram ao escuro, ele viu no relógio de parede que já passava um pouco das três da manhã.

Ele apertou o botão de alarme e esperou. Respirou fundo, ajeitou-se na cama para abrandar a pressão da bexiga, e considerou que talvez não tivesse escolha essa madrugada a não ser usar o recipiente de plástico. Observou o relógio tiquetaquear até o ponteiro dos minutos passar pelo número nove. Ele sabia que era isso o que as enfermeiras queriam: entrar em seu quarto e descobrir que o tinham vencido. Ele era um homem derrotado, havia pouca dúvida a esse respeito. Mas domado? Sem chance. Não faria xixi na cama, simples assim.

O dispositivo intravenoso e o cateter foram arrancados primeiro, com uma onda de dor percorrendo seu braço. Em seguida foi a vez dos tubos em seu nariz e dos eletrodos autoadesivos em seu peito. Um deles — ele não saberia dizer qual, já que arrancou todos em uma sucessão muito rápida — gerou uma barulheira de alarmes apitando e silvando. As enfermeiras chegaram em um piscar de olhos, com duas delas entalando na porta do quarto.

Quando o viram totalmente alerta, começaram a repreendê-lo.

— O que você está fazendo, senhor Morelli?!

— Não vou jogar de acordo com as suas regras — ele disse para elas. — Apertei o botão há quarenta minutos.

— Temos mais pacientes para cuidar. — A enfermeira avaliou os danos e recolheu o dispositivo intravenoso do chão. — O senhor poderia ter se machucado arrancando isto.

— Outros pacientes para cuidar às três da manhã? Vocês não estão tão ocupadas no meio da madrugada que não possam ao menos me atender. Preciso fazer xixi. Não estou pedindo para afofar meu travesseiro. Se eu conseguisse ir ao banheiro sozinho, eu iria.

— Há um urinol bem aqui. — A enfermeira mostrou o recipiente de plástico.

— E eu já falei que não vou usar isso. Vai levar cinco minutos de seu turno para me ajudar a ir ao banheiro. Tenha alguma maldita compaixão.

A enfermeira aproximou a cadeira de rodas da cama, enquanto sua colega o agarrava pelas axilas.

— É uma alegria tê-lo aqui, senhor Morelli.

Ele resmungou enquanto elas o acomodavam na cadeira:

— O prazer é todo meu.

* * *

ANOITECIA NAQUELA SEXTA-FEIRA, E AS ENFERMEIRAS DA

equipe do fim de semana começavam sua jornada. Embora ainda não tivesse tido contato com nenhuma delas, Morelli sabia que haviam chegado para cumprir o turno das sete da noite às onze da manhã. Ele jamais admitiria isso, mas as enfermeiras habituais estavam desgraçando sua vida. Esperava por uma equipe melhor nesse fim de semana. Até fez uma promessa rápida de ser mais tolerável.

Seu quadril estava em frangalhos por causa da fisioterapia, e a dor o impedia de dormir, como ele normalmente fazia a essa hora da noite para fugir do incômodo. Morelli apertou o botão de alarme e se surpreendeu quando uma enfermeira apareceu um minuto depois.

— Está precisando de alguma coisa, senhor Morelli?

Gus abriu os olhos.

— Ah, não esperava você tão cedo.

— Eu me chamo Riki. Serei sua enfermeira esta noite, e de novo no domingo. O que há de errado?

— Minha perna está doendo por causa da fisioterapia.

Riki verificou o prontuário ao lado da cama.

— Quanto dói, de um a dez?

— Oito.

— Sua última dose de morfina foi há seis horas. Vou lhe dar outra dose. Segundo seu médico, na primeira semana após a cirurgia, posso fazer isso a cada quatro a seis horas.

— Obrigado.

Riki voltou logo, trazendo uma bandeja coberta com papel esterilizado branco, incluindo uma seringa e um frasco. Ela desembalou a seringa e espetou a agulha no topo do frasco, extraindo a morfina. Enquanto Riki ajustava o cateter no braço, Gus se contorceu levemente por causa da dor.

— Desculpe, querido. — Riki olhou para o braço dele. — Você está todo machucado. O que elas fizeram, bateram em você?

Com um começo tão bom, Gus achou desnecessário explicar que seu ataque de raiva na manhã anterior era a causa de seu braço roxo.

— Não. Foi a minha namorada nova. Ela fez o melhor que pôde.

Com um gesto negativo de cabeça, Riki examinou o cateter.

— Eu vou cuidar de você.

Pouco amigo de agulhas, Gus desviou o olhar na direção da tevê para mantê-los ocupados, e viu o rosto de uma mulher ocupando a tela.

— Viu? Você não sentiu nada — Riki disse.

A morfina teve um efeito imediato, afetando sua percepção. Embora Gus olhasse para a tevê, tinha de se esforçar para ouvi-la.

Riki puxou a agulha do cateter, colocou-a de volta na bandeja e olhou para a tevê, retirando as luvas de látex.

— Ah, estou animada para assistir a esse documentário. É sobre aquela garota que matou o namorado em Santa Lúcia. Lembra desse caso?

Gus piscou. Ele ouviu a voz da enfermeira, mas não conseguiu registrar plenamente suas palavras.

Riki terminou de pôr tudo em ordem, mantendo o olhar na tevê. Quando tornou a fitar Gus, os olhos dele estavam em uma bruma impassível, sem piscar, olhando para a frente.

— Ela foi condenada anos atrás. — Riki apontou para o televisor. — Agora diz que é inocente. O documentário deve ser bom. Talvez mostre que ela não cometeu o crime. Pelo menos, isso é o que alguns sites de *spoiler* estão dizendo. Hoje à noite vai passar o primeiro episódio.

A enfermeira observou seu paciente. Gus analisava a própria mão como se ela pertencesse a outra pessoa, abrindo e fechando os dedos com o punho cerrado.

— Sim, é a morfina. Ela te deixa entorpecido. Como está a dor?

— Desapareceu — Gus respondeu com a voz distante.

— Ótimo. — Riki pegou o controle remoto e mudou de canal, colocando no jogo do Yankees. — Parece ser mais a sua praia.

Gus se recostou no travesseiro e olhou para o jogo. Os Yankees estavam ganhando.

— Você é um amor.

15

Segunda-feira, 5 de junho de 2017

A SALA DE REUNIÕES ESTAVA CHEIA ÀS NOVE DA MANHÃ daquela segunda-feira. O vapor escapava em espirais das canecas de cerâmica situadas diante de cada uma das vinte e duas pessoas sentadas ao redor da mesa, enchendo o ar com cheiro de avelã. A luz do sol matutino penetrava pelas janelas do quadragésimo quarto andar e brilhava no mogno.

Graham Cromwell pediu silêncio e começou a falar a respeito das próximas semanas de programação:

— Luke tem dois especiais planejados para este verão. O primeiro estreará no próximo mês, cobrindo a história da Casa Branca. Confirmamos a participação do presidente com uma entrevista pré-gravada, e também com uma apresentação pessoal do Salão Oval. Isso, sem dúvida, é uma grande honra e demonstra a influência de Luke.

— Não é só o atual presidente, Graham. No fim de semana, meu produtor confirmou que os dois presidentes anteriores também concordaram em participar do especial. Vamos entrevistá-los em suas residências particulares. Irei ao Texas ainda esta semana para realizar a primeira entrevista. — Luke sorriu. — Quero dizer, por que pararmos em um se podemos incluir todos?

— Sério? Como você conseguiu isso?

— É incrível, Graham... — Luke deu uma olhada rápida para Sidney. — Eu contratei um produtor para quem realmente as pessoas retornam as ligações...

Restava pouca dúvida de que a emissora tinha uma estrela sólida em Luke Barrington. Havia mais de uma década, seu programa era um dos mais vistos no horário nobre, e o especial do Dia da Independência desse verão com acesso exclusivo à Casa Branca decerto o manteria no topo. Por mais empolado e exigente que Luke pudesse ser com sua equipe e seus produtores, Graham sabia que ele se envolvera diretamente com esse projeto. Graham viu o resumo do conteúdo do especial proposto. Além da turnê da residência oficial do presidente — organizada para mostrar aos telespectadores sua rotina, desde o despertar na Ala Leste até a jornada de trabalho no Salão Oval —, Luke mostraria seus segredos: túneis secretos, salas blindadas e cofres-fortes. Com certeza, atrairia uma quantidade imensa de telespectadores. E agora, com entrevistas confirmadas com dois ex-presidentes, sem dúvida os índices de audiência seriam muito altos.

— Impressionante. Estamos todos ansiosos por isso — Graham afirmou. — O marketing e a promoção já começaram e vão prosseguir ao longo deste mês. O especial de quatro episódios, *Por dentro da Casa Branca*, deve estrear pouco antes do Dia da Independência. Algo mais a acrescentar?

Luke tornou a sorrir e percorreu com os olhos a mesa de reunião.

— Assistam.

— Ok — Graham disse. — Passemos para *A garota de Sugar Beach*. O primeiro episódio foi ao ar na sexta-feira passada e atraiu um milhão e duzentos mil telespectadores. Excelente começo, Sidney. Os Estados Unidos ainda estão interessados em Grace Sebold.

— Estamos classificando isso como um excelente começo? — o Urso perguntou. — Meu telejornal noturno atrai oito milhões de telespectadores a cada noite, e ela nem sequer reteve um quarto da minha audiência. Fui sua escada, porque achávamos que meus telespectadores não iriam mudar de canal.

— Sabíamos que haveria uma queda. — Graham deu de ombros. — As faixas etárias dos dois programas não correspondem perfeitamente. Assim, podemos repensar a programação.

— Sua audiência é de pessoas de mais idade, Luke — Sidney completou. — Estamos trabalhando para gerar maior interesse na faixa etária entre dezoito e quarenta e quatro anos.

— Então sugiro que você trabalhe mais duro. — E Luke voltou a olhar para Graham. — Além disso, ela não terminou a investigação... Então, esse milhão de telespectadores que ela conseguiu ainda estará interessado no fim?

— Minha investigação está em andamento. Por isso é chamado de documentário em tempo real, Luke. A emoção vem da descoberta realizada à medida que se avança. Como não segue um roteiro e não se pode ler um teleprompter, não espero que você entenda muito bem o conceito.

Essa afirmação de Sidney provocou algumas risadas.

— Não temos um grande histórico em que nos basear, já que esse é um formato novo. — Graham tornou a dar de ombros. — No entanto, o histórico de outros de nossos programas revela que os telespectadores gostam desse tipo de jornalismo, pois ficam sabendo das novas descobertas ao mesmo tempo, ou quase, que o próprio programa.

— E se, Deus me livre, nenhuma nova descoberta acontecer? — Luke perguntou em um tom excessivamente dramático.

— Acreditamos que Sidney saiba o que está fazendo.

— Talvez sim. — Luke fez um muxoxo. — Mas um milhão de telespectadores para a estreia?

— São números do verão. As comparações não são em relação aos dramas de horário nobre mais assistidos da primavera. As comparações são em relação à grade de programação de junho do ano passado, e *A garota de Sugar Beach* se saiu bem. A emissora apoiou esse projeto, Luke. É um conceito novo para nós, e estamos todos satisfeitos com os números da estreia.

Com desdém, Luke abanou a mão.

— É seguro dizer que só podem subir.

— Luke, qual é o problema? Você está sendo um tanto estúpido, francamente — Graham ralhou.

— Ela trocou o meu programa por esse projeto de estimação, e carrega ao menos um pouco da minha reputação a reboque. — O Urso encarou Sidney. — Então, me desculpe se estou preocupado com os índices de audiência. Alguém por aqui tem de estar.

— Obrigada, Luke. — Sidney esboçou um sorriso amarelo. — Sua preocupação é comovente.

SIDNEY ARRASTOU SUA PEQUENA MALA COM RODINHAS para o elevador, alguns minutos depois.

— Ele é um misógino e um babaca completo — Leslie Martin disse assim que as portas se fecharam. Ela estava produzindo *A garota de Sugar Beach* com Sidney.

— Tenho muito que fazer para ainda me preocupar com Luke Barrington. — Sidney apertou o botão para a portaria muitas vezes e com muito mais força do que o necessário. — Mas, porra, esse homem consegue sentir o cheiro de sangue na água! Deveríamos chamá-lo de "o Tubarão" em vez de "o Urso". Ele sabe que esperávamos números mais altos para a estreia, ainda que Graham jure que apenas os chefes de produção conheciam as projeções.

— Um milhão e duzentos mil espectadores é um número ótimo para uma estreia. E atraímos um *share* decente da faixa etária de dezoito a quarenta e quatro anos.

— Eles queriam dois milhões de telespectadores, que é um número conservador. Fiquei lamentavelmente aquém das expectativas. E eles projetaram dois milhões para que pudéssemos todos pular de alegria se os números voltassem mais altos do que isso.

— Esses números se conquistam com o desenvolvimento da história. *Making a Murderer* teve três vezes mais audiência nos episódios finais do que nos primeiros. O mesmo aconteceu com *Serial*.

— Esse é o horário nobre, e não um serviço de assinatura, nem um podcast. Tudo o que importa são os índices de audiência, pois eles geram anúncios. Os anúncios geram receitas. As receitas pagam as contas e mantêm os homens de terno em seus empregos confortáveis. — Sidney observava os números que indicavam os andares no painel de elevador diminuírem. *Um presságio?*

Sidney piscou e balançou a cabeça.

— Meu Deus, Leslie, e se Luke tiver razão? Temos mesmo uma história para desenvolver?

— Claro que temos. Vamos mostrar as inconsistências. Levantar dúvidas. Oferecer teorias alternativas. Tudo isso criará suspense e intriga. *Making a Murderer* provou a inocência de Steven Avery? *Serial* provou a de Adnan Syed? Não é uma questão de culpa ou inocência. Esse é o gancho, mas as entranhas serão a respeito da história de Grace Sebold. Quem era ela? Como isso aconteceu? As pessoas ainda estão interessadas nela. Temos apenas de aproveitar esse interesse. Esqueça o Urso. A emissora está por trás de você e promovendo o documentário fortemente. Você tem Dante Campbell ao seu lado, e os anúncios estão sendo exibidos em *Acorde, América*. Os episódios anteriores poderão ser vistos *on-line*. Então, nossa audiência irá aumentar. Não me faça surtar agora. Preciso deste emprego.

O elevador deu sinal quando chegou ao andar térreo.

— Você tem um emprego, Leslie, não se preocupe com isso.

As portas se abriram, e elas saíram pelo saguão, onde o vidro fosco da fachada obscurecia a luz do sol matinal. Multidões cruzavam a calçada do lado de fora.

— Você sabe que ele está trabalhando como um filho da puta só para conseguir grandes índices de audiência com seu maldito especial da Casa Branca, Leslie. Assim, ele poderá nos enterrar. Provavelmente tirou proveito de um monte de favores para garantir essas entrevistas.

— E daí?

— Daí que o maldito Urso quer nos devorar, Leslie. Ele está tentando reunir um tsunami de altos índices de audiência para varrer do mapa *A garota de Sugar Beach*. Assim, no fim do verão, ninguém mais ouvirá falar do documentário. Ou de mim. Então, Luke poderá mostrar a todos de sua equipe que quando eles saem para fazer algo sozinhos, acabam como Sidney Ryan.

— Bem, então vamos provar que o cretino está errado.

— Você pegou a filmagem da antiga escola do ensino médio de Grace?

— Sim. Seus pais entregaram tudo o que tinham, horas de vídeos de família. Assim, será possível fazermos muitas edições a partir deles.

— Ótimo. Você conseguiu encontrar algum material sobre Julian?

Leslie fez um gesto negativo com a cabeça.

— Os pais dele não retornaram as minhas ligações. Assim, tudo o que conseguimos são fotos de bancos de imagens. Conteúdo do anuário do colégio e do Facebook limitado de 2007.

— Consiga para mim o que você puder. Vamos voltar a nos encontrar aqui hoje à noite para editar a versão preliminar do próximo episódio. Às sete está bom para você?

— Perfeito. Os homens de terno já terão ido embora. Eu trago o vinho. — E Leslie usou seu copo da Starbucks para brindar com o copo de Sidney. — Tim-tim! A nossa série vai ser um sucesso, Sid. Que se foda Luke Barrington!

Sidney forçou um sorriso e ergueu seu copo de café. Em seguida, empurrou sua maleta até o meio-fio para pegar um táxi.

16

Segunda-feira, 5 de junho de 2017

ELA FECHOU A PORTA DO TÁXI E SE DIRIGIU AO RESTAU-
rante da esquina em Midtown. Lá dentro, avistou uma mulher alta e atlética digitando em seu laptop e soube pelas fotos — e de entrevistas recentes na tevê, incluindo uma com Dante Campbell — que olhava para a doutora Lívia Cutty, do prestigioso Instituto Médico Legal da Carolina do Norte. A doutora Cutty estava terminando um curso de especialização em Raleigh, e chamou a atenção de Sidney, e da maior parte dos americanos, durante um caso muito divulgado de desaparecimento que envolvia sua irmã.

Sidney, precisando de ajuda de perícia forense no caso de Grace, não conseguiu pensar em ninguém melhor do que Lívia Cutty. Ao sair de um caso tão notório, o envolvimento da doutora Cutty no documentário só poderia atrair a atenção. Cutty continuava em evidência, e Sidney, de forma bastante simples e egoísta, esperava compartilhar um pouco do seu calor. Além do mais, Lívia Cutty era uma maravilha de se ver, e faria um belo papel na tevê. Sidney quase passou mal com esse seu último pensamento. Luke Barrington a estava contagiando.

Sidney se aproximou.

— Doutora Cutty?

Lívia ergueu os olhos e sorriu.

— Sim. Sidney?

— Isso, Sidney Ryan.

Elas apertaram as mãos.

— Lívia Cutty.

— Obrigada por se encontrar comigo.

— Imagine. O *timing* funcionou perfeitamente. Fico em Nova York até amanhã, tentando organizar as coisas para o próximo mês.

Sidney sabia que a doutora Cutty aceitara recentemente um cargo no conhecido Instituto Médico Legal de Nova York, no qual começaria no final do verão.

— De Raleigh para Nova York será uma grande mudança para você.

— Será. Mas estou gostando muito da cidade. Esta é a minha quarta visita.

— Já encontrou um apartamento?

— Vou assinar o contrato ainda hoje, antes do almoço. Tenho mais uma reunião com meu futuro chefe amanhã, e depois volto para Raleigh para concluir as últimas três semanas do meu curso de especialização.

— E você começa em seu novo trabalho aqui... quando?

— Oficialmente, em 1º de setembro. Mas terei privilégios. Então, vou começar lentamente durante o verão. Tempo integral em setembro.

— Permita-me dar-lhe as boas-vindas oficiais a Nova York — Sidney disse. — Tentarei não tomar muito do seu tempo.

— Tenho uma hora. — Lívia apontou para o lugar à sua frente, à mesa, e Sidney se sentou.

Uma garçonete apareceu, e elas pediram o café da manhã.

— Então, deixe-me falar do que me motivou a procurá-la, doutora. Estou fazendo um documentário a respeito de Grace Sebold. Você se lembra da história dela?

— Sim. Era uma estudante de medicina que matou seu namorado na Jamaica, não é?

— Em Santa Lúcia. Mas sim, é ela mesma.

— Eu estava no terceiro ano da faculdade quando isso aconteceu. Eu e todas as minhas colegas acompanhamos o caso. A acusação, o julgamento, a condenação. Foi como o julgamento do O. J. Simpson nos anos 1990, mas, em vez de um atleta famoso, era uma estudante como nós. Infelizmente, foi fascinante.

— Sem dúvida, ocupou as manchetes na época. Grace vem sustentando sua inocência na última década, e também manteve um grupo de adeptos, mesmo tendo sumido da grande mídia. Meu documentário é um reexame das provas que a condenaram. Preciso de um especialista em ciência forense para me ajudar a estudar os detalhes.

— Com a ideia de que ela é inocente?

— Com a ideia de que existem muitas perguntas sem resposta. Uma prova discutível desempenhou um papel importante na condenação de Grace. A acusação afirmou que um remo de *stand up paddle* foi usado para golpear Julian Crist na cabeça, o que provocou uma fratura craniana que o deixou inconsciente e levou ao seu afogamento. Grace insiste que o remo em questão pesava dois quilos e duzentos gramas, talvez mais. E tinha um metro e oitenta e oito de comprimento; ou seja, é bem mais alto que ela. Isso remonta a uma década atrás, antes de o *resort* atualizar seus equipamentos para grafite e composto madeira-plástico. Grace alega que teria sido impossível para ela carregar esse remo longo e pesado na escalada do morro, onde Julian foi morto, manter a força e a coordenação para dar um golpe bastante forte e provocar uma lesão na cabeça de Julian; depois, trazer o remo de volta para baixo pelo terreno acidentado e devolvê-lo à cabana de esportes aquáticos, onde foi descoberto mais tarde pelos detetives. No julgamento, houve algumas idas e vindas sobre se a pá do remo correspondia de modo forense à fratura craniana de Julian, mas a acusação fez picadinho do especialista da defesa, um médico-legista com pouca experiência em homicídios.

— Parece interessante. Onde eu entro? — Lívia perguntou.

— Você estaria disposta a revisar os resultados da autópsia e discutir suas opiniões? Diante de uma câmera, é claro, já que vou precisar de cenas para o documentário, que está indo ao ar durante a programação do horário nobre, e atualmente é transmitido depois de *Events*, o programa jornalístico de Luke Barrington. Então, você pode esperar uma boa exposição. Se é algo que lhe interessa.

— Sem dúvida, estou curiosa. Sobretudo se você sugere que a perícia forense não corresponde ao crime.

— Bem, não tenho certeza. Por isso preciso de sua ajuda. Posso pagar pelo seu tempo. Cento e cinquenta por hora. Tenho certeza de que você vale muito mais do que isso, mas é o que me permite o orçamento. Registre as horas, e você será paga como prestadora de serviços. — Sidney tirou uma pasta grossa da maleta e a empurrou sobre a mesa. — Estou reunindo materiais novos todos os dias, mas isso é o que tenho até agora. Muito é de domínio público. Alguns, os que estão no pen-drive, vieram do advogado de defesa de Grace aqui dos Estados Unidos, que tem não só tudo em relação ao julgamento como também novas informações que apareceram ao longo dos anos. Fotos da cena do crime, entrevistas, transcrições do julgamento e tudo sobre a autópsia de Julian, que é aquilo em que estou mais interessada em saber sua opinião. Gostaria de poder lhe dizer para levar todo o tempo que precisar, mas, infelizmente, estou com o prazo bem apertado. Até quando acha que poderia analisar tudo isso?

A doutora Cutty folheou a pasta.

— Vou dar uma olhada em meu voo. Meu curso de especialização em Raleigh está quase terminando. Assim, terei tempo para pôr mãos à obra quando chegar em casa. Posso ligar para você na semana que vem?

— Seria perfeito.

— Quando o documentário irá ao ar? — a doutora Cutty quis saber.

Sidney sorriu. Pelo visto, a doutora Cutty não estava entre aquele (decepcionante) um milhão e pouco de telespectadores que assistiu ao primeiro episódio.

17

Segunda-feira, 5 de junho de 2017

SIDNEY ENCOSTOU O CARRO NA ENTRADA DA GARAGEM da casa em estilo colonial de dois andares dos Sebold, em Fayetteville, nos arredores de Syracuse, estado de Nova York. Enquanto Derrick, seu operador de câmera, pegava sua mochila e o equipamento de iluminação no assento traseiro, Sidney abria o porta-malas e observava a residência. Ela notou uma rampa ao lado da escada da frente e outra em paralelo à escada dos fundos. Um anexo evidente foi acrescentado à face norte da construção, onde os tijolos envelhecidos deram lugar ao cedro recente, em uma adição apenas no primeiro andar.

A porta principal se abriu, e a senhora Sebold acenou da entrada.

— Tudo bem, Derrick? — Sidney perguntou.

Derrick fez sinal de positivo com o polegar enquanto montava sua câmera Ikegami e os tripés para iluminação.

— É um prazer conhecê-la finalmente. — A senhora Sebold deu um abraço apertado em Sidney.

— O prazer é meu — Sidney respondeu, retribuindo o cumprimento.

— Você precisa ajudar a nossa garotinha — a senhora Sebold afirmou baixinho no ouvido de Sidney.

Sidney escapou do domínio da senhora Sebold.

— Farei tudo o que puder.

— É mais do que qualquer outra pessoa fará por nós. Nosso maldito governo não nos ajudará. Por favor, entre.

Sidney acompanhou a mãe de Grace. A porta de entrada estava muito desgastada, e o que pareciam ser bandas de rodagem de bicicleta marcavam a madeira do hall de entrada. A senhora Sebold notou a expressão de espanto de Sidney.

— Marshall é o responsável por isso — ela informou. — Nosso filho. Ele estava apto para uma nova cadeira de rodas, mas não está feliz com isso. Marshall não gosta de mudanças. Esse é o jeito dele de deixar isso bem claro.

Sidney notou marcas nas paredes. Eram sulcos profundos nas placas de gesso.

— Só nos últimos dois anos ele se sujeitou a uma cadeira de rodas. Sabíamos que o dia chegaria, mas evitamos o máximo possível. Sua mobilidade estava muito comprometida. Assim, aceitamos a sugestão do terapeuta e preparamos Marshall. Ele odeia isso, claro. A preocupação é de que, se ele depender da cadeira, perca totalmente a capacidade de andar. De novo, a situação é inevitável e a mudança é sempre difícil. Nós demos para ele ler *Quem mexeu no meu queijo?*. Não ajudou. Assim, por favor, peço desculpas pela nossa casa. — A senhora Sebold apontou para o corredor. — Podemos gravar na sala de estar, se funcionar.

Sidney acompanhou a senhora Sebold até lá, dizendo:

— Sim, será perfeito. A senhora e o senhor Sebold podem se sentar no sofá aqui. Derrick vai montar os equipamentos ali. Seu filho também pode se juntar a nós.

Em dúvida, a senhora Sebold encolheu os ombros.

— Talvez. Vai depender do tipo de humor em que Marshall estiver. E, por favor, me chame de Gretchen.

O senhor Sebold desceu a escada e chegou à sala de estar.

— Sidney, este é o meu marido, Glenn.

— Olá, Sidney. Muito obrigado pelo que você fez por Grace. — Glenn Sebold se aproximou dela e apertou-lhe a mão.

— Receio que não tenha feito muito.

— Fez mais do que pensa. Desde que você concordou em realizar esse documentário, o humor de Grace melhorou consideravelmente. Posso perceber isso toda vez que conversamos, o que acontece uma vez por semana. E a visitei mês passado. Foi a primeira vez em muito tempo que tive um vislumbre de minha filha, em vez de ver a estranha em que aquele lugar a transformou.

Sidney relutava em aceitar de que concordar em fazer um documentário poderia ter um efeito tão profundo no bem-estar de Grace. Talvez, por saber que se isso fosse verdade, seria por ter dado esperança a Grace. E o problema de despertar esperança era que levava a uma de duas situações: salvação ou danação.

— Fico feliz que ela esteja melhor — Sidney disse, por fim. — Torço para que algo positivo resulte disso.

Derrick montara dois guarda-chuvas de iluminação em cada lado do sofá, o que permitiria iluminar os Sebold de modo adequado. Uma câmera sobre um tripé estava posicionada diante dos pais de Grace, que se sentaram bem juntos, para mostrar que estavam unidos pela causa. Derrick mantinha a filmadora Ikegami sobre o ombro para obter tomadas dinâmicas enquanto se movia de um lado para o outro durante a entrevista.

Sidney deu início à entrevista:

— Por que vocês contrataram os serviços de um advogado dos Estados Unidos para representar Grace?

— Porque assim que acusaram Grace formalmente, nós começamos a fazer ligações para cá — Glenn Sebold afirmou. — Porém, contratar um advogado americano leva tempo. Pelo menos alguns dias. Mais tempo ainda para alguém voar para Santa Lúcia e nos ajudar. Não podíamos suportar a ideia de ver Gracie na cadeia. Então, também contratamos os serviços de um advogado local, para que pudéssemos tentar pagar uma fiança o mais breve possível. Que escolha tínhamos? Estávamos tentando tirar nossa filha da cadeia. Além disso, a Justiça de Santa Lúcia exige que um advogado local conduza a defesa em casos de crime capital. Durante o julgamento, o advogado local, Samuel James, não foi só ineficaz: foi incompetente. Ele e o advogado americano de Grace nunca se deram bem, nunca concordaram com a mesma estratégia. O resultado, se você assistisse a qualquer uma das sessões de julgamento naquela época, era um circo. Se Scott e sua equipe tivessem podido assumir o controle da defesa, acredito que Grace estaria em casa conosco hoje.

— Scott Simpson? — Sidney indagou, para esclarecimento do telespectador. — O advogado de defesa americano de Grace?

— Isso mesmo — Glenn confirmou. — Um rapaz muito esperto. Ele continua trabalhando no caso mesmo depois de todos esses anos.

— Scott Simpson não é esperto — disse alguém, do corredor. — Na realidade, ele é um idiota, que é tão responsável pela situação de Grace quanto o imbecil advogado caribenho.

Ao se virar, Sidney deparou com um homem em uma cadeira de rodas. Glenn sorriu para Sidney.

— Desculpe. Espero que você possa tirar isso na edição.

— Não será problema — ela afirmou.

— Por que editar isso? É a verdade.

— Esse é Marshall, o irmão de Grace.

— Scott Simpson era um peão — Marshall garantiu. — Dispensável em todos os sentidos, e usado pela acusação para estrategicamente servir ao caso dela.

— Ok, Marshall. — Glenn usou um tom experiente que um pai usaria com um adolescente. — É o bastante.

— Você vai ajudar a minha irmã?

Sidney hesitou.

— Vou ajudar... Vou tentar, sim.

— Esses dois me mandarão embora se Grace não voltar.

— Tudo bem. — Glenn ficou de pé. — Com licença, Sidney. — Ele se aproximou do filho e pegou os puxadores da cadeira de rodas. — Vamos voltar para o seu quarto.

Depois que Marshall e Glenn se afastaram, Sidney olhou para a senhora Sebold com um sorriso amarelo.

— Desculpe — Gretchen pediu. — Marshall anda muito chateado. Estamos procurando uma instituição para ajudá-lo, e isso não o agrada.

Sidney fez que sim com um gesto de cabeça, como se as palavras de Gretchen fizessem perfeito sentido.

Gretchen hesitou.

— Gracie falou para você o que aconteceu com Marshall?

— Não. Na realidade, só conversamos sobre o caso dela. Eu esperava que a conversa de hoje pudesse esclarecer o passado de Grace. Antes de Sugar Beach. Será importante mostrar aos telespectadores quem Grace realmente é, para eles irem além das manchetes pelas quais muitos se lembram dela. Ela era próxima de Marshall?

— Muito. Ainda é. — Gretchen Sebold lançou um olhar distante, mas logo tornou a fitar Sidney. — Marshall era um grande atleta. Jogava futebol americano. No primeiro ano do ensino médio, ele era *quarterback* reserva do time principal. No terceiro jogo, virou titular. Levou o Wildcats a dois campeonatos estaduais durante o primeiro e o segundo anos do ensino médio, e vinha sendo sondado por algumas grandes universidades. Foi algo muito importante nesta cidade.

As rampas ao lado da escada da frente e dos fundos lampejaram na mente de Sidney, assim como o anexo no primeiro andar ao lado da casa.

— O que houve?

— Estou surpresa por Grace nunca ter lhe contado. É o motivo pelo qual Gracie decidiu fazer neurologia. Quero dizer, aquela grande ideia que ela teve a respeito de neurocirurgia em vez de fazer partos, como ela sempre desejou.

Sidney percebeu Derrick se posicionando na sala para registrar a confissão iminente da senhora Sebold. O próximo episódio começou a se formar na mente de Sidney. O mundo nunca ouvira falar da vida familiar de Grace Sebold.

— Você pode me dizer o que aconteceu?

A GAROTA DE SUGAR BEACH

"O ACIDENTE" – PARTE DO EPISÓDIO 2
BASEADO EM ENTREVISTA COM GRETCHEN SEBOLD

Com os pais fora da cidade, a festa continuava rolando bem depois da meia-noite. Como era de se esperar, a pequena reunião planejada originalmente cresceu e passou a incluir a maioria dos alunos do terceiro e quarto anos do ensino médio. Sarah Cayling tentava freneticamente limpar a casa e impedir a destruição que se desenrolava, desde cerveja entornada até sexo na cama de seus pais. Ela estava pronta para chamar a polícia, mas em vez disso convocou dois amigos do time de futebol americano para esvaziar a residência. Os atletas reuniram seus amigos e começaram a empurrar os convidados. No início, pequenas discussões irromperam no hall de entrada. Em seguida, mais garotos se juntaram. Deu-se início a trocas de socos, e, em pouco tempo, a briga se transformou em um tumulto que se espalhou pelo jardim da frente.

Os garotos espertos saíram correndo. Os garotos bêbados ficaram para assistir.

— Estamos indo embora — Grace disse para Marshall.

— De jeito nenhum — ele afirmou. — Não vou abandonar meus companheiros de time.

— A polícia vai chegar num instante, seu idiota. Quer ser jogado na viatura com um bando de idiotas? Nossos pais vão nos matar!

Marshall tentou voltar para a casa e para o tumulto. Grace o agarrou pela camisa.

— Vamos! — Grace inclinou a cabeça para o lado e o olhou nos olhos. Os lábios dela se moveram, mas sua voz não saiu: *Fala sério!*

– Suas chances de jogar em um time de universidade vão acabar se você for preso – Ellie Reiser disse.

Uma sirene soou ao longe, na noite. Quando a ouviram, os três saíram correndo.

– Me dê as chaves – Marshall pediu. – Você está bêbada.

– Dane-se – Grace respondeu. – Você também bebeu algumas doses.

– Você nem consegue correr direito – ele comentou ao ver que a irmã saíra da calçada.

– Eu dirijo – Ellie, que nunca tomara um gole de álcool na vida, afirmou.

Eles encontraram o carro em uma rua lateral a duas quadras da casa de Sarah Cayling, onde foram instruídos a estacionar para evitar a detecção pelos vizinhos. Ellie sentou-se ao volante e enfiou a chave na ignição.

– Vamos. – Marshall embarcou na frente, ao lado da motorista.

Grace se acomodou no assento traseiro atrás de Ellie e fechou a porta. Ellie pôs o carro em movimento e pisou no acelerador. Uma viatura de polícia passou em um cruzamento à frente deles, e isso fez Ellie virar à direita em uma rua lateral. Marshall, que perdeu o equilíbrio com o movimento abrupto do volante por parte da amiga, resmungou:

– Não há ninguém no nosso encalço, Ellie. A polícia está indo pôr fim a uma festa. Então, vê se dirige como um ser humano normal.

Ellie respirou fundo para acalmar os nervos e fechou os olhos por um instante.

– Pare – Marshall pediu. – Pare! Ellie, há uma maldita placa de pare!

Ao erguer as pálpebras, Ellie teve tempo de ver o hexágono vermelho, mas o registrou um segundo atrasado. A placa já havia passado por ela, e a frente do carro estava bem dentro da rodovia de quatro pistas. Só então ela tirou o pé do acelerador e pisou no freio. Nesse momento, Ellie olhou para a esquerda e viu um carro vindo muito rápido em sua direção. Ela voltou a acelerar, esperando evitar a colisão. Funcionou. O automóvel, fritando os pneus e sem direção, por pouco não a pegou, chegando a poucos centímetros do seu para-choque traseiro, enquanto Ellie derrapava pelas pistas, forçando seu carro a escapar para a esquerda.

Porém, o que Ellie não viu foi o caminhão que vinha em alta velocidade pela sua direita. A grade dianteira do veículo acertou em cheio o lugar onde Marshall estava sentado. A cabeça dele bateu na janela lateral, produzindo um impacto terrível que superou o barulho dos pneus guinchando e do metal se deformando, como um tiro disparado na noite.

Quando os veículos pararam de girar, nada restava além do efeito colateral de uma colisão: ouvidos zumbindo, visão embaçada e cheiro de borracha queimada no asfalto.

Do assento traseiro, Grace olhou para o irmão. Marshall estava curvado e inconsciente. Um padrão de teia de aranha cobria o vidro à sua direita.

18

Segunda-feira, 5 de junho de 2017

APÓS SUA ENTREVISTA COM OS PAIS DE GRACE SEBOLD, Sidney pediu para falar com Marshall. O combinado foi de que Derrick não registraria a conversa, já que os Sebold imaginavam que a sobrecarga sensorial poderia emudecer o filho. Talvez depois que Marshall a conhecesse melhor, os Sebold sugeriram, ele se mostrasse pronto para conceder uma entrevista documentada. Sidney procurava maneiras de mostrar à audiência quem Grace era antes de Sugar Beach, e conhecer seu irmão só ajudaria em seus esforços. Se isso levasse a uma entrevista gravada posteriormente, melhor ainda.

— Marshall vai pedir para você jogar uma partida de xadrez com ele — Glenn Sebold disse a Sidney antes de ela entrar no quarto do rapaz.

— Xadrez?

— Relaxa o cérebro e reduz a ansiedade. Desde criança, ele gostava de competir. Meu filho não pode mais fazer isso no campo de futebol. Não tocou mais em uma bola desde o acidente. No entanto, de alguma forma com o xadrez, ele vira uma criança normal novamente. Claro, ele não é mais um garoto, mas quando joga xadrez me faz lembrar do antigo Marshall.

— É assim que vocês dois se ligam a ele? — Sidney perguntou.

— Gretchen e eu não jogamos xadrez com Marshall há algum tempo. Ele tem trinta e cinco anos, mas desenvolveu uma espécie de rebelião adolescente por depender tanto de nós. Eu disse a ele que você jogaria, se você não se opuser.

— De modo algum. Se isso o ajudar a responder a algumas perguntas...

— Marshall fala pelos cotovelos durante uma partida de xadrez. Se precisar de alguma coisa, me chame. Estarei na sala.

— Eu aviso quando terminarmos.

Sidney bateu de leve na porta do quarto e a entreabriu. Marshall, sentado na cadeira de rodas, olhava para a tela de seu computador.

— Posso entrar? — Sidney perguntou.

Indiferente, Marshall deu de ombros. Então, Sidney entrou e fechou a porta.

— Estava querendo conversar um pouco com você a respeito de Grace. Sem câmeras.

— Eles disseram que você joga xadrez — Marshall disse.

— Sim, gosto muito de jogar.

Marshall manobrou sua cadeira para se afastar da mesa e apontou para o armário.

— Você vai ter de pegar meu tabuleiro.

Sidney fitou na direção que ele indicava.

— Ali?

— Sim, no alto.

Sidney abriu a porta do armário e ficou na ponta dos pés para olhar a prateleira superior. Ao lado de troféus de futebol americano, ela encontrou o jogo de xadrez guardado em um saco. Puxou-o da prateleira.

— Seus pais me disseram que você não joga há algum tempo. — Sidney entregou o xadrez ao rapaz.

— Não com eles — ele esclareceu.

Marshall virou-se para a mesa no canto e tirou o tabuleiro do saco, além de dois estojos de madeira de pinho que continham as peças brancas e pretas. Ao abrir o primeiro estojo, Marshall revelou figuras esculpidas de modo elaborado. As peças estavam protegidas por espuma grossa dentro do estojo. Oito peões brancos se achavam posicionados em círculo ao redor do perímetro. As torres, os bispos e os cavalos formavam um anel interno, e, no centro, situavam-se o rei e a rainha. Marshall retirou cada peça e a estudou antes de colocá-la no tabuleiro.

Sidney sentou-se na cadeira diante dele, impressionada com a transformação. Marshall parecia não enfrentar dificuldades motoras ao manusear as peças de xadrez. Estava sentado mais ereto em sua cadeira, e sua articulação ao falar era mais precisa e direta.

— É um belo jogo de xadrez. — Sidney abriu o segundo estojo, que continha as peças pretas. — Nunca vi um assim antes.

— É um *Lladró*. As peças são de porcelana e artesanais.

Sidney retirou uma peça e a estudou. Nunca fora grande aficionada por xadrez, mas mesmo uma leiga como ela percebia que aquele era um conjunto singular. Com temática medieval, as peças apresentavam expressões faciais longas e estoicas. O rei era decorado com coroa alta e barba alongada. Os peões tinham olhares vazios sob as toucas.

— Essas peças são incríveis — Sidney elogiou.

— Foi presente de Grace. Depois do acidente. Era um jeito de passar o tempo enquanto eu estava de cama. Não joguei muito desde que ela foi embora. — Marshall apontou para o tabuleiro depois de montado. — Você pode começar.

Sidney moveu um peão de porcelana para a frente. Marshall fez igual.

— É uma lástima deixar esse jogo de xadrez guardado no armário. Por que você não tem jogado?

— Eu jogo *on-line*.

— Seu pai disse que você não joga com ele.

— Ele diz isso há dez anos. Mas a verdade é que, desde que Grace partiu, não joguei com ninguém neste tabuleiro.

— Por quê?

Marshall se manteve em silêncio, estudando o tabuleiro.

— Seu pai acha que é porque você tem raiva dele. — Sidney moveu outro peão para a frente.

— Não. É porque Grace me pediu para guardar o jogo depois que ela foi para a cadeia. Assim, foi o que fiz. Esta é a primeira vez que o uso desde então.

Sidney sorriu.

— Vocês dois jogavam muito? Você e Grace?

— Às vezes. — Marshall continuava concentrado no tabuleiro.

— Sua mãe disse que você e Grace são próximos.

— Tanto quanto possível, uma vez que nunca nos vemos. Mas Grace e eu não precisamos nos ver. Temos algo que nos liga.

— O que liga vocês dois?

Marshall indicou a porta do quarto.

— Eles não te contaram?

— Seus pais? Não.

— Grace nasceu com um tipo raro de leucemia. A única coisa que poderia salvá-la seria um transplante de medula óssea. Meus pais não conseguiram encontrar um doador compatível. Então, tiveram outro filho: eu. Foi uma compatibilidade perfeita. Grace gosta de dizer que parte de mim está dentro dela. Assim, estamos sempre ligados. E tanto eu quanto ela entendemos que nenhum de nós existiria se o outro não existisse. Se eu não aparecesse, Grace teria morrido. E se Grace não tivesse ficado doente, eu não teria sido concebido.

— É uma história incrível, Marshall.

— De qualquer maneira, eles afirmam que sempre planejaram ter outro filho. — Marshall deu de ombros. — Grace e eu falamos dessa ligação invisível que há entre nós. Sempre sentimos isso; mesmo agora, com ela tão longe.

Marshall avançou seu peão. Sidney imaginou que a história do irmão mais novo de Grace salvando a vida dela desempenharia papel importante em sua intenção de mudar a maneira como os americanos enxergavam Grace Sebold.

— Mas você já a visitou em Santa Lúcia, não? — Sidney quis saber.

— Toda vez que meus pais decidem ir. Eles dizem que não têm recursos para visitá-la mais do que algumas poucas vezes por ano.

Sidney fez outro movimento.

— É uma viagem longa, sem dúvida. E cara.

— É a filha deles. — Marshall moveu outra peça.

— Sua mãe me falou um pouco do seu acidente.

Indiferente, Marshall tornou a dar de ombros, mantendo o foco no tabuleiro.

— Você se importaria se eu incluísse sua história no documentário? Não só sobre o acidente, mas também sobre você ter salvado a vida de sua irmã.

— Por quê?

— Porque mostra Grace de um jeito diferente de como ela é retratada há muitos anos. Ouvi dizer que ela decidiu estudar neurologia para ajudar pessoas com lesões semelhantes às suas.

— Ela mudou para neurologia porque se sentiu culpada.

— Pelo acidente?

Marshall confirmou.

— Pelo mesmo motivo, ela me comprou este jogo de xadrez. Foi apenas outra forma de tentar reparar algo que é irreparável.

— Tenho certeza de que os envolvidos têm remorso. Ellie Reiser, sem dúvida — Sidney afirmou. — Era ela quem estava dirigindo.

Marshall permaneceu em silêncio, sempre concentrado no tabuleiro.

— Eu gostaria de perguntar sobre as amizades de Grace. Vocês dois têm idades muito próximas. Frequentavam os mesmos círculos?

— Antes. Não muito depois.

— Antes do acidente?

Marshall fez que sim com a cabeça.

— Pode falar das amizades de Grace?

— Com quem?

— Ellie Reiser. Ou a amizade de Grace com Daniel Greaves. Eles são os dois únicos amigos que mantiveram contato com Grace nesse período de encarceramento.

Marshall soltou uma risada.

— Posso contar o que você quiser a respeito desses dois.

— Sério? Qualquer coisa? Você os conhece tão bem assim?

Marshall encarou Sidney, finalmente desviando o olhar do tabuleiro.

— Desde o acidente, todos resolveram achar que não tenho consciência do que acontece ao meu redor. Que eu não escuto. Só porque não demonstro interesse por cada palavra dita não significa que não ouço as conversas das pessoas. Ouvi muita coisa quando estava em Santa Lúcia.

— De quem?

— De Grace e seus amigos.

— Pode me falar a respeito disso?

— Com certeza. — Marshall apontou para o tabuleiro. — Mas é sua vez de jogar.

A GAROTA DE SUGAR BEACH

"AMIZADES" – PARTE DO EPISÓDIO 2
BASEADO EM ENTREVISTA COM MARSHALL SEBOLD

Elas estavam no chalé de Grace bebericando rum e Diet Coke. Ellie, deitada na cama, com as pernas cruzadas e as costas apoiadas na cabeceira, assistia à tevê. Marshall, sentado junto à mesa do canto, arrumava seu jogo de xadrez.

— Acho que deveríamos ir — Grace disse. — Charlotte vai surtar se nos atrasarmos. Ela já está agindo de um jeito estranho hoje.

— Você acha que ela sabe? — Ellie perguntou.

Grace, que passava rímel nos cílios, fez uma pausa. Em pé diante do espelho de corpo inteiro, ela observou o reflexo de Ellie e depois o de Marshall, antes de rapidamente voltar a atenção para os cílios.

— Sabe o quê?

Ellie fez uma expressão aborrecida.

— Que George Bush é presidente.

Grace sorriu.

— Creio que sim. É de conhecimento geral.

— Você acha que Charlotte sabe ou não?

Grace se virou para Ellie.

— Sei lá. Como ela saberia?

— Talvez Daniel tenha contado para ela.

— Por que ele faria isso?

— Para ser honesto. Para começar seu casamento com o pé direito.

— Contar para sua noiva que você dormiu com a dama de honra dela não é começar com o pé direito. É autossabotagem, e Daniel é esperto demais para fazer algo assim.

— Ele não é tão esperto — Ellie afirmou. — Daniel veio ao seu chalé para declarar o amor dele por você dois dias antes do casamento.

— Daniel não se declarou para mim.

— Então por que veio ao seu quarto?

Grace se virou de novo para o espelho.

— Não quero mais falar disso.

Ellie tomou um gole de rum e olhou de relance para Marshall, que estava perdido em pensamentos sobre seu tabuleiro.

— Achei que isto fosse de Daniel. — Ela apanhou um saquinho de couro de sobre a cama.

Grace se aproximou, tomou o saquinho da mão de Ellie, desatou os cordões e olhou para o cadeado lá dentro: uma antiguidade que seu avô lhe dera. Virando o saquinho, ela fez o pesado cadeado cair na palma de sua mão. Nele estavam gravados os nomes Grace e Julian.

Ela estudou a peça, grata por ter cedido uma vez apenas ao desejo de gravar nele o nome de um namorado do colégio. Um erro fora o suficiente. Mais um e ela teria arruinado o cadeado.

— Não — Grace finalmente disse. — Este cadeado é para Julian. Eu o trouxe para Santa Lúcia para mostrar o quanto ele significa para mim. Nunca tive a intenção de gravar o nome de Daniel no cadeado. Toda essa coisa foi um erro. Um grande erro, que felizmente ficou no passado.

— Esperemos que fique lá. Você sabe que ele ainda a ama.

Grace fingiu rir, olhando rapidamente para Marshall.

— Daniel não me ama.

— Você notou como ele te olha? Daniel mal podia fazer contato visual na piscina ontem. Ele ainda é o mesmo tímido que era no colégio tentando criar coragem para tirar você para dançar na festa de formatura.

— É porque Charlotte estava por perto e ele ainda se sente culpado.

Grace recolocou o cadeado no saquinho e apertou bem os cordões, antes de colocá-lo na penteadeira.

— Transar com o noivo e ser a dama de honra é um malabarismo muito delicado, Grace.

Grace sorriu para Ellie.

139

– Por que você está sendo tão malvada comigo?

– Estou tentando te proteger.

– Obrigada. Mas só seria um malabarismo se Daniel e eu ainda tivéssemos algum envolvimento. – Grace retornou ao espelho e aos seus cílios. – E o assunto só é delicado se alguém começa a falar. E eu, com certeza, cheguei ao fim dessa discussão.

Grace encarou o reflexo de Ellie.

– Apenas tenha cuidado, Gracie. Não quero que você se machuque.

– Eu me machuquei há muito tempo. Todos superam isso. Agora, vista-se. Temos de ir.

19

Terça-feira, 6 de junho de 2017

NA TERÇA-FEIRA DE MANHÃ, UM DIA DEPOIS DA VISITA DE Sidney aos Sebold, ela e Derrick deixaram a sede da emissora e seguiram de táxi para o Hospital Bellevue. Uma vez lá, pediram orientação no balcão de informações. Depois de dois passeios de elevador e uma caminhada de quinhentos metros por corredores com iluminação fluorescente, eles encontraram a divisão de obstetrícia e ginecologia.

— Sidney Ryan. Tenho horário marcado com a doutora Reiser — ela disse para a recepcionista.

— Ao passar pela porta, vire à esquerda.

Derrick ergueu a câmera e a pôs no ombro. Olhou pelo visor e ajustou para a luz da divisão de obstetrícia. Depois de um momento, ergueu o polegar para Sidney, enquanto as portas de vidro automáticas se abriam.

Um rápido exame dos visitantes de Grace ao longo dos anos revelou que apenas duas pessoas que não eram parentes dela tinham feito sistematicamente a viagem até a Penitenciária de Bordelais, em Santa Lúcia: Ellie Reiser era uma delas.

Quando Sidney bateu na porta do consultório, a doutora Reiser já estava vindo cumprimentá-la. Com um sorriso largo, apertou a mão de Sidney. Derrick recuou para o canto do consultório para registrar o encontro.

Os sapatos de salto alto deixavam Ellie com mais de um metro e oitenta. Usando um elegante vestido justo, ela parecia mais uma modelo do que uma cirurgiã. Mas Sidney conhecia bem a preparação que as pessoas faziam quando estavam prestes a ser gravadas.

— Obrigada por me receber — Sidney disse.

— É um prazer. Quando Grace me falou que você finalmente entrou em contato com ela, ficamos exultantes.

— Eu recebi suas cartas. Li todas elas.

Ao longo dos anos, Ellie Reiser foi quase tão persistente quanto Grace, enviando cartas e e-mails para pedir a ajuda de Sidney.

— Tenho certeza de que pedidos não lhe faltam. — Ellie deu de ombros. — Fico muito grata porque a história de Grace enfim será contada. Muito do que circula por aí foi distorcido durante o julgamento.

— Iremos trabalhar para esclarecer isso — Sidney garantiu. — Derrick vai gravar nossa conversa. Você se acostumará com a câmera. Simplesmente a ignore da melhor maneira que puder.

Ellie apontou para a mesa, e as duas se sentaram. Derrick se moveu e se posicionou.

— Quanto do que conversarmos será usado?

— Tudo aquilo que for relevante. — Sidney prendeu uma mecha de cabelo atrás da orelha. — Mas vou lhe informar a respeito do que acho que usarei antes de editar o episódio. Tudo o que preciso é que você responda às perguntas honestamente. Sei que os acontecimentos de que iremos falar têm dez anos ou mais. Então, faça o melhor que puder. Como você disse, o público só conhece Grace Sebold, a assassina condenada. No próximo episódio, vamos mostrar quem era Grace antes de Sugar Beach. Eu falei com os Sebold ontem, e descobri muito sobre Grace que antes ignorava. Espero expandir essa história hoje. Você está pronta?

Ellie Reiser fez que sim.

— Me conte como você conheceu Grace.

Ellie deu um sorriso tímido.

— Grace e eu somos amigas desde o ensino fundamental. Terceiro ou quarto ano, acho. Nunca nos separamos até o final do ensino médio. Permanecemos próximas ao longo da graduação e da faculdade de medicina. Eu estudei na Universidade do Estado de Nova York, e Grace, na Universidade de Boston.

— E você estava com Grace em Santa Lúcia, em Sugar Beach?

— Sim. Charlotte Brooks, uma de nossas melhores amigas do colégio, nos convidou para seu casamento. Seu noivo, Daniel Greaves, era outro amigo nosso. Todos nós nos encontramos em Sugar Beach, como se fosse uma reunião do colégio. Julian era o acompanhante de Grace.

— E você exerce a medicina há dez anos?

— Sim, obstetrícia.

Enquanto Ellie Reiser aprendia a sobreviver aos rigores da residência em cirurgia e às exigências da vida hospitalar como médica atarefada, Grace Sebold aprendia a sobreviver em uma penitenciária estrangeira. Sidney asseguraria que esse fato ficasse bem claro no próximo episódio.

— Você conheceu Julian Crist?

— Não muito bem — Ellie respondeu. — Mas, sim, eu o conhecia. Sabia que Grace era louca por ele. Os dois se conheceram na Índia durante o verão após o segundo ano da faculdade de medicina, quando Grace trabalhou como voluntária por algumas semanas para o programa Médicos Sem Fronteiras. Julian estudava na Universidade de Nova York. Então, só o encontrei algumas poucas vezes antes de Sugar Beach.

— Na viagem para Sugar Beach, Grace e Julian deram a notícia de que foram aceitos para o mesmo programa de residência em neurocirurgia. Mas o interesse de Grace nem sempre foi neurologia. Estou certa?

— É isso mesmo. Grace queria fazer obstetrícia, como eu. Durante a maior parte de nossa infância, nós duas sonhamos realizar partos. Grace nasceu com... — Ellie se calou por um instante. — Não sei se ela lhe contou, mas Grace nasceu com uma forma rara de leucemia.

— Sim, eu soube, Marshall foi o doador da medula óssea compatível.

— É isso mesmo. Por esse motivo, Grace queria realizar partos. Ela dizia que desejava proteger os bebês — Ellie prosseguiu, sorrindo. — Era o nosso lance. Até certo ponto, um sonho de infância que compartilhávamos.

— Por que Grace mudou de ideia em relação à obstetrícia?

Ellie fez uma pequena pausa buscando a expressão correta.

— O acidente de Marshall. Os pais de Grace lhe falaram disso?

— Sim.

— Marshall passou a enfrentar muitos problemas desde então. Ele não é... O TCE pode mudar a personalidade de uma pessoa, e também causar diversas doenças físicas.

— TCE, traumatismo cranioencefálico — Sidney disse para a câmera, para esclarecer o espectador.

— Exato. Marshall nunca mais foi o mesmo depois do acidente. Isso partiu o coração de Grace. O estado clínico do irmão foi o que fez Grace ir para neurologia. — Ellie piscou algumas vezes. — Esse era o plano. Mas, evidentemente, ela nunca teve a chance.

— O acidente... Imagino que o motorista do caminhão tenha sido acusado de dirigir alcoolizado.

— Sim.

— Eu senti, porém, que Marshall Sebold a despreza. Ele tinha um jeito tortuoso de falar a seu respeito para mim.

Ellie disse lentamente.

— Receio que isso nunca mude.

Sidney tirou uma pilha de papéis da bolsa.

— Você me enviou sessenta e duas cartas nos últimos três anos pedindo ajuda. O que lhe dá tanta certeza de que Grace é inocente?

— Ah... Muitas coisas. — Ellie contou. — Em primeiro lugar, ela é a minha melhor amiga, e sei que jamais mataria alguém. Mas essa é uma resposta subjetiva, e entendo que não resista ao escrutínio. É simplesmente o que está em meu coração. A melhor resposta é que eu estava com Grace na noite em que Julian morreu. Dormi em seu chalé no *resort*. Em poucas palavras, sou o álibi dela. Você pode estudar a cronologia dos acontecimentos do jeito que quiser, e eu fiz isso muitas vezes ao longo dos anos. Não tem como Grace ter matado Julian naquela noite.

— O que os investigadores e os detetives de Santa Lúcia disseram quando você lhes garantiu isso?

— Eles não responderam. Fui interrogada uma vez, e jamais me foram feitas outras perguntas.

— Mas nesse único interrogatório você disse a eles que estava com Grace na noite em que Julian foi morto?

— Claro. No entanto, eles não estavam interessados nos detalhes que não sustentavam sua narrativa. Finalmente contei minha história para o advogado de Grace, mas meu testemunho não foi permitido durante o julgamento.

— Por quê?

Ellie mostrou uma expressão de desalento.

— O promotor afirmou que eu bebi durante o dia e que, à noite, estava embriagada. Assim, embora eu tivesse dormido no quarto de Grace, me encontrava bêbada demais para saber se ela saiu depois que eu... conforme eles sugeriram... desmaiei. No julgamento, a acusação pediu ao juiz para manter meu testemunho fora do tribunal. O pedido foi aceito.

— Você passava o dia bebendo?

— Tínhamos vinte e cinco anos e estávamos no recesso de primavera. Todos nós bebíamos.

— Você estava bêbada?

— Não a ponto de não me lembrar de ter estado com Grace naquela noite.

— Você desmaiou?

— Nunca fui boa de copo. Provei álcool pela primeira vez no meu aniversário de vinte e um anos. Assim, não fiquei embriagada ao ponto que a acusação sugeriu. Eu... adormeci em algum momento. Mas não desmaiei. Eu fui dormir.

— No chalé de Grace?

— Sim.

— Por que dormiu no quarto de Grace naquela noite?

— Grace estava chateada, pois tinha brigado com Julian. Ela me pediu para ir ao seu chalé, e eu fui, como uma boa amiga.

— A briga por causa de Daniel?

Ellie revelou.

— Acredito que eles tenham brigado por minha culpa.

— Como assim?

— As coisas estavam indo muito rápido entre eles, e eu não achava aquilo legal. Tive medo de que Grace estivesse se precipitando.

— Em que sentido?

— Julian planejava pedir Grace em casamento. Achei que era uma má ideia.

— Como você soube disso?

— Ele me contou. Eu disse a Julian que achava que era cedo demais. — Os olhos de Ellie ficaram sem expressão, como se ela fosse chorar. — Ele nunca teve a chance... Julian morreu no dia seguinte.

A GAROTA DE SUGAR BEACH

"O PEDIDO DE CASAMENTO" – PARTE DO EPISÓDIO 2
BASEADO EM ENTREVISTA COM ELLIE REISER

Os convidados do casamento, deitados em espreguiçadeiras ao redor da piscina, se bronzeavam ao sol caribenho. Os rapazes tomavam cerveja Piton, e as garotas bebericavam rum com frutas e *mojitos*. Charlotte Brooks, a noiva, chamara cinco amigas para serem suas damas de honra, incluindo Grace e Ellie. Todas estavam por volta dos vinte e cinco anos, mas em fases diferentes da vida. Charlotte, professora do ensino fundamental, estava prestes a se casar com seu namorado do ensino médio, com quem namorava desde que se conheceram em Fayetteville. Grace e Ellie estudavam na faculdade de medicina. Outra dama de honra terminava a faculdade de direito, e as outras duas trabalhavam em marketing e planejamento de eventos.

Daniel Greaves era o noivo. Ele também tinha convidado alguns amigos do ensino médio como padrinhos. Como as pessoas do grupo se conheciam havia anos, os pais de várias delas – incluindo os Sebold – também compareceram ao evento, encarando a longa viagem até Santa Lúcia.

— Ellie, onde você vai fazer a residência?

— Na Duke.

— Para realizar partos?

Ellie sorriu.

— Sim. Obstetrícia e ginecologia.

— Então, quando eu engravidar, você poderá fazer o parto do nosso bebê? – Charlotte deu risada. Muitos *mojitos* fazendo efeito.

— Dê-me alguns anos para descobrir o que farei primeiro.

— Não se preocupe. — Charlotte se recostou na espreguiçadeira e cruzou as pernas. Suas sandálias de couro Bottega Veneta cobriam-lhe os pés. — Todos nós vamos precisar de alguma prática antes de ter um bebê.

— Use essas sandálias de oitocentos dólares na cama, e garanto que Daniel vai querer praticar com frequência.

O comentário de Ellie provocou risadas das outras amigas embriagadas, sentadas ao redor da piscina.

Os picos dos Pitons, cobertos de vegetação verde e floresta tropical, projetavam-se em cada um dos lados do *resort* — o Petit Piton ao norte e o Gros Piton ao sul. Eram grandes estruturas vulcânicas gêmeas, e o Sugar Beach Resort ficava bem entre as duas.

— Vocês vão parar de tirar sarro dos meus sapatos?

— Eu poderia bancar minha faculdade de medicina com o que você gasta em calçados.

— Mas são tão bonitos, Ellie... Voltando ao assunto, Daniel e eu estamos juntos desde o colégio. Então, não vamos esperar muito. Sabemos que combinamos.

— Vocês terminaram o namoro por um tempo, não? — Ellie perguntou. — Na graduação?

Grace encarou Ellie e semicerrou os olhos. *Que diabos,* ela balbuciou, levando o copo de *mojito* aos lábios.

— Sim — Charlotte confirmou. — Mas só por dois meses. De lá para cá, estamos juntos há quase dez anos.

— Claro. É o que eu quero dizer. — Ellie deu uma olhada rápida para Grace com um riso contido. — Vocês se separaram para conhecer outras pessoas e depois decidiram que nasceram um para o outro. É o melhor jeito de fazer isso. Ter certeza, sabe?

— A confusão durou dois meses. Não saí de casa naquele verão. Daniel também não saiu da dele. Nenhum de nós namorou outra pessoa. Apenas demos um tempo e depois voltamos correndo um para o outro.

— Bem, vocês dois fizeram a coisa certa. — Ellie dirigiu mais um rápido sorriso afetado para Grace. — Deram um tempo e fizeram outras coisas. E depois se reencontraram.

— Sim — Grace interveio. — Vocês parecem ótimos juntos. Você, Daniel e seus sapatos escandalosamente caros. Toda a felicidade do mundo para vocês. Sério, Char. Estamos muito felizes pelos dois.

Elas brindaram tocando os copos.

— Então, Ellie vai para a Duke. E você, Grace?

— Cornell, em Nova York.

— Neurologia, certo?

— Neurocirurgia.

— Uau! — Charlotte exclamou. — Isso parece tão... Não sei... Pesado.

Grace voltou a fitar Ellie.

— Obstetrícia e ginecologia também são pesados. E bem difíceis. Mas, sim, imagino que seja um desafio.

— E Julian? — Charlotte quis saber.

— Julian e eu vamos fazer a residência juntos.

— Que maravilha! Então, quando todas nós estaremos aqui de novo, para o seu casamento?

— Quem sabe? Talvez depois da residência — Grace sugeriu, sorridente.

Ellie Reiser encontrara Julian algumas vezes no último ano e meio, desde que ele e Grace começaram a namorar. O casal se conhecera na Índia, após o segundo ano da faculdade, durante o verão, quando Grace e Julian foram para lá realizar trabalho voluntário — um período de três semanas ajudando em uma clínica de cirurgia geral em Nova Delhi. Embora Julian estudasse na Universidade de Nova York, e Grace, na Universidade de Boston, a distância não pareceu prejudicar o relacionamento deles. Grace e Ellie tinham discutido os prós e os contras de um relacionamento sério durante o curso de medicina e que tipo de distrações isso poderia provocar. E também a respeito de como era difícil manter relacionamentos de longa distância. Com delicadeza, Ellie alertou a amiga para ter cuidado ao entrar no decisivo terceiro ano da faculdade. Dezoito meses depois, Grace e Julian estavam firmes e fortes, eram quase inseparáveis, e rumavam para uma residência em cirurgia altamente competitiva, onde seriam colocados um contra o outro.

No bar da praia com telhado de palha, Ellie mexeu seu *mojito*, sentada em um banquinho e olhando para a baía dos Pitons, com o sol valsando sobre a água calma. Julian se aproximou dela.

– Oi – ele a cumprimentou.

– Oi, Julian. – Ela sorriu.

– Quase não tive chance de conversar com você nesta viagem.

– Pois é. Esta é a primeira tarde em que as damas de honra não tiveram que seguir ordens. Acho que Charlotte percebeu que estávamos todas estressadas e chateadas com o fato de que viemos a este belo *resort* e não tivemos a chance de curtir.

– Vocês são boas amigas – Julian afirmou. – Não tenho contato com mais ninguém do colégio.

– Sério? Nós somos como uma seita.

– Verdade. Estou me sentindo meio que um peixe fora d'água.

– Não seja bobo... Todo o mundo te ama. Grace te ama. Então, é bom o suficiente para mim.

Julian sorriu-lhe.

– Obrigado. Por isso quero conversar com você. – Ele olhou por sobre o ombro para ter certeza de que Grace não poderia ouvi-lo, e a avistou deitada em uma espreguiçadeira à beira da piscina, tomando sol.

– Sobre o quê?

Julian colocou uma caixinha de joias sobre o balcão de granito e encarou Ellie.

Por um momento, Ellie observou a caixinha, e depois perguntou, arrastando as palavras:

– O que é isso?

– Vou pedir Grace em casamento. Preciso de sua ajuda para fazer isso.

Foi a vez de Ellie olhar para Grace. Em seguida, ela pôs a mão sobre a caixinha e olhou ao redor. Os demais clientes do bar da praia tomavam seus drinques com canudinho e entornavam garrafas de cerveja Piton.

– Você está brincando, não é, Julian?

— Brincando? Não, estou falando muito sério!

— Vocês acabaram de se conhecer.

Julian deu uma risada, naquele seu jeito descontraído, mostrando os dentes perfeitos e o maxilar anguloso.

— Nós nos conhecemos há um ano e meio, Ellie, e nos tornamos inseparáveis desde então.

Ellie se curvou para ficar mais próxima dele.

— Você vai para a faculdade em Nova York, e ela, em Boston. Isso é o oposto de inseparável. Na realidade, vocês se mantêm separados quase o tempo todo.

— Temos sido clientes muito bons dos trens da Amtrak.

Em descrença, Ellie revirou os olhos.

— Em todos os nossos fins de semana livres, um de nós viaja. Funciona para a gente. E, no próximo ano, nós dois vamos estar em Nova York. E aí, durante a residência, sim, será uma nova forma de inseparável.

— Escute, Julian, estou feliz pelos dois. Mas por que não espera para ver como as coisas rolam antes de se meter em um casamento? Quero dizer, qual é a pressa?

Julian decidiu pegar a caixinha com o anel de noivado. Ellie abriu mão de segurá-la, e ele a recolocou no bolso.

— Esqueça o que eu lhe pedi.

— Não, Julian, não foi isso o que eu quis dizer. Só quero ter certeza de que ninguém vai se machucar.

— Como um pedido de casamento poderá machucar Grace?

— Não sei, Julian. Muita coisa mudou ultimamente. Até o dia da decisão do local da residência, Grace considerava a Universidade da Carolina do Norte e a Duke. Então, ela foi selecionada para fazer a residência em Nova York junto com você. Ela nunca me disse nada a esse respeito, mas tudo bem. Não é da minha conta. No entanto, por quase quatro anos, o plano dela era ir para a Carolina do Norte e, agora, de repente, ela vai ficar em Nova York pelos próximos sete anos. Quando alguém toma essas grandes decisões sem ponderar bem, às vezes se arrepende mais tarde. Não quero que o mesmo aconteça com seu pedido de casamento.

Julian concordou com um gesto de cabeça, voltou a entornar sua cerveja e bebeu o último terço da garrafa em um gole.

— Nós pensamos muito em tudo isso. Na nossa residência e em nos casarmos. Veja, Ellie, Grace e eu conversamos muito quando você não está presente. Sei que é difícil para você imaginar, mas Grace faz coisas na vida dela que não incluem você. — Julian pôs a garrafa vazia no balcão.

— Ah, sim. Cada vez mais, ultimamente.

— Ao menos, demonstre surpresa quando Grace lhe contar. — Julian se virou para partir.

Ellie o agarrou pelo pulso.

— Espere, Julian.

Ele voltou atrás.

— O quê?

— Sou a melhor amiga dela. Então, só estou trazendo isso à tona para provar algo.

— Trazendo à tona o quê?

Ellie respirou fundo e deu uma olhada em Grace, ainda deitada à beira da piscina.

— Grace lhe falou sobre Daniel?

— Me falou o quê?

— Veja... Talvez vocês não se conheçam tão bem quanto você pensa.

20

Sexta-feira, 9 de junho de 2017

A SEMANA ANTERIOR FORA MUITO PRODUTIVA. ELE APREN-
deu como controlar a cama e abaixá-la até a altura correta. Desse modo, ele podia escorregar a perna para o lado com cuidado e tocar o chão sem sentir muita dor. Então, com o pé no solo e o traseiro na beira do colchão, ele apertava o controle novamente para erguer o leito de volta até a altura original, o que o posicionava de pé de forma eficaz. A partir daí, e com o uso de muletas, ele podia ir ao banheiro. Claro que se aventurar por conta própria era estritamente proibido logo após a cirurgia. Assim, suas ações furtivas sempre aconteciam no meio da noite quando sua bexiga o acordava às três da manhã.

Chamar as enfermeiras para praticar o jogo da espera não era mais uma opção. E os ataques de raiva que ele tivera nas últimas duas semanas vinham esgotando sua energia rapidamente, e ele precisava dela para suas sessões de fisioterapia. Após ter superado a bruma pós-operatória de narcóticos e dor, ele agora estava de olho no fim do jogo: sair daquele buraco. Com esse objetivo em mente, parou de brigar com as enfermeiras. De fato, parou de falar com elas completamente. Ele passava a maior parte do tempo grunhindo, balançando a cabeça e esperando pelas tardes de sexta-feira, quando a equipe do fim de semana aparecia. As enfermeiras dessa equipe eram mais amáveis e gentis que as nazistas que cuidavam daquele lugar durante a semana. Riki, sua enfermeira da noite, era sua redentora.

A missão do meio da noite para a Terra Prometida, que levava quase uma hora para ser concluída, em conjunto com a sessão dupla de fisioterapia na tarde de sexta-feira, deixava-o esgotado. Ele adormecia assim que o acomodavam na cama. Quando abria os olhos na noite de sexta-feira, por um momento acreditava estar novamente no meio da noite. Sua bexiga estava estourando, e ele não sabia se teria energia para ir sozinho ao banheiro.

— Ei, aí está ele — Riki disse com sua voz agradável. — Você está dormindo desde que cheguei. Como está se sentindo? Jason me disse que você teve uma sessão de fisioterapia bem puxada hoje.

Ele confirmou.

— Esse garoto é a segunda vinda de R. Lee Ermey.

— Quem?

— Um ator de *Nascido para matar*. Você nunca viu o filme?

— Não, do que trata?

— Deixa pra lá — Gus disse. — Escute, sinto muito por recebê-la assim, mas preciso ir ao banheiro agora mesmo. Caso contrário, vou fazer na calça.

— Sem problema. Você precisa de ajuda com o urinol? — Ela indicou o recipiente de plástico que ele detestava.

— Não me dou bem com essa coisa. Rouba minha dignidade. E, nestas circunstâncias, não me resta muito dela.

Riki sorriu.

— Então, vamos tirar você da cama.

Ele fechou os olhos. *Até que enfim é sexta-feira.*

— Muletas ou andador? Posso ajudá-lo a fixar sua prótese, mas levará alguns minutos.

— Não tenho alguns minutos, e eu ainda não usei essa coisa. Vamos com as muletas.

Com a ajuda de Riki, a viagem de ida e volta entre a cama e o banheiro levou quase trinta minutos. Mas a parada, durante a qual ele aproveitou o luxo facilmente esquecido de urinar de pé e sozinho, valeu o esforço.

Quando Gus se reacomodou na cama, a enfermeira perguntou qual era seu nível de dor.

— Oito.

Riki consultou o computador ao lado da cama dele.

— Você não tomou morfina hoje. Na realidade, não tomou durante toda a semana.

— Estou tentando fugir dela. Ferra a minha mente.

— Sou a favor de diminuir gradualmente os analgésicos, e há um plano para isso. A retirada abrupta é muito difícil em sua recuperação. Deixe-me aplicar uma dose de morfina em você. Isso o ajudará a passar a noite.

— Não consigo raciocinar direito com essa coisa. Meu corpo não vale uma merda. Desculpe o meu linguajar. Tudo o que me resta é a minha mente, e quando me dopam com esse troço, ela também passa a não valer uma merda. E que fique entre nós, mas acho que as enfermeiras dos dias de semana são muito liberais em relação à morfina e querem usá-la como um jeito de me calar. A equipe regular e eu... não concordamos plenamente. Vamos deixar isso assim.

— Bastante justo. Que tal tomar metade da sua dose? Só para amenizar a dor. Vai deixá-lo confuso logo após a dose ser aplicada, mas você se restabelecerá mais rápido. Você dormirá melhor esta noite, e, de manhã, tomaremos café juntos.

— Você paga?

— Não, senhor. O café é por sua conta, mas eu vou servi-lo.

— Fechado. — Gus fez uma careta por causa do incômodo no quadril.

Riki saiu e voltou minutos depois com a bandeja coberta com papel esterilizado branco. Ela ligou a tevê.

— Assista isso. Eu sei que você não gosta de agulhas.

Gus passou a assistir à tevê. Na tela, uma mulher, parada na frente de um hospital em Nova York, falava para a câmera:

— Julian Crist tinha apenas mais dois dias de vida. A polícia de Santa Lúcia disse que, durante toda a sua estada em Sugar Beach, Grace planejou cruelmente matar o namorado na mesma noite em que ele a pediria em casamento.

Riki ajustou o cateter no braço de Gus e esvaziou a seringa de morfina em sua corrente sanguínea. A queimação em seu quadril derreteu como gelo derramado sobre as brasas de uma fogueira. Gus mantinha os olhos fixos na tela.

A mulher deu alguns passos pela calçada com a fachada de vidro do Hospital Bellevue atrás.

— Por quê? — ela perguntou. — Porque, na realidade, Grace estava apaixonada por outro homem? Porque seu relacionamento com Julian estava andando muito rápido? Porque Grace descobriu que Julian se envolvera com outra mulher? A acusação usou todos esses argumentos durante o julgamento, mas o motivo alegado não foi o que levou à condenação. Uma prova discutível é o que convenceu o júri a dar sua sentença. Vamos nos aprofundar nisso no próximo episódio, examinando mais atentamente a perícia forense que desempenhou papel tão decisivo no julgamento.

— Você está acompanhando a série? — Riki quis saber. — É viciante.

Gus forçou os olhos contra o efeito sonífero da morfina e tentou pôr em foco a tevê. Uma chamada lampejou na tela, e ele viu uma mulher escalar um caminho densamente arborizado, que o fez se lembrar de uma floresta tropical. Ela alcançou um penhasco com vista para o mar. A narração desvaneceu, e Gus não foi capaz de entender as palavras. Mas ele viu o mar e o sol, e devaneou em estar em uma praia, capaz de andar irrestritamente pela areia e mergulhar nas ondas. Cerrou as pálpebras. A água estava fria em sua pele, e o sal incomodava seus olhos, mas parecia maravilhoso ao mesmo tempo. Ele se virou e boiou de costas sem nenhum esforço.

"Não acho que ela fez isso", ele achou ter ouvido a enfermeira dizer.

Gus grunhiu algo em resposta, mas permaneceu confortavelmente em seu oásis induzido pela morfina, que o colocou sob o sol quente do Caribe, boiando sem peso pelo mar, chutando a corrente com as duas pernas e sem dor.

21

Terça-feira, 13 de junho de 2017

SIDNEY E DERRICK PEGARAM UM TÁXI PARA O LOWER EAST Side. Caía uma garoa fina, apenas o suficiente para cristalizar as luzes de Nova York e fazer com que o motorista usasse os limpadores de para-brisa a cada poucos segundos. As luzes de freio e os sinais vermelhos de trânsito borravam as ruas em faixas vermelhas. Era terça-feira, perto das dez da noite, e Derrick não se sentia nada feliz por estar correndo para cima e para baixo tão tarde.

— Por que ele não pode nos encontrar durante o dia?

— Ele acabou de sair do trabalho. Disse que era seu único horário livre. É pegar ou largar. Aceitei porque preciso do testemunho dele para o episódio de sexta-feira. Se você puder enquadrar, e Leslie, editar, antes de nosso prazo final.

— Quem é ele? Há centenas de policiais que poderíamos entrevistar.

— Don Markus. Ele me ajudou em meu primeiro documentário. Confio nele. Além disso, Don não tem problema em ser filmado. Ele assina tudo embaixo.

Derrick consultou seu relógio.

— Vou chegar atrasado amanhã. Só pra você saber.

— Não, você não vai. Temos que colocar isso em produção ao meio-dia para cumprir o prazo. — Sidney se inclinou para a frente e disse ao motorista: — Ali adiante, vire à esquerda.

O motorista parou o táxi em frente a um bar. Sidney pagou a corrida, desembarcou na noite enevoada de Manhattan e encontrou o detetive Markus dentro do bar com um copo de uísque com soda repousando sobre um guardanapo enrugado diante de si.

— Olá, Sid — ele a cumprimentou.

— Oi, Don. Obrigada por me encontrar. Este é Derrick. Ele vai gravar pra mim.

— Um drinque?

— Claro. Casamigos com gelo.

Don apontou para Derrick, que fez que não com a cabeça, e pediu a tequila para Sidney e outro uísque para si.

— Acho que seria melhor fazer isso em uma mesa dos fundos — Sidney sugeriu.

Assim, eles levaram suas bebidas para os fundos do bar. Derrick ligou a luz da Ikegami, e o canto dos fundos do bar ganhou vida sob a claridade. Alguns clientes se viraram para olhar, mas logo perderam o interesse.

— Você estudou o caso — Sidney afirmou. — O que pensa a respeito da maneira como a investigação foi conduzida?

Don sorriu.

— Ela foi tocada por um bando de novatos que não sabiam merda nenhuma de como fazer uma investigação.

Em desaprovação, Sidney fez bico.

— Obrigada, mas não posso usar isso no horário nobre. Tente de novo.

Don fez uma pausa e tomou um gole do seu uísque.

— Em meus vinte e cinco anos na polícia e treze no departamento de homicídios, nunca vi um caso ser tratado de forma tão desastrada quanto esse.

— Muito melhor. Por quê? Fale mais sobre o que leu e sobre o que você faria diferente na investigação.

— Comecemos com os interrogatórios. Além de terem sido realizados de maneira incorreta, também foram possivelmente conduzidos de modo fraudulento. Se você comparar a lista de pessoas interrogadas com a dos hóspedes registrados do hotel, verá que muitos deles jamais foram interrogados. Assim, aqueles que estavam presentes no hotel na noite em que Julian Crist morreu nunca deram seu depoimento a respeito do que viram ou ouviram, ou de seus próprios paradeiros naquela noite. Dos cento e oitenta e oito hóspedes, apenas cento e quatro foram interrogados. O que aconteceu com os outros oitenta e quatro? Além disso, os funcionários do hotel foram ouvidos em grupos, o que é um erro grosseiro. Todas as possíveis testemunhas e todos os possíveis suspeitos devem ser interrogados separadamente. Isso se faz por diversos motivos, mas o mais comum é confirmar se relatos individuais da noite em questão corroboram uns aos outros. O interrogatório individual de testemunhas e suspeitos também ajuda a criar uma cronologia dos acontecimentos. Muitos funcionários foram ouvidos em grupos de dois ou três, o que permite que suas histórias mudem com base no que cada depoente está ouvindo durante o desenrolar da inquirição. Incompetência total.

— Você leu a respeito de um interrogatório de uma hóspede chamada Ellie Reiser?

— Não, não li. Pelo que sei, essa pessoa nunca foi interrogada pelos investigadores de Santa Lúcia.

— Ellie diz, em cartas para mim e em uma entrevista recente, que a polícia a interrogou no dia em que o corpo de Julian foi encontrado.

— Se interrogou, não há registro disso — o detetive Markus garantiu.

— Ellie afirma que estava no quarto de Grace Sebold na noite em que Julian Crist foi morto. Ela diz que seu testemunho não foi permitido no julgamento de Grace porque ficou embriagada durante o dia, e portanto seus relatos sobre aquela noite não podiam ser considerados exatos.

— Não sei se a senhorita Reiser estava bêbada ou não, mas se ela fornecesse um álibi claro, e se isso tivesse acontecido nos Estados Unidos, o juiz teria permitido que ela testemunhasse e que a defesa a interrogasse. Depois, o júri decidiria se ela era uma testemunha confiável. No entanto, como seu interrogatório nunca foi registrado formalmente pelos investigadores, sumiu no buraco negro. Isso me mostra que os detetives estavam procurando informações que correspondessem às suas suspeitas. Um jeito muito rudimentar de realizar uma investigação. Do que eu li, eles decidiram desde o início que Grace Sebold era culpada e depois partiram para provar isso. Tentaram fazer tudo se encaixar nessa narrativa.

Sidney consultou suas anotações.

— Uma pegada foi encontrada perto do penhasco de onde Julian caiu para a morte. A perícia forense revelou que a pegada correspondia à sola de um tênis encontrado no quarto de Grace Sebold. A análise do solo mostra que o tênis continha a terra desse local. Em sua opinião, quão exata é a perícia forense?

— Muito. Significa que Grace Sebold, ou alguém usando esse tênis, esteve no penhasco em algum momento. O que acho interessante é que havia outras seis pegadas no penhasco, mas os investigadores nunca se preocuparam em analisá-las ou descobrir a quem pertenciam. E foi documentado que, um dia antes da morte de Julian Crist, todos os convidados do casamento subiram juntos até o topo do penhasco. Então, aí está. A pegada pode ter sido criada durante essa caminhada, e não quando Grace Sebold supostamente voltou ao penhasco para cometer um assassinato. O pior é que os detetives recolheram doze pares de calçados dos hóspedes. Fotografaram as solas e realizaram uma análise de identificação para descobrir a marca e o fabricante. Mas assim que obtiveram uma correspondência com o tênis de Grace Sebold, interromperam a investigação. Não se deram ao trabalho de verificar se as outras pegadas no penhasco correspondiam às solas dos calçados que recolheram. Isso tem nome: investigação *seletiva*. Eles não quiseram registrar formalmente que alguma outra correspondência foi descoberta no penhasco porque a defesa teria usado isso no julgamento.

Sidney voltou a consultar suas anotações e tomou um gole de tequila.

— O sangue de Julian foi encontrado no chalé de Grace Sebold, em Sugar Beach — ela disse. — E também água sanitária. A insinuação era de que a água sanitária foi usada para limpar o sangue. De novo, quão exato é o método pelo qual essa prova foi coletada?

— Muito — ele tornou a afirmar. — Teste de cotonete básico após aplicação de luminol. Borrife o luminol e acenda a luz negra. A água sanitária e o sangue, invisíveis a olho nu, geram uma luz azul. Os resultados do DNA do sangue descoberto correspondiam a Julian Crist. É exato.

O detetive Markus olhou para Derrick e pediu-lhe:

— Desligue a câmera um minuto.

Derrick tirou a câmera do ombro.

— Escute, Sid, acho que Grace era o alvo deles. Para mim, os policiais a condenaram desde o início da investigação e concentraram sua energia para provar que ela cometeu o crime. Realizaram poucos interrogatórios e os fizeram de maneira confusa, que nunca seria válida nos Estados Unidos, e desprezaram as provas que não correspondiam à teoria deles. O consenso, quando perguntei a respeito desse caso, foi de que um assassinato em uma ilhota é ruim para os negócios. Principalmente se um ilhéu local matou um turista americano. Uma americana matando um americano? — Ele deu de ombros. — Não é nada de mais, e não terá impacto sobre o turismo, desde que o caso seja encerrado rapidamente.

— Mesmo se existissem indícios que apontassem claramente para a inocência de Grace?

Markus tomou outro gole de seu uísque.

— Sabe o que promotores dizem por aqui? Qualquer promotor consegue condenar um culpado, mas é necessário um promotor especial para condenar um inocente.

— Isso é terrível.

— Não estou insinuando que esse foi o parâmetro usado em Santa Lúcia. Mas, de qualquer modo, Sid, há algumas coisas sobre esse caso que não podem ser ignoradas. O sangue dele no quarto dela, por exemplo. E as impressões digitais da moça no remo que foi usado para matá-lo. Que a melhor amiga dela declare que estava com Grace Sebold na noite em que Julian Crist foi morto também é algo a ser considerado. Mas sinto muito, Sid, a perícia forense fala mais alto que a lembrança de alguém embriagado. — Markus esvaziou o copo. — Essa amiga é confiável?

— Ela é médica — Sidney disse sem convicção.

— Muitos médicos são mentirosos. Você confia nela?

Sidney recordou sua entrevista com Ellie Reiser.

— Não tenho motivo para não confiar.

— Qual é a cronologia? Quando a amiga chegou ao quarto de Grace? Era tarde da noite, horas depois do assassinato? Depois que Grace limpou o quarto?

Sidney respirou fundo e balançou a cabeça.

— Não tenho certeza. Ela passou a noite, mas não sei a que horas chegou. Terei de especificar o cronograma. — O celular de Sidney tocou.

— Desculpe. — Ao olhar para o identificador de chamadas, ela viu um número de Raleigh, na Carolina do Norte. — Espere um minuto. — Levou o aparelho ao ouvido. — Sidney Ryan.

— Sidney? É Lívia Cutty.

— Doutora Cutty? Está tudo bem?

— Sim. Desculpe ligar tão tarde.

— Não tem problema. Ainda estou trabalhando.

— Eu também. Na realidade, não consegui dormir depois que comecei a investigar o caso Sebold.

— Você teve oportunidade de analisar a autópsia de Julian?

— Tive, e acho que precisamos nos encontrar.

Sidney hesitou.

— Achou alguma coisa?

— Sim. E tenho certeza de que você vai querer ver.

— Uma discrepância?

— Esse é um termo educado para isso — a doutora Cutty disse. — *Incompetência completa* é outro.

— Em que sentido?

— A fratura craniana.

— Que é que tem?

— De jeito nenhum foi provocada por um remo.

22

Quinta-feira, 15 de junho de 2017

ÀS DEZ HORAS E DOIS MINUTOS DAQUELA MANHÃ, O AVIÃO
pousou em Raleigh. Um táxi deixou Sidney no Instituto Médico Legal
pouco antes das onze, onde um jovem gentil a conduziu até uma sala
cercada por uma corrente de metal. Ali, as luzes estavam baixadas, e
um projetor de transparências exibia imagens em uma tela. Enquanto
isso, um médico apresentava um caso para uma sala lotada de seus
colegas. A foto projetada mostrava um corpo nu sobre uma mesa de
metal. Sidney desviou rapidamente o olhar do cadáver inchado e
branco, pulou a corrente de metal e se dirigiu ao elevador. Sentiu um
frio na barriga quando o elevador estranho sacudiu e desceu até as
profundezas do necrotério.

Quando as portas se abriram, o jovem apontou o caminho.

— No final do corredor, vire à esquerda.

— Obrigada — Sidney agradeceu quando ela e Derrick saíram do
elevador e seguiram pelo corredor com iluminação fluorescente.

Azulejos cor de pêssego cobriam as paredes, e o cheiro de água sanitária e laboratório de química do colégio preenchia o ar. Seus saltos eco-
avam no piso. Era um tinido estridente que reverberava dos azulejos
esterilizados ao redor deles. Sidney olhou para os pés de Derrick e viu
que ele usava tênis, silencioso como um ninja.

— Pelo menos, saberão que estamos chegando — Derrick comentou.

— Talvez até o som acorde alguns defuntos.

Sidney deu um sorriso sarcástico.

— Este lugar me dá arrepios.

— Sério? Eu me sinto em casa.

Eles chegaram a um conjunto de janelas internas, com as persianas abertas oferecendo uma visão voyeurística do necrotério. Havia doze mesas dispostas em fileiras simétricas de três. Mangueiras de metal reluzente pendiam de torneiras do teto sobre cada mesa. Banheiras de aço inoxidável se enfileiravam nas paredes.

A doutora Cutty, uma médica e um médico se encontravam em torno de uma das mesas. O modo animado como a doutora Cutty organizava a cena deixava evidente que era ela quem comandava o procedimento. Ao perceber a presença de Sidney, a outra médica apontou para a janela. A doutora Cutty se virou e acenou para ela entrar.

— Devo gravar? — Derrick perguntou.

— Ah, sim. Isso tem de ficar bom.

— Sinistro como o inferno. — Derrick pôs a câmera no ombro, ajustou o foco enquanto espiava pelo visor e seguiu Sidney até o necrotério.

Ele não precisava da direção dela. Depois de três documentários juntos, Derrick sabia o que Sidney queria. Assim, inclinou a câmera para que a parte posterior da cabeça de Sidney ocupasse o primeiro plano. Em segundo plano, diante dela, os três médicos, usando aventais longos e parados morbidamente ao redor da mesa de autópsia, apareciam embaçados e agourentos. Quando Sidney se aproximou deles, a imagem dos médicos entrou assombrosamente em foco. Seria uma ótima cena de abertura ou até um aperitivo para "No próximo episódio de *A garota de Sugar Beach*".

— Sidney, é bom revê-la.

— Igualmente, doutora Cutty. Obrigada por me receber.

— Seja bem-vinda. Pode ser um pouco sombrio aqui embaixo, e quando está vazio, temos algum eco. Espero que isso não prejudique seu vídeo.

— Derrick é um mestre. Ele vai editar para que tudo pareça perfeito.

— Esta é a doutora Tilly, e esse, o doutor Schultz, outros dois colegas de patologia aqui em Raleigh.

Enquanto apertava a mão dos doutores, Sidney tentava ignorar as mesas de autópsia em cada lado deles, e os lençóis brancos que cobriam de modo irregular os cadáveres ali dispostos.

— Contei ao doutor Schultz e à doutora Tilly sobre o sua solicitação para dar uma olhada na autópsia de Julian Crist, e lhes pedi ajuda. Nós três revisamos a autópsia: as fotos, os relatórios, a análise, tudo. Todos chegamos à mesma conclusão.

— E qual foi?

— Alguém fez besteira.

Lentamente, Sidney olhou para o canto do necrotério de onde Derrick filmava. Ele fez um sinal de positivo com o polegar — estava registrando tudo.

— E é possível provar isso?

— O laudo da autópsia e as fotos têm dez anos, mas nós examinamos tudo com muito cuidado. Sim, achamos que podemos demonstrar, sem dúvida alguma, que a conclusão do laudo está incorreta.

O terceiro episódio seria exibido na noite seguinte, a audiência estava baixa, e o público crescia em um ritmo mais lento do que o previsto. Ela precisava de uma continuação explosiva, de uma grande revelação que pegasse de surpresa os telespectadores e os fizese falar do documentário com amigos e colegas de trabalho.

— Que conclusão? — Sidney perguntou.

— Aquela que sugere que a fratura craniana de Julian Crist foi provocada por um golpe de remo. Não foi.

— Como vocês conseguiram determinar isso? E como podem provar essa afirmação?

— O negócio é o seguinte — a doutora Cutty disse. — Nosso curso de especialização em patologia com um ano de duração começou em 15 de julho do ano passado e vai terminar em 15 de julho deste ano. Ou seja, daqui a um mês. Então, nós três estamos quase terminando nossa formação. Fizemos nossos exames, alcançamos o número necessário de autópsias realizadas e já aceitamos ofertas de emprego. Isso significa que estamos presos aqui por mais algumas semanas, e por isso bastante entediados. O que ainda nos resta para fazer são os nossos projetos de conclusão de curso, que exigem que cada um de nós realize um experimento para provar ou contestar uma teoria comum à patologia forense. Todos nós começamos a pesquisar os nossos próprios projetos, mas, francamente, nenhum dos três tem ideias muito boas. Em geral, esse exercício de conclusão de curso é uma maneira de matar o tempo dessas últimas semanas, e ninguém, incluindo nosso chefe, leva isso muito a sério. Mas depois que você e eu conversamos, e nós três demos uma olhada na autópsia de Julian Crist, pensamos em fazer uma tentativa de mudar isso. Assim, vamos realizar um experimento para mostrar que é impossível que o remo em questão tenha provocado a fratura craniana de Julian Crist. Em troca, você concorda não só em dar a isso um lugar de destaque no documentário, mas também em proporcionar a cada um de nós algum tempo para entrevistas e incluir nossos nomes nos créditos como consultores.

— O que é melhor do que ter artigos ou livros publicados — Sidney afirmou.

— Já fomos publicados.

— Concordo com a sua proposta. — Sidney deu de ombros. — Dependendo do que, exatamente, vocês podem me mostrar, e que teoria estão tentando provar ou contestar.

— René Le Fort criou classificações de fraturas cranianas. Usaremos suas teorias como nosso guia para refutar a conclusão da autópsia de Julian Crist — a doutora Cutty afirmou. — Fizemos alguns experimentos para reproduzir a fratura craniana de Julian. Vamos fazê-la de novo agora, e mostrar para você por que essa teoria do remo é um absurdo completo.

23

Quinta-feira, 15 de junho de 2017

A DOUTORA CUTTY PUXOU O LENÇOL BRANCO DA PRIMEIRA mesa de autópsia e revelou um cadáver. Sidney teve dificuldade para fazer a ligação entre a coisa borrachenta e descolorada sobre a mesa e um ser humano.

— Sei que Damian aqui já conheceu melhores dias. Mas sem uma subvenção para realizar esse experimento, tivemos de conseguir cadáveres de qualquer um disposto a doar. Cada um dos alunos recebeu um para os experimentos de conclusão de curso. Para reproduzir os resultados para você, precisávamos de mais cadáveres. A faculdade de medicina tinha dois que concordaram em se desfazer. Damian está na pior forma, mas seu crânio está muito bem preservado.

A doutora Cutty, então, se virou para a outra mesa e puxou rapidamente o lençol branco, como uma mágica puxando uma toalha de uma mesa de jantar repleta de louças de porcelana.

— Esta é Martha. Também não está em grande forma anatomicamente, mas, de novo, seu crânio está perfeito para os nossos propósitos. Também temos modelos Synbone, para o caso de precisarmos realizar um exercício duas vezes, porque depois que esmagarmos os crânios de Damian e Martha... Bem, não poderemos repetir o experimento.

— Synbone?

— São modelos de poliuretano. Usaremos um crânio desses, se for necessário. O material reage de modo quase idêntico ao crânio, menos o sistema vascular, é claro. Porém, para o propósito de nosso experimento, estamos interessados apenas na fratura craniana. Assim, usaremos os cadáveres para reencenar a agressão e, depois, reproduziremos os resultados com os modelos Synbone para confirmar as nossas descobertas. Isso será mais *high-tech*, e teremos um gênio no andar de cima criando modelos de computador que mostrarão o que acontece com o crânio durante o impacto. Ele evidenciará o método exato pelo qual as fraturas ósseas e a onda da concussão se irradiam através de todo o crânio e cérebro.

— Perfeito — Sidney disse.

— Em que episódio isso aparecerá? — o doutor Schultz quis saber.

— Provavelmente no quarto episódio, se conseguirmos editar em tempo — Sidney respondeu.

— Por causa do curso de especialização, não tenho assistido a muita televisão, mas estou viciado em seu especial sobre Grace Sebold.

— Obrigada. — Sidney sorriu.

A doutora Cutty explicou:

— A teoria referente à autópsia de Julian Crist diz que sua fratura craniana resultou de um traumatismo provocado por objeto contundente. Por definição, esse tipo de lesão é produzido pelo impacto em baixa velocidade de um objeto contundente ou sem corte. Ou o impacto em baixa velocidade de um corpo contra uma superfície contundente. Assim, algo que não é dentado e não é afiado, movendo-se em uma velocidade específica, que é considerada baixa, atingiu o crânio. No caso de Julian Crist, argumentou-se que um remo, especificamente um remo de *stand up paddle*, foi utilizado para golpeá-lo por trás.

A doutora Cutty inclinou-se até o outro lado da mesa de autópsia e mostrou um longo remo de madeira.

— De acordo com o laudo da autópsia, este é do mesmo tipo e do mesmo fabricante do remo em questão.

Sidney inclinou a cabeça.

— Onde você o encontrou?

— O Instituto Médico Legal tem um grande banco de dados criado pelos nossos analistas de ferramentas. Temos um rapaz que sabe praticamente tudo a respeito de qualquer instrumento já usado como arma. Ele encontrou este remo no banco de dados e o procurou nas lojas da rede Play It Again Sports em todo o estado. Encontrou essa beleza há alguns dias. A Sawyer não fabrica mais este modelo, pois é feito de madeira e é pesado. Ao longo do tempo, os remos ficavam encharcados e lascados. Os mais novos são muito mais leves e feitos de compósito madeira-plástico.

— Posso? — Sidney estendeu a mão.

— Claro.

Sidney pegou o remo e se espantou com seu peso e comprimento. Ao menos dois quilos e duzentos gramas, e mais de um metro e oitenta e cinco. Ela o ergueu acima do ombro para ver o que seria necessário para desferir um golpe. A adrenalina bateu forte quando ela pensou em Grace Sebold fazendo aquilo.

— Tim — a doutora Cutty chamou seu colega e apontou para um ponto na frente dela; o doutor Schultz contornou a mesa de autópsia e ficou de costas para a doutora, que tomou o remo de Sidney. — A teoria afirmou que o agressor se aproximou da vítima por trás e deu um golpe com o remo em um plano oblíquo.

Com um movimento, ela representou o ângulo pelo qual o laudo da autópsia supôs que o remo atingiu o crânio de Julian. Sidney observou a doutora Cutty imitar o golpe letal e o memorizou para falar com Leslie Martin a respeito de criar uma reconstituição animada do ataque.

— Aqui está o problema com essa teoria — a doutora Cutty disse. — Primeiro, a fratura craniana foi do tipo estrelada. Isso significa que resultou de uma única fonte de impacto e depois se espalhou para longe, como deixar cair um objeto pesado sobre uma fina camada de gelo e observar as fissuras se espalhando por ela. Agora, não importa como você simula o remo atingindo o crânio, com o lado plano ou com o lado fino da pá... — Então, a doutora Cutty posicionou a pá do remo contra a cabeça de Tim Schultz, primeiro com o lado plano contra o crânio e, depois, girou, como se fosse para cortar uma árvore com o lado fino da lâmina. —... é impossível que este remo provoque uma fratura estrelada no padrão encontrado no crânio de Julian Crist.

— Impossível ou improvável? — Sidney perguntou.

— Impossível.

Sidney imaginou a palavra *impossível* ressoando no quarto episódio.

— Como você pode determinar isso? — Sidney indagou.

— Porque nós tentamos. Diversas vezes. E tentaremos de novo hoje em Damian e Martha.

A doutora Tilly, a outra patologista, içou o primeiro cadáver para que ficasse inclinado em um ângulo de noventa graus a partir da cintura, como se Damian estivesse sentado sobre a mesa de autópsia. A pele rígida rachou e deixou escapar formol durante o movimento. Com a ajuda do doutor Schultz, a doutora Tilly amarrou tiras de náilon no peito e sob os braços, que foram fixados nos cantos da mesa de autópsia, onde havia furos e prendedores. Em seguida, fixaram os engates nos ganchos suspensos que vinham do teto. Pelo visto, sentar um cadáver na mesa de autópsia era uma prática comum.

— É melhor você ficar aqui — a doutora Cutty disse a Derrick, que se moveu do canto e se posicionou de modo que a parte posterior da cabeça do cadáver ficasse visível no visor da câmera.

— Essas são as fotos da autópsia de Julian mostrando a fratura craniana. Seu epicentro está localizado na posição superior posterior do osso parietal direito.

Sidney folheou as fotos que retratavam o topo e a parte posterior do crânio de Julian. Diversas fotografias tinham sido tiradas com o cabelo ensopado de sangue, o que obscurecia os detalhes. Em seguida, outras foram tiradas depois que a cabeça foi raspada, mostrando mais claramente a laceração. As últimas eram de depois que o couro cabeludo foi afastado para revelar o osso bruto, que mostravam claramente a área esburacada e faziam Sidney se lembrar de uma boneca de porcelana quebrada.

— Vou golpear o crânio com o lado plano da pá do remo — a doutora Cutty prosseguiu. — Então, farei o mesmo com Martha, mas usarei o lado fino. Agora, claro, neste experimento estamos criando fraturas pós-morte, o que varia muito de fraturas antes da morte. No entanto, nosso foco não é o padrão de manchas de sangue, as lacerações de pele ou os ângulos das fraturas. Nossa análise é o *padrão* das fraturas. Aquelas que produzirmos em Damian servirão como comparação excelente para as fraturas encontradas em Julian Crist.

A doutora Cutty se moveu para a extremidade da mesa de autópsia.

— Aí vai.

Damian estava sentado ereto e de costas para a doutora Cutty. Sidney olhou para Derrick, que fez outro sinal de positivo com o polegar, mantendo no visor o olho direito treinado. Ela recuou um pouco quando a doutora Cutty ergueu o remo acima do ombro direito. De modo dramático, ela baixou o remo com força sobre o crânio do cadáver. Um baque nauseante misturado com o estilhaçamento do osso ecoou nas paredes da sala de autópsia. O corpo de Damian foi jogado para a frente, mas as tiras de náilon o mantiveram ereto e no lugar. Sidney sentiu uma tristeza estranha pelo cadáver, ou pelo homem que ele um dia fora.

Apoiando o remo na mesa de autópsia, a doutora Cutty calçou as luvas de látex.

— A primeira coisa que se percebe é que não há ruptura no couro cabeludo nem laceração de pele. Fizemos esse experimento outras três vezes em três cadáveres diferentes, além de diversas vezes em modelos Synbone com revestimento de pele de porco, que é uma aproximação boa da pele humana — a doutora Cutty explicou. — Ao usarmos o lado plano da pá do remo, jamais fomos capazes de reproduzir a laceração do couro cabeludo que foi encontrada na autópsia de Julian Crist.

A doutora Cutty enfiou um dedo enluvado sob a aba cirurgicamente perfurada da pele perto da parte frontal do crânio do cadáver.

— Assim que superamos a ausência de uma laceração, podemos analisar a fratura óssea real. — A doutora afastou o couro cabeludo e o cabelo do crânio, como se removendo a peruca de um manequim.

Não houve nenhuma gota de sangue, Sidney percebeu. Os vasos sanguíneos de Damian estavam secos havia muito tempo. A doutora Tilly pegou uma câmera Canon de uma mesa próxima e acertou o foco para tirar diversas fotos da lesão óssea.

— Nós lhe enviaremos algumas cópias dessas fotos.

Sidney deslocou-se para mais perto da mesa.

— Este golpe foi com o lado largo da pá do remo. — A doutora Cutty segurou o crânio de Damian. — A primeira coisa que se nota é que este tipo de traumatismo, o traumatismo por objeto contundente provocado por um objeto plano e largo, não penetra no crânio. Ele fraturou o crânio? Sim. Mas realmente penetra no osso? Não. Em vez disso, como você pode ver, causou uma fratura não deprimida, que se irradiou para longe do local, mas que também pressiona as linhas de sutura e muitas vezes separa o crânio ao longo dessas margens: a sutura sagital no topo do crânio, e as suturas coronal e lambdoide nas partes frontal e posterior. Essa lesão é muito diferente daquela documentada nas fotos da autópsia de Julian, em que o crânio está cavado para dentro, ou deprimido, em um diâmetro e uma profundidade específicos: três centímetros de profundidade e sete centímetros de largura, como medido pelo patologista de Santa Lúcia, que é o que define uma fratura estrelada. Vamos repetir isso diversas vezes no modelo Synbone, com imagens em câmera lenta e instantâneas, para demonstrar que a ponta plana da pá do remo não poderia ter provocado a fratura craniana em Julian Crist.

A doutora Tilly e o doutor Schultz moveram o cadáver chamado Martha e o posicionaram com as tiras de náilon de maneira semelhante à do cadáver de Damian, até que o corpo ficasse sentado ereto. Depois que seus colegas saíram do caminho, a doutora Cutty se aproximou da mesa de autópsia e ergueu o remo, com o cuidado de girar o cabo para que o lado fino da pá ficasse na posição de ataque. Ela ergueu o remo acima do ombro direito e o bateu contra a cabeça de Martha. Mais uma vez, o som ecoou nos cantos do necrotério e provocou um sobressalto em Sidney. Em sua construção, a sala de autópsia não tinha nada além de metal e azulejo, e nenhum dos dois contribuía muito para absorver o som. A doutora Tilly voltou a fotografar os danos.

— Você pode ver que o uso do lado fino da pá do remo produziu uma laceração no couro cabeludo — a doutora Cutty afirmou. — Nas futuras demonstrações, usaremos os modelos Synbone e, com a ajuda de nossa equipe de balística e de seus aparelhos, vamos variar a velocidade do remo até a menor velocidade possível, que ainda produzirá uma laceração *e* uma fratura craniana, independentemente de eu ter golpeado com mais força do que o agressor. Mas para nossa demonstração inicial no cadáver, você pode ver a laceração do couro cabeludo que foi produzida. Assim, se o remo foi usado para golpear Julian, por causa da laceração encontrada, o lado fino da pá *teve* de ser a parte do remo que fez contato com sua cabeça. Então, vamos analisar a fratura.

A doutora Cutty afastou o couro cabeludo da incisão superior feita de antemão.

— Vemos aqui um padrão de fratura muito diferente quando comparado ao de Damian, em quem foi usado o lado plano da pá do remo. Esta fratura é mais profunda, pois o remo penetrou no osso e provocou uma fratura deprimida. Este é o padrão estrelado clássico, com múltiplas fraturas lineares se irradiando para longe do local de impacto. No entanto, a forma dessa fratura é completamente diferente daquela provocada pelo lado plano da pá do remo. É mais longa, mais profunda e mais isolada, pois a origem do traumatismo... a borda da pá do remo... é muito mais compacta do que o lado largo da pá do remo. E o uso desse lado fino, como a energia é bastante concentrada, não provoca a separação das linhas de sutura.

A doutora Cutty voltou a pegar as fotos da autópsia de Julian Crist e as entregou a Sidney. Nas imagens, o couro cabeludo de Julian também tido sido afastado para revelar o crânio desnudo.

— Mesmo um olho leigo pode ver que nenhuma das fraturas que acabamos de produzir, quer com o lado plano, quer com o lado fino, corresponde à fratura que foi encontrada na parte posterior do crânio de Julian Crist. E como determinamos que o lado plano não poderia ter provocado a laceração, temos que supor que o lado fino a provocou. E essa suposição pode ser facilmente contestada por meio da simples medição do comprimento da fratura. Lembre-se de que a medição da fratura craniana de Julian resultou em três centímetros de profundidade e sete centímetros de comprimento. Nós repetimos esse experimento em quatro cadáveres diferentes, e também diversas vezes em um modelo Synbone... e não importa quantas vezes mais venhamos a repeti-lo: o comprimento da fratura, quando usamos a parte fina da pá do remo, nunca foi inferior a dez centímetros. — A doutora Cutty olhou para Sidney enquanto Derrick dava um close em seu rosto. — Resultado final? É que *não há remo neste planeta* que possa ter provocado a fratura craniana de Julian.

Em silêncio, Sidney observou as fotos de dez anos de uma autópsia que ajudou a condenar Grace Sebold. Então, fitou a doutora Cutty.

— Se você pode dizer com certeza, em sua opinião médica, que o remo *não* provocou a fratura craniana de Julian, tem alguma ideia do que provocou?

— Não do objeto real, mas posso chegar a uma conclusão sobre esse objeto: era muito menor do que um remo de barco e estava envolto em organza.

— *Organza*? — Sidney perguntou.

— É um tipo de náilon.

A doutora Cutty pegou o laudo da autópsia de Julian Crist de uma mesa desocupada e o folheou. Em seguida, entregou a página marcada para Sidney e correu o dedo até o parágrafo do meio.

— O patologista em Santa Lúcia documentou que fibras de organza foram descobertas dentro da lesão do couro cabeludo. Nenhum fragmento de madeira, aliás, o que seria de esperar se um remo de madeira tivesse sido usado. Em vez disso, fragmentos de náilon.

Surpresa, Sidney piscou alguma vezes.

— Então, quem atacou Julian fez isso com um objeto envolto em quê? Em um saco de náilon?

— Há uma conclusão muito mais consistente do que um remo de madeira, pode acreditar. — A doutora Cutty tornou a pegar o remo. — Segundo o laudo, Grace Sebold tem um metro e sessenta e cinco de altura. Assim, para provocar uma fratura nessa parte do crânio de Julian, que, segundo o laudo, tinha um metro e oitenta e oito, ela teria de crescer alguns centímetros ou ficar em pé em cima de algo para produzir o ângulo da fratura. E tem mais. Segundo o laudo, Grace é canhota. — Ela segurou o remo acima do ombro esquerdo. — Como a fratura craniana de Julian foi do lado direito da cabeça — disse, agora segurando o remo acima do ombro direito e fazendo uma demonstração de inversão das mãos, de modo que seu punho direito ficasse acima do esquerdo —, qualquer que tenha sido a arma, a senhorita Sebold teria de ser uma tremenda rebatedora ambidestra.

24

Sexta-feira, 16 de junho de 2017

SIDNEY VOOU DE RALEIGH PARA O AEROPORTO INTERNA-
cional de Atlanta. Seu regresso para Nova York ficara em aberto, pelo fato
de ela não saber exatamente o que a doutora Cutty revelaria durante seus
experimentos. As conclusões, porém, representaram uma condenação da
teoria do remo que foi usada para condenar Grace Sebold.

Sidney enviou Derrick de volta para Nova York para compilar o
material gravado em Raleigh. Leslie pegaria as gravações acumuladas e
apararia a gordura. Na segunda-feira, quando Sidney planejava regressar,
as horas de material gravado durante seu tempo com a doutora Cutty e
com a equipe de balística do Instituto Médico Legal da Carolina do Norte
seriam condensadas para quatro horas de material utilizável. Em seguida,
Sidney reduziria todas essas horas para os quarenta minutos mais impor-
tantes, trabalharia com os redatores para criar o material de narração e
editaria o quarto episódio com a equipe técnica em tempo de exibi-lo para
os executivos da emissora e obter a aprovação deles para ir ao ar na próxima sexta-feira. Se ela fosse capaz de apresentar os experimentos da doutora Cutty de modo suficientemente intrigante, seria o episódio mais
explosivo da temporada.

Sidney desembarcou em Atlanta e alugou um carro, com o cuidado
de usar seu cartão de crédito pessoal. Essa viagem de hoje não podia ser
à custa da emissora. De fato, ela não queria que ninguém no trabalho soubesse de suas viagens para a Penitenciária Estadual de Baldwin. Muito
menos Luke Barrington, que a desprezaria pelo fato de seu pai biológico,

com quem Sidney nunca tivera um relacionamento significativo — exceto por um breve período em sua infância —, estar cumprindo uma sentença de prisão perpétua por assassinato.

Sidney chegou ao cenário agora familiar de prédios baixos espalhados pelo terreno desabitado, contidos por um rígido perímetro de cercas de arame treliça encimadas por concertinas; um tema comum, independentemente de que prisão Sidney visitasse. Ela se apresentou ao guarda do portão e esperou até que ele se abrisse lentamente, permitindo sua entrada no complexo. As visitas em prisões nunca eram rápidas, mas, em Baldwin, eram mais lentas do que na maioria das outras. A revista era pior do que em qualquer aeroporto, e a espera era do mesmo nível que uma escala de longa duração em uma viagem. Finalmente, uma hora após sua chegada, o guarda chamou seu nome, escoltou-a através da porta espessa e a levou até as cabines de visitação. Ali, ela se sentou e esperou mais quinze minutos, até que seu pai apareceu no outro lado da divisória de vidro.

Sidney não conhecia o homem sentado à sua frente. De fato, não muito bem. As memórias sobre ele eram de quando ela tinha dez anos e sua vida familiar era ainda algo normal. Essas imagens e clipes curtos de sua família, apenas o três, foram criadas antes de seu pai matar um homem. Antes de sua mãe desenraizá-la de um subúrbio de Atlanta, onde moravam todas as amizades que Sidney tinha feito, e replantá-la arbitrariamente em Sarasota, na Flórida. Sidney nunca criou em Sarasota as mesmas amizades que desfrutara em Atlanta, e a nova vida que sua mãe tentou forjar na Flórida era menos *nova* e na maioria das vezes apenas *diferente*. A vida pode realmente começar de novo? Você pode simplesmente virar a página no caderno que registrou sua história e começar a escrever uma nova história? Em caso positivo, Sidney e sua mãe fizeram isso de forma incorreta. Elas escreveram a história errada, ou uma nova história não original, ou uma que não permitiu que elas se esquecessem das páginas anteriores. O fracasso se evidenciou pelo fato de que Sidney estava sentada esperando em uma penitenciária para ver seu pai mais de duas décadas depois de ele ter rabiscado o caderno original deles: fissuras profundas que arruinaram tudo.

Só no tempo da faculdade a vida de Sidney voltou a entrar nos eixos. Mesmo então, porém, a identidade de seu pai homicida, preso em uma penitenciária de Atlanta, era um segredo bem guardado. Nenhuma de suas colegas da faculdade sabia de seu pai, e quanto mais sua vida avançava a partir da condenação, quando Sidney tinha dez anos e estava na quinta série, menos ela pensava nele. Agora, com trinta e seis anos, Sidney passara mais de dois terços da vida sem que seu pai fizesse parte dela. Só a chegada de uma carta inesperada desencadeou a ideia de um reencontro. Nela, Neil Ryan fazia um pedido simples à sua filha: *Posso ver você?*

Mesmo depois de três anos de encontros clandestinos, Sidney ainda se esforçava para ver o pai através de algo diferente do que o prisma de uma menina de dez anos. Era como ela se lembrava dele. Arraigada em sua mente, achava-se a imagem de seu pai levando-a para a mercearia após o culto de domingo e carregando-a sobre os ombros enquanto caminhavam pelo parque de diversões. Como eram um trio, um sempre ficava de fora no carrinho de dois lugares da montanha-russa. Embora Sidney dividisse respeitosamente seu tempo de passeio entre seus pais, secretamente ela gostava de andar na montanha-russa com Neil. Ela sempre se sentia mais segura com ele. Agora, olhando através do vidro para o homem com macacão laranja, nenhum sentimento de segurança ou bem-estar vinha de sua presença. Nenhum sentimento, na realidade. Nem raiva ou ressentimento. Para Sidney, seu Neil Donald Ryan era muito mais um estranho do que um pai.

Sidney pegou o telefone e, ao levá-lo ao ouvido, ouviu a voz dele:

— Oi, filha.

— Oi, pai.

— Assisti ao programa da semana passada. A maioria do pessoal daqui está viciado na série. Sinto muito orgulho de você.

— Obrigada. — Sidney sorriu.

Ela se perguntou se deveria mencionar aos homens de terno da emissora que os presidiários de Baldwin eram fãs de *A garota de Sugar Beach*. Ela poderia usar os índices de audiência.

— Sei que você está muito ocupada... Mas teve a oportunidade de investigar o DNA?

— Ainda não — ela respondeu.

Sidney deu crédito ao pai. Em sua carta original, ele pedira para vê-la sem segundas intenções além de um reencontro depois de mais de vinte anos. Com relutância, Sidney fez a visita esperando que ele lhe pedisse para libertá-lo, assim como ela libertara outros condenados. Era um pedido comum nas cartas que recebia dos presidiários. O fato de Sidney, na realidade, ter conseguido a anulação de apenas três condenações era irrelevante para a maioria dos criminosos com quem conversava. A libertação de um único homem teria sido suficiente para chamar a atenção dos condenados de todo o país. Assim, quando Sidney visitou Baldwin pela primeira vez, esperava uma recepção semelhante. No entanto, seu pai ficou simplesmente observando-a durante a maior parte da visita. Ele riu muito também, maravilhado ao ver que sua filha de dez anos se transformara em uma bela mulher de longos cabelos castanhos, realçados por listras castanho-avermelhadas. Os olhos castanho-esverdeados brilhavam com os traços radiais de azul. De fato, ele não conseguiu conter a admiração durante aquela primeira visita. Só depois de dois anos e nove visitas, Neil trouxe à tona o assunto de sua inocência.

— Há novas técnicas agora — ele dissera — que não existiam quando fui condenado. A análise de DNA é muito mais específica e avançada hoje em dia. Se eu lhe der uma amostra do meu DNA, você poderá usá-la para mostrar que não corresponde a nenhum DNA coletado na cena do crime.

Sidney mudara de assunto, voltando a falar da mãe. Era um tema comum entre eles, e foi o suficiente para impedi-lo de insistir na conversa anterior. Então, a carta chegou contendo as unhas cortadas de Neil. Até que Sidney abrisse sobre sua mesa aquele quadradinho de lenço de papel que continha dez unhas em forma perfeita de lua crescente, ela fora capaz de explicar sua falta de ação. Mas desde que a possível fonte de DNA chegara, aquilo a atormentava e a impedia de rejeitar os pedidos do pai.

— Unhas cortadas são uma fonte viável de DNA — o pai disse agora. — Eu pesquisei. E pus o lenço de papel sobre minha língua, para que um bom laboratório também seja capaz de extrair uma amostra de saliva.

O lenço de papel e as unhas estavam na gaveta da mesa de Sidney, em casa. Tinham passado a noite perto da lata de lixo da cozinha, mas

Sidney nunca teve coragem de jogar tudo fora. Em vez disso, ela guardou o lenço de papel e as unhas em sua mesa e tentou não pensar neles.

Sidney olhou para o pai através do vidro.

— Ainda não os testei.

Com indiferença, ele deu de ombros. Para a maioria, Sidney pensou, isso seria desanimador. Porém, ao longo dos anos, ela descobrira que os presidiários, privados de quase todos os luxos da vida, possuíam muita paciência. Eles nunca esperavam que algo acontecesse rápido, e reagiam às notícias de atrasos do mesmo jeito que reagiam ao descobrir que a cabine do banheiro estava ocupada. Simplesmente respiravam fundo e aguardavam.

Por ser muito jovem na época do crime para entender plenamente o que tinha acontecido, Sidney investigou brevemente a condenação do pai no tempo da faculdade. Acusado de matar um homem na casa da vítima, Neil fora condenado por homicídio qualificado e sentenciado à prisão perpétua.

A única bala disparada veio de uma pistola automática calibre.22 encontrada na cena. As impressões de Ryan foram extraídas da arma. Foi uma alegação que ele negou veementemente, já que, de acordo com seu advogado, seu cliente nunca segurara uma arma em sua vida. Durante o julgamento, especialistas em impressões digitais discutiram sobre se as impressões correspondiam realmente com as de Neil Ryan. Para complicar a situação, havia outro conjunto sobreposto de impressões que também foram extraídas da arma. A acusação sustentou que as impressões anônimas provinham de um jovem policial que, por engano e contra o protocolo, pegou a arma quando chegou à cena do crime. Contudo, o teste das impressões borradas não correspondeu ao das do policial. Foi ainda invocada como uma correspondência garantida pela testemunha especialista da acusação, e refutada pelo perito de impressões digitais da defesa, mas não de forma bastante convincente para manter o pai de Sidney fora da cadeia.

Quando a discussão a respeito das impressões digitais terminou, a acusação desferiu um golpe, que acabaria se revelando um nocaute: Neil Ryan vinha tendo um caso com a mulher do morto. Os argumentos relativos às impressões digitais foram logo esquecidos, e a ideia de premeditação se tornou um tópico quente.

O júri decidiu por homicídio qualificado, concordando com o argumento da acusação de que Neil Ryan foi à casa de sua amante com a intenção de matar seu marido, que havia descoberto o caso. Vinte e cinco anos depois, o pai de Sidney continuava preso sem possibilidade de liberdade condicional. O fato de ele ter se recusado a admitir o crime e não ter mostrado nenhum remorso foi considerado um ponto negativo por todas as comissões de livramento condicional que revisaram seu caso. Nenhum membro de uma comissão jamais pensou duas vezes sobre um homem sem remorsos ou cogitou carimbar o caso de Neil Ryan com outra coisa senão *Negado*.

— Você tem sido um prisioneiro exemplar — Sidney finalmente disse, recuperando o contato visual através da divisória de vidro. — Se assumisse a responsabilidade, talvez conseguisse a liberdade condicional.

— Eu não matei aquele homem, filha. Por que eu admitiria isso?

— Porque poderia tirá-lo daqui.

— Também poderia selar o meu destino. Você sabe quantos sujeitos nesta prisão assumiram responsabilidade por coisas que não fizeram porque achavam que iam sair daqui? Muitos. Sabe o que aconteceu com a maioria deles? Seus pedidos foram negados. E eles nunca poderão se arrepender do que disseram para aquela comissão.

— Tudo bem. Não admita o crime, mas demonstre algum remorso por seu envolvimento. Se você não tivesse... — Sidney se calou. Ela quase deixou escapar *traído minha mãe*, mas isso pareceu tão insignificante tantos anos depois que se sentiu constrangida por ainda incomodá-la. —... dormido com a mulher dele, a ideia de premeditação não teria surgido.

— Sou um monte de coisas. Ter sido um marido terrível é uma delas. Mas trair a mulher não é crime, e com certeza não prova que matei alguém. Não vou cortar minha garganta na frente de uma comissão de livramento condicional apenas para ganhar seu favor. — Neil observou a filha por instantes. — Então, você pode me ajudar?

O que seu pai pedia era que ela, de alguma forma, retirasse aquela.22 de uma caixa enterrada em algum lugar na sala de provas de um prédio do governo federal em Atlanta e provasse que o DNA de seu pai não estava na arma ou na cena do crime. Isso, ele estava convencido, seria o suficiente para conseguir um novo julgamento. Neil fizera seu dever de casa, e o plano tinha algum mérito. Nos últimos meses, Sidney fizera algumas investigações casuais, mas encontrar alguém que ainda se lembrasse de um caso com mais de vinte anos era quase impossível. E tentar conseguir que alguém prestasse atenção ao seu pedido de extrair provas tão antigas se mostrara infrutífero até então.

— Estou trabalhando nisso — ela afirmou, por fim.

Seu pai respirou fundo.

— Acho que é tudo o que posso pedir.

— De qualquer forma, só parei aqui no meu caminho de volta para Nova York. — Sidney deixou transparecer que estava pronta para partir.

— Tudo bem. A gente se fala. — Neil desligou o telefone e levantou a mão.

O guarda apareceu ao seu lado um instante depois, e o levou de volta para a cela.

Sidney ficou sentada por mais algum tempo, olhando a cadeira vazia que um estranho acabara de desocupar. Sua imaginação o substituiu por um pai de anos atrás. Um homem em cujos ombros ela adorava passear. Sidney tinha certeza de que não devia nada ao estranho, mas se perguntou se o outro homem merecia alguma coisa.

NO CARRO, OS PENSAMENTOS COLIDENTES SOBRE SEU PAI e Grace Sebold passavam por sua mente. Desde as revelações da doutora Cutty, Sidney tentava encontrar o arco dramático de sua história, imaginando a melhor maneira de apresentar a impossibilidade de o remo ser a arma utilizada para provocar a fratura craniana de Julian Crist e que, em vez disso, algum outro instrumento envolto em náilon fora utilizado para golpeá-lo. Tratava-se de um argumento explosivo, que poderia ter consequências reais. Era apoiado pela ciência, e não uma opinião retroativa oferecida por alguém com credenciais ralas e rotulado como especialista, como Sidney vira muitos outros documentaristas tentarem fazer. Esse desenvolvimento era legítimo, e contestava um aspecto decisivo usado na condenação de Grace Sebold. Precisava ser tratado corretamente.

No entanto, o problema de Grace Sebold, e aquele que Sidney enfrentara nas últimas vinte e quatro horas, era o mesmo que seu pai enfrentava atrás das grades. O inexplicável precisava ser explicado. Se o documentário fosse sugerir que outro objeto fora utilizado para atacar Julian, então os fatos inconvenientes referentes ao sangue dele no chalé de Grace, bem como na pá do remo, e às impressões digitais de Grace no cabo do remo precisavam ser explicados.

Não havia muitas maneiras de explicar essas descobertas. Talvez não houvesse nenhuma. Mas se existisse uma única maneira, Sidney sabia onde estava, e sabia de quem precisava vir.

Lentamente, a cerca de arame do presídio se abriu. Ao volante do carro de aluguel, Sidney se afastou, dirigindo-se ao Aeroporto Internacional de Atlanta Hartsfield-Jackson.

25

Sábado, 17 de junho de 2017

O AR CARIBENHO ESTAVA ÚMIDO E DENSO QUANDO SIDNEY desembarcou no Aeroporto Internacional de Hewanorra. Uma fila de táxis esperava sua vez para pegar os turistas, com os motoristas ansiosos para colocar as bagagens nos porta-malas e recolher gorjetas generosas de americanos e britânicos no início de suas férias. Trazer esses turistas de volta para o aeroporto nunca era tão lucrativo quanto levá-los para seus *resorts*. O moral estava elevado, e as carteiras, bem recheadas no início da viagem; ao contrário do que acontecia no fim dela.

Então, foi estranha a expressão que o motorista manifestou quando saiu de seu táxi e encontrou Sidney com nada além de uma maleta com rodinhas em vez de pilhas de bagagens. Que ela estivesse sozinha era outra esquisitice. E seu pedido — ser levada para a Penitenciária de Bordelais — era o mais peculiar de todos. *Mas,* o motorista pensou ao embarcar no carro, *uma corrida é uma corrida.*

Ele levou quarenta minutos para chegar a Dennery, e era a primeira vez que ia deixar alguém dos Estados Unidos na prisão. O táxi chegou ao topo de uma colina, e a clareira se tornou visível, onde os prédios retangulares brancos ficavam dentro do perímetro de uma cerca. O motorista atravessou o portão de visitantes e parou no estacionamento.

— Vou ficar uma hora. No máximo, uma hora e meia — Sidney informou. — Eu pagarei para você esperar por mim.

Eles acertaram a questão da tarifa. Sidney ofereceu metade, entregando os dólares americanos para ele.

— Dou a outra metade quando eu voltar, mais a corrida de volta ao aeroporto. Na realidade, ao Charlery's Inn. Você conhece?

— Sim, senhora. Sem problema.

O taxista a observou caminhar até a entrada da prisão, onde um guarda a esperava. Assim que ela entrou, ele estacionou o carro, desligou o motor e tirou uma soneca.

SEU PAI E MARSHALL A TINHAM VISITADO TRÊS SEMANAS antes. Assim, Grace se surpreendeu ao saber que havia outra visita em tão pouco tempo. Em geral, elas aconteciam a cada três ou quatro meses. Às vezes, o intervalo era maior, e ela sempre percebia o aborrecimento nos olhos de Marshall por causa do longo período entre as visitas. Apesar das tentativas do irmão para disfarçar, Grace sabia que seu estado clínico vinha se deteriorando. Ela percebeu que as habilidades motoras de Marshall diminuíram muito nos últimos dois anos. O dia em que ele apareceu em uma cadeira de rodas partiu seu coração. Marshall sempre se queixava para Grace de que "eles" não viriam mais cedo, referindo-se aos pais. Embora Grace estimasse a lealdade do irmão, e seu desejo de vê-la com mais frequência, ela não era tola. Grace dava-se conta do custo, tanto de tempo como de dinheiro, necessário para viajar ao exterior para visitar uma filha que amavam, mas a quem eles decidiram que não podiam mais ajudar. E o fato de Marshall não ter os meios ou a capacidade de visitá-la por conta própria era outra fonte da raiva dele. Seu espírito independente, mesmo após duas décadas de dependência dos pais, jamais morrera. O acidente, aquele acontecimento terrível, tirou muito dele, mas não prejudicou sua mentalidade rebelde e soberana.

Durante as visitas, com inclinações sutis de cabeça e piscadelas rápidas que passavam despercebidas pelos pais, Grace sempre comunicava a Marshall que o entendia. Se dependesse do irmão, ele viria todo fim de semana. E Grace realmente acreditava que, se Marshall fosse um adulto normal, com um emprego de classe média, viajaria para Santa Lúcia a cada sete ou quinze dias para vê-la. Partia o coração de Grace saber que os pais, envelhecidos e cansados depois de quase vinte anos cuidando do filho doente, recorriam cada vez mais à ajuda externa para os cuidados de

Marshall. Seu irmão odiava a instituição onde eles planejavam colocá-lo, algo que ele deixou muito claro em suas cartas para Grace.

Embora Marshall fosse incapaz de viajar sozinho para Santa Lúcia, ele podia se comunicar por escrito. Assim, suas cartas se tornaram um dos maiores confortos de Grace ao longo dos anos. Elas chegavam como um relógio, no mínimo, duas vezes por semana. Grace nunca se cansava delas. Naquelas páginas dobradas, Marshall a mantinha em dia sobre o que estava acontecendo em casa: seu relacionamento em desintegração com os pais; sua crescente impaciência com sua *condição* — essa era a palavra que os Sebold usavam quando falavam com médicos e terapeutas a respeito de Marshall. A partir das visitas de Marshall ao longo dos anos e de suas cartas, Grace soube que ninguém dava crédito suficiente ao irmão. Ele jamais seria o atleta que foi um dia, nem seria mentalmente a mesma pessoa que foi antes de entrar no carro naquela fatídica noite; mas o irmão de Grace ainda era a pessoa mais inteligente que ela conhecia. Sua inteligência estava gravada em suas cartas.

Apesar do curto espaço de tempo entre as vistas, Grace ainda se alegrava em vê-lo. E nesse estado de espírito ela seguiu o guarda até a sala de visitação e se sentou à mesa. O guarda fechou a porta, e Grace esperou em silêncio enquanto o processo de revista acontecia do lado de fora. Ela ergueu os olhos quando a porta se abriu momentos depois. Sidney Ryan entrou no recinto. Grace sorriu.

— Que surpresa! Achei que tínhamos combinado nos falar por telefone na próxima terça-feira.

— Oi, Grace. — Sidney se acomodou na cadeira diante dela. — Desculpe por aparecer sem aviso prévio. Isso não podia esperar.

— O que não podia esperar?

— Quando estive com você da última vez, eu lhe disse que não sabia dizer em que acreditava. Hoje acho que sei. Eu me encontrei com uma patologista forense nos Estados Unidos que refutou a alegação de que o remo de *stand up paddle* provocou a lesão na cabeça de Julian. E, embora seja a opinião dela, a doutora respaldou isso de modo bastante impressionante com experimentos em que espero basear o próximo episódio.

— Isso é incrível. Quero dizer... — Os olhos de Grace se encheram de lágrimas. — Desculpe. — Ela enxugando os olhos e respirou fundo para se acalmar. — Fazia muito tempo que eu não chorava por algo assim. Mas alguém está me ouvindo. Finalmente alguém está me ajudando. Eu sabia que você encontraria algo se procurasse. — Grace estendeu o braço por sobre a mesa e apertou a mão de Sidney. — Obrigada.

— Escute, Grace. Em relação ao remo, foi realmente impressionante o que a doutora Cutty conseguiu mostrar. Isso vai gerar um episódio explosivo. Mas ainda preciso contestar aspectos fundamentais de sua condenação.

— Tudo bem. — Grace projetou o queixo.

— O sangue de Julian que foi descoberto na pia do banheiro do seu chalé é um problema.

Grace sorriu.

— Me disseram.

— Sei que você não tem acesso à internet, mas, para cada site que a apoia e tenta arrecadar dinheiro para você, outro site ou fórum de discussão fala de sua culpa. E o maior argumento destes é o sangue de Julian ter sido achado em todo o seu chalé.

— Eu vi os sites. Marshall me envia essas coisas. Ele imprime todas as páginas da internet e as reúne para eu poder lê-las. A sinistra Grace Sebold pingando sangue como Carrie White, em Chamberlain, no Maine. Para o público, era como pipoca: as pessoas devoravam uma por uma, enquanto se entretinham. Para mim, sentada naquele tribunal e ouvindo tudo isso durante o meu julgamento, era um absurdo. E nisso reside o problema com o nosso sistema de justiça; e com isso quero dizer com o sistema mundial. Podemos simplesmente nos defender contra alegações absurdas, mas o segredinho sujo é que, se a acusação quiser condenar alguém, tudo o que ela tem de fazer é apresentar as acusações mais ridículas imagináveis, em grande quantidade, e reapresentá-las muitas vezes para influenciar o júri. O sangue não foi encontrado em todo o meu chalé. Ele foi encontrado no banheiro.

— Tudo bem — Sidney disse. — Mas o fato de existir sangue de Julian no seu banheiro é um ponto de discórdia para seus críticos.

— E para você?

Em dúvida, Sidney encolheu os ombros.

— Isso... me confunde. E se me confunde, confundirá minha audiência. O sangue de Julian é um problema, Grace. Seu sangue no banheiro, seu sangue na pia e seu sangue no remo. E outro problema é a água sanitária que foi usada para esconder o sangue. Posso mostrar de modo plausível que o remo não foi usado para matar Julian, mas preciso de sua ajuda com o resto.

— Não era água sanitária.

Sidney semicerrou os olhos.

— O que encontraram no meu banheiro não era água sanitária.

Com ar de espanto, Sidney arqueou as sobrancelhas.

— O que era?

— Cloreto de benzalcônio.

— E o que é isso? — Sidney perguntou.

Grace se curvou para a frente, para que seus cotovelos repousassem sobre o tampo.

— O ingrediente ativo nos lenços Clorox umedecidos com desinfetante.

A GAROTA DE SUGAR BEACH

"A LÂMINA DE BARBEAR" – PARTE DO EPISÓDIO 4
BASEADO EM ENTREVISTA COM GRACE SEBOLD

— Droga!

— O que houve? — Grace estava deitada em meio a uma confusão de lençóis brancos na cama *king size* com dossel que dominava o chalé de Sugar Beach.

— Eu me cortei — Julian disse, do banheiro.

— Por que está fazendo a barba? Estamos de férias.

— Caramba, estou sangrando muito.

Grace se desembaraçou dos lençóis e saiu da cama. O sol da manhã iluminava o piso de mogno, prometendo um ótimo dia para tomar sol.

— Deixe-me ver — ela pediu quando entrou no banheiro. — Uau! Que diabos você fez?

Gotas de sangue salpicavam a bancada e a pia brancas. Outro acúmulo impressionante se formara sobre o piso de ladrilhos. Lenços de papel manchados de vermelho estavam empilhados perto da lata de lixo.

— É tudo culpa do maldito rum — Julian afirmou. — Pelo visto, meu tempo de protrombina é de cinco minutos.

— E você está tomando ibuprofeno para as costas. Suas plaquetas não valem nada. — Grace olhou para Julian pelo espelho, e os dois desataram a rir.

— Somos muito nerds — ele afirmou.

Grace pegou uma toalhinha da parede, pressionou-a no queixo de Julian e beijou-lhe os lábios.

— Agora, eleve-o, ou algo assim.

— É o meu queixo. Como eu deveria elevá-lo?

Grace o fitou com uma expressão sarcástica.

— Apenas saia do banheiro para eu poder limpar isso. Parece que aconteceu um massacre aqui.

Julian atravessou a sala principal e abriu as portas do terraço. Mantendo a toalhinha pressionada contra o queixo, ele sentou-se ao sol quente e observou os Pitons. No banheiro, Grace abriu o armário sob a pia; encontrou um recipiente de lenços Clorox, tirou diversos deles e começou a limpar o sangue.

— Isso está bem feio... — Grace se equilibrava sobre a prancha de *stand up paddle*.

Ela mergulhava o longo remo na água no lado direito e, em seguida, erguia-o, passava para o outro lado da prancha e fazia o mesmo à esquerda.

Julian estava sentado na frente dela, com as pernas estendidas e os calcanhares pendurados na extremidade da prancha.

— Não vai coagular. O álcool e o Advil farão o sangue pingar o dia todo. — O queixo de Julian ainda sangrava, e o curativo feito pelas enfermeiras do *resort* estava para lá de saturado. Virara um pedaço vermelho de adesivo em seu queixo.

— Ficar com o coração acelerado não vai ajudar, Julian. Mas não consigo voltar. A corrente está muito forte.

— Sério? Estou fraco por causa do sangramento.

— Dá um tempo! Me leve de volta para a praia. Quero um *mojito*.

Julian se virou para Grace, de pé na prancha atrás dele. O sol ia alto no céu, com a silhueta da cabeça dela bloqueando intermitentemente os seus raios e lançando uma sombra sobre Julian. O remo descansava sobre o ombro dela, com a mão agarrando firme o cabo.

— Estou sangrando feito louco, e minha namorada não consegue me levar de volta para terra firme. — Ele agarrou a borda da prancha e se inclinou rapidamente para a direita.

Grace gritou quando os dois caíram na água.

26

Sábado, 17 de junho de 2017

– ENTÃO, PARA O CHARLERY'S INN? – O MOTORISTA DO TÁXI perguntou.

— Mudança de planos. Tenho de ir ao Hospital Victória, em Castries. — Sidney consultou seu relógio. — Mas temos de nos apressar.

— Castries é longe.

— Quanto tempo?

— Uma hora. Cinquenta minutos se eu correr.

— Me leve para lá em trinta e eu lhe darei mais cinquenta dólares.

— Vamos nessa. — O homem pôs o carro em movimento e saiu rapidamente da Penitenciária de Bordelais.

Eles chegaram a Castries em pouco mais de trinta minutos. Sidney ainda o recompensou com o bônus.

— Essa é a minha última parada — ela disse. — Depois, vamos para o Charlery's. Vai me esperar?

— Sem problema.

Sidney abriu a porta traseira e se dirigiu para a entrada do Hospital Victória. Na recepção, pediu orientação para chegar ao necrotério.

— É para fazer uma identificação? — a recepcionista perguntou.

— Não. Estou aqui para falar com o doutor Mundi. Liguei para ele há cerca de uma hora, e ele me disse que ficaria no hospital até o fim da tarde.

Então, a recepcionista fez uma ligação e, após desligar, dirigiu-se a Sidney:

— Me acompanhe.

Elas pegaram o elevador para o subsolo, e Sidney seguiu a mulher pelos corredores. Além dos corredores mais escuros, e uma sensação de horror um pouco maior, o necrotério de Santa Lúcia não era muito diferente do da doutora Cutty.

— No fim, entre à direita. — A recepcionista apontou a única porta aberta no final do corredor.

— Obrigada.

Sidney encontrou o doutor Mundi atrás de sua mesa. Uma caixa gasta, cujas bordas de papelão ficaram embotadas pelos anos de armazenamento, estava na frente dele. Ele a revirava, procurando algo, sem notar a entrada de Sidney. Então, ela pigarreou.

O médico levantou os olhos.

— Olá, sou Sidney Ryan.

— Entre, entre — o doutor Mundi disse.

Sidney sentou-se na cadeira diante da mesa.

— Desculpe ligar hoje e aparecer tão rapidamente.

— Sem problema. Acho que está aqui. — O doutor Mundi ainda examinava a caixa. — Sim, bem aqui. — Ele tirou uma pasta e sem pressa virou as páginas até encontrar o que precisava. — Sim! — O doutor ergueu as sobrancelhas em sinal de espanto. — Eu notei isso. Uma laceração de um vírgula nove centímetro no queixo da vítima, determinada no momento da autópsia como lesão típica do ato de barbear. Esses ferimentos não são difíceis de identificar, e trata-se de descobertas comuns em uma autópsia. Em geral, no rosto dos homens e nas pernas das mulheres.

— O senhor me daria permissão para gravar enquanto explica essa descoberta, e como conseguiu determinar que era o resultado de uma lâmina de barbear?

O médico desviou o olhar de suas anotações.

— Um aparelho de barbear de lâmina dupla, notei. — Com indiferença, ele deu de ombros. — Sem problema, não me importo que você grave nossa conversa.

O celular de Sidney estava sem sinal e com a bateria em um por cento durante seu trajeto de táxi para o sul de Santa Lúcia através das montanhas e em direção a Vieux Fort. Ela odiava estar desconectada, mas valeu a pena ficar quase sem bateria depois de ter gravado um vídeo com a explicação do doutor Mundi sobre a laceração que ele documentara dez anos atrás no queixo de Julian Crist, junto com a gravação do que Grace lhe dissera antes, na prisão. Que o vídeo estivesse sem edição, gravado em uma combinação de seu iPhone e uma pequena câmera de vídeo portátil certamente acentuava a urgência do episódio que ela imaginava. Sidney esbarrara em provas desconsideradas durante o julgamento de Grace, e agora estava registrando casualmente suas descobertas sem o auxílio de sua equipe de filmagem. Em conjunto com a filmagem profissional que Derrick fizera das demonstrações da doutora Cutty, o episódio de sexta-feira tinha o potencial para ser um estrondoso sucesso.

Quando finalmente chegaram ao Charlery's Inn, perto do aeroporto, onde ela conhecera seu motorista no início do dia, Sidney entregou o pagamento. Ele teve um bom dia, e sem se dirigir para nenhum *resort*.

Ela puxou sua maleta com rodinhas para o quarto e trancou a porta. Após colocar o celular para carregar, abriu o laptop e reservou um voo de volta para a manhã seguinte.

Sidney encontrou uma cerveja Piton no frigobar e se sentou na beira da cama. Tons pastel de salmão claro e verde cobriam as paredes do hotel barato. Sidney tomou um longo gole de cerveja e pegou o telefone do hotel. Ouviu uma série de lembretes até sua ligação para Nova York ser finalmente completada.

— Alô — Leslie Martin respondeu.

— Sou eu.

— Meu Deus, Sidney, achei que seu avião tivesse caído! Onde você está?

— Fiz um desvio. Estou em Santa Lúcia.

— O quê? Por quê?

— Porque não foi ela.

DELIBERAÇÃO DO JÚRI

DIA 2

- -

— Precisamos discutir a prova envolvendo o sangue — Harold disse da cabeceira da mesa.

— Não acredito nela — a professora aposentada afirmou quase antes de Harold terminar sua frase. — Como o sangue podia estar presente no quarto e ela não ter ideia de como ele apareceu ali?

— Bem, isso não é exatamente o que foi discutido no tribunal — Harold considerou, com sua voz calma e compreensiva. — Mas, de novo, é um bom ponto de partida para a discussão. Vamos reler as transcrições do testemunho e do interrogatório de Grace. Então, colocaremos no quadro-negro os fatos a respeito do sangue e da limpeza, como fizemos durante nossa discussão relativa à arma do crime. — Ele apontou para o quadro-negro atrás deles, coberto agora com pó do giz branco após a discussão acalorada da véspera. — E aí, teremos uma discussão mais exata sobre o sangue, o corpo e a limpeza.

PARTE III

CAMPEÃO DE AUDIÊNCIA

27

Sexta-feira, 23 de junho de 2017

ELE SENTIU UMA DOR INTENSA NO QUADRIL AO ESTENDER
a mão para pegar o controle remoto. Aumentou o volume e se atrapalhou
com os óculos antes de endireitá-los. Em seguida, observou a tela plana
pendurada na parede. Nela, uma repórter dava explicações a respeito de
fraturas cranianas. A cena passou para uma patologista de avental que
mostrava em um modelo de crânio o que acontecia com o cadáver quando
a parte posterior da cabeça era golpeada com um remo. Foi uma visão
arrepiante e absorvente, que levou Gus de volta ao passado e o fez revi-
ver indiretamente por meio da televisão os momentos de sua carreira que
ele passou com legistas no necrotério.

Gus pressionou um botão, e a cama zumbiu enquanto o erguia. Ele
respirou fundo algumas vezes e sentiu a dor em seu quadril diminuir.
Tudo isso sem desgrudar os olhos da tevê. Ele pedira um televisor maior
algumas semanas atrás, e até se ofereceu para comprá-la, mas a Enfermeira Desgraçada o ignorou.

— Se lhe dermos uma tevê maior, teremos de dar uma maior para
todos, senhor Morelli — ela dissera com sua voz condescendente.

— Então, deem — ele respondera. — Essas coisas são praticamente
gratuitas hoje em dia. E tenho certeza de que a maioria dos pobres infeli-
zes que estão internados neste lugar é meio cega. Você não quer que eles
consigam ver o que estão assistindo?

Esse seu pedido foi tão bem atendido quanto aquele de não usar o
urinol logo após a cirurgia. Agora, semanas depois da noite em que ele

perdeu a perna direita — uma escolha difícil entre seu membro inferior e o câncer —, a dor estava mais manejável, sua saúde não se achava mais à beira do colapso e sua atitude com o pessoal, embora longe de ser agradável, era certamente menos hostil. Exceto com a Enfermeira Desgraçada. Ela se mostrara uma mulher cruel no dia em que ele a conheceu, e continuaria a ser até o dia em que morresse.

Jason, o jovem fisioterapeuta, entrou no quarto com seu avental roxo.

— O que você está assistindo, Gus?

De cada ser miserável que Gus encontrara naquele caminho para o inferno, Jason era um destaque. Jovem e vibrante, ele parecia ser, além de Riki, a enfermeira de sexta-feira à noite, o único naquele quinto dos infernos que gostava de seu trabalho. E, levando em conta seus bíceps e antebraços musculosos, Gus supôs que Jason se pressionava tanto na sala de musculação quanto pressionava seus pacientes em sessões de fisioterapia. Belo e carismático, Jason fazia Gus se lembrar de si mesmo décadas antes de o trabalho, a vida e o câncer o terem tornado amargo para o mundo.

Jason contrastava totalmente com os robôs que iam de quarto em quarto enfiando agulhas e arrancando cateteres à espera do fim do expediente. Gus Morelli passara a maior parte do tempo em prisões durante sua carreira, e essas mulheres se ambientariam tanto berrando com presidiários na penitenciária local como gritando com pacientes idosos aqui no Alcove Manor.

A maioria dos pacientes estava naquela instituição para se reabilitar de alguma doença devastadora que os levara à beira da morte. Muitos estariam em uma situação melhor se alguém os tivesse tratado bem, Gus pudera concluir após percorrer os corredores em sua cadeira de rodas.

— Um documentário — Gus respondeu.

— Deixe-me ajudá-lo. — Jason puxou Gus para a frente e arrumou os travesseiros em suas costas, para que ele se sentasse mais ereto.

— Ah, meu Deus, isso parece melhor...

— É porque tira a pressão do quadril — Jason explicou. — Incline-se para a direita e sua incisão vai cicatrizar mais rápido. — Ele puxou os lençóis que ficaram dobrados e presos ao redor da perna de Gus e nas costas.

— Você se envolveu em uma luta livre?

— Fiquei me virando por uma hora tentando me livrar.

— Basta chamar as enfermeiras.

Gus sorriu para ele.

— Isso seria como a pequena Anne Frank chamando os nazistas para ajudarem-na a sair do sótão.

Jason riu.

— Isso é muito cruel, Gus. Engraçado, mas cruel.

— Pelo menos, você gosta do meu humor. Perdi o meu poder de encantamento com o resto do pessoal. Exceto a enfermeira que me ajuda nas noites de sexta-feira.

— Ouvi dizer que você chamou Ruth de cadela sem coração, outro dia. Não é exatamente a definição de poder de encantamento.

— Droga, não posso discutir com você. Quando ouço algo assim, vindo de você, me sinto um merda por ter dito isso. Elas conseguem trazer à luz o meu lado desagradável. Na realidade, não sou tão imbecil.

— Você perdeu a perna, Gus. Portanto, tem todo o direito de ser um pouco imbecil. Apenas escolha suas batalhas. Brigar com Ruth é inútil.

— Estou descobrindo isso. Você viu esse programa?

Jason se virou para a televisão.

— Ah, sim. Estou viciado.

— O que é?

— *A garota de Sugar Beach.* Um documentário a respeito de Grace Sebold?

— Quem?

— Grace Sebold. Ela matou o namorado no Caribe.

Na tela da tevê, Gus viu uma foto de Grace Sebold no tempo da faculdade de medicina. O documentário cortou para uma entrevista com a garota, agora uma mulher, um pouco abatida, com cabelo curto, que estava ficando grisalho em áreas aleatórias. Óculos de plástico grosso, fornecidos na prisão, cobriam os seus olhos e refletiam as luzes superiores.

— É viciante — Jason afirmou. — Trata-se de um documentário em tempo real. A pesquisadora está produzindo os episódios semanalmente, e depois os põe no ar. A audiência fica sabendo das descobertas dela quase ao mesmo tempo que ela descobre algo. É muito popular entre o público mais jovem. E parece que Grace Sebold pode realmente ser inocente.

— Em que episódio está?

— No quarto — Jason informou enquanto digitava informações no prontuário de Gus. — Estou tentando não prestar atenção. Está em todas as televisões deste hospital, principalmente do pessoal. Não tenho certeza se os residentes estão acompanhando.

— Você não disse que estava assistindo?

— E estou. Preciso ver o que acontece agora. Ver se ela matou o cara ou não.

Gus apontou para a tela.

— Você está perdendo.

Jason sorriu.

— Estou gravando em DVR. Vou assistir hoje à noite. Então, não me conte o que está acontecendo.

— Como eu posso fazer isso?

— Gravar? Você não pode. Não há DVR aqui.

— Mas é possível assistir aos primeiros episódios? Estão repetindo?

— Repetindo?

— Sim. Tem reprise?

— É um documentário em horário nobre, Gus. Não é *Jenny é um gênio*.

— É *Jeannie*, seu adolescente inútil metido à besta.

— Tenho trinta anos, mas vou aceitar isso como um elogio. Não há reprises. Você pode ver os episódios anteriores em *streaming*. Pode vê-los sempre que quiser.

— O que é *streaming*?

— Resumindo, é assistir pela internet.

— Não tenho internet aqui.

— Claro que tem. Todo o hospital tem Wi-Fi.

— Posso usar o Wi-Fi através da tevê?

Jason sorriu.

— Achei que você fosse um tira. Não usou computadores?

— Eu era policial quando você ainda usava fraldas. Encerrei minha carreira como detetive e nunca gostei de computadores. Tenho sessenta e oito anos e não planejo aprender agora.

— As tevês com Wi-Fi são as smarts. Você não tem uma dessas aqui. Assim, precisará de um computador para assistir aos episódios anteriores em *streaming*. Um laptop ou um tablet. — Jason inseriu mais dados no prontuário de Gus. — Você ainda está com problemas para conciliar o sono?

— Se por "ainda" você quer dizer os últimos vinte anos, então, sim.

— As enfermeiras podem lhe dar algo para ajudá-lo a dormir.

— Tenho certeza disso. Provavelmente cianeto. — Gus olhou de volta para a tevê. — Diga o nome dela de novo.

— Grace Sebold.

— Quem era o rapaz que ela matou?

Jason olhou de relance para a tela, onde viu Grace Sebold sentada em uma cela da prisão de Santa Lúcia falando diretamente para a câmera.

— Julian Crist. O namorado dela. Você não se lembra dessa história?

— Lembro. É que a minha mente está lenta por causa de todas as porcarias que estão injetando em mim.

Gus inclinou a cabeça, fitando a tevê, e juntou as sobrancelhas de um jeito que fazia com que parecessem asas de um falcão em mergulho. Nos velhos tempos, isso era algo que ele fazia com frequência, para colocar sua mente no modo certo de pensar. Agora, Gus precisou de mais tempo para conseguir isso. Apesar do atraso, sua mente enfim fez a conexão.

— Parece que ela é inocente — Jason comentou. — Todo o mundo está falando disso na internet. O episódio desta noite deve apresentar uma médica-legista que realizou alguns experimentos que desmentiram toda a perícia forense. As pessoas estão começando a pedir a libertação dela.

— Filha da puta... — Gus sussurrou para si mesmo.

28

Segunda-feira, 26 de junho de 2017

GRAHAM CROMWELL ENTROU NA SALA DE REUNIÕES SEGU- rando uma pilha de papéis. Meias xícaras de café e migalhas de salgadinhos enchiam a longa mesa, onde o sol da manhã iluminava o mogno e o céu azul de Nova York dizia que era verão.

— Muito bem, pessoal — Graham disse —, os números estão disponíveis e temos oficialmente um sucesso em nossas mãos!

Ele colocou os papéis no meio da mesa, e o bando de personalidades da tevê convergiu como um cardume faminto. Nas manhãs de segunda-feira, os homens de terno revelavam os índices de audiência da semana anterior, os números eram discutidos, e a hierarquia, estabelecida. Era quando cada apresentador descobria como se saíra no horário nobre americano e, mais importante, como se saíra em termos de audiência dentro da emissora. Cada um queria vencer seu rival do mesmo nicho das redes concorrentes, mas os direitos de se vangloriar vinham de dentro da emissora.

— *A garota de Sugar Beach* alcançou sua maior audiência ainda no quarto episódio. Com um empurrão de *Acorde, América* e Dante Campbell, que deram uma chamada prévia a respeito da explosiva descoberta da perícia forense, doze milhões de telespectadores assistiram ao programa na noite de sexta-feira. Sidney, seu documentário é campeão de audiência. Parabéns!

Sidney agradeceu os aplausos dos colegas com acenos e sorrisos. Doze milhões de telespectadores era algo especial, e Sidney sentiu o estômago se contrair de ansiedade. Ela vira outros documentários mostrarem resultados no meio e fracassarem no final. Sidney queria ter certeza de que não seguiria o mesmo rumo, mas fazer algum episódio superar o da doutora Cutty seria uma tarefa difícil. Desde o episódio de sexta-feira, circulavam memes e GIFs mostrando o poderoso golpe dado pela doutora Cutty com o remo contra o crânio de Damian. Em um vídeo, criado por alguém que certamente tinha muito tempo, vídeos lado a lado comparavam o golpe da doutora Cutty com as tacadas desferidas por Derek Jater com o taco de beisebol. Sidney teve de admitir que eram sinistramente parecidos. O segmento do YouTube que apresentou o experimento no necrotério da doutora Cutty já tinha gerado três milhões de visualizações.

Como se os pensamentos de Sidney tivessem sido transmitidos para a sala, os aplausos arrefeceram, e a voz grave e experiente de Luke Barrington, à cabeceira da mesa, se elevou:

— Grandes audiências podem significar grandes quedas.

Sidney deu um sorriso amarelo.

— Obrigada por sua confiança, Luke. Você tem uma grande audiência há anos. Quando devemos esperar sua queda?

— Não tão cedo, sinto dizer.

— Na realidade, as projeções dizem o contrário, ao menos com base no tráfego do site. Os quatro primeiros episódios estão sendo baixados em grande quantidade. *A garota de Sugar Beach* é o *streaming* de vídeo mais popular no iTunes — Graham informou.

— O que isso significa? — Luke quis saber.

— *Streaming* é quando as pessoas fazem o *download* de vídeos dessa coisa chamada internet e os assistem em algo diferente de uma televisão e fora do fuso horário das oito da noite — Sidney esclareceu.

A explicação arrancou algumas risadas.

— Que engraçado... — o Urso disse. — O que isso tem a ver com índices de audiência? Os índices Nielsen, que a emissora utiliza para determinar os preços de publicidade, não são baseados em *downloads*.

— Claro. — Graham olhou para ele. — Os índices Nielsen se baseiam em telespectadores *reais*, que assistem ao programa durante o fuso horário em que vai ao ar, e nos que gravam em DVR o episódio e o assistem em vinte e quatro horas. Assim, os *downloads* do documentário de Sidney não contam para os números reais, mas a ideia é que todos esses telespectadores que vêm descobrindo o documentário por meio do boca a boca estão correndo para assistir aos episódios anteriores em nossas plataformas de *streaming*. Uma vez que eles se ponham em dia, a suposição é de que passem a assistir ao programa da rede na sexta-feira à noite. Neste momento, estamos todos empolgados com doze milhões de telespectadores, mas as projeções são de que esse número cresça. Com base nos *downloads*, projeções de vinte milhões de telespectadores assistindo ao episódio de sexta-feira à noite são uma possibilidade real.

Graham embaralhou alguns papéis e voltou a olhar para Luke Barrington.

— Alguma outra pergunta?

Dessa vez, o Urso permaneceu em silêncio.

— Tudo bem — Graham prosseguiu. — *A garota de Sugar Beach* foi a grande notícia da semana passada. Luke, este será o seu fim de semana. A primeira parte do seu especial de quatro partes sobre a Casa Branca estreia nesta sexta-feira e vai até segunda-feira, véspera do Dia da Independência. Esperamos uma grande audiência, como sempre. Para a estreia na noite de sexta-feira, decidimos exibir seu especial depois de *A garota de Sugar Beach*.

— Depois? Achei que eu ia alavancar.

— Originalmente, você ia. Mas, com a audiência de Sidney tão grande quanto está, os executivos consideraram que você poderia pegar uma carona. Com base nas amostragens, você sozinho conseguirá de quatro milhões a seis milhões de telespectadores. Se você atrair um quarto da audiência de Sid, seus números serão enormes. E ela está se saindo bem na faixa etária entre dezoito e quarenta e quatro anos. Na realidade, *muito* bem. Assim, entrar depois de *Sugar Beach* irá ajudá-lo com os telespectadores mais jovens.

Por um instante, Sidney pensou em comentar o fato de que a estrela da emissora tomaria emprestado de sua audiência, mas decidiu não fazer isso. O ego do Urso era tão frágil que um golpe direto na frente do povo da manhã de segunda-feira poderia fazê-lo entrar em parafuso. Em vez disso, ela mal conteve um sorriso e olhou para Leslie Martin, que manteve a mesma expressão ao dar uma piscadela para Sidney.

29

Terça-feira, 27 de junho de 2017

JANET STATION, PROCURADORA DA CORTE FEDERAL DO Distrito Sul de Nova York, fora nomeada havia seis anos pelo governo anterior, e agora estava sujeita a transferência. Janet, como a maioria dos outros procuradores, esperava a sequência dos acontecimentos e a ligação informando-lhe o que a nova gangue de Washington decidira sobre a sua recolocação. Mas vários meses tinham se passado e a rotatividade de pessoal arrefecera, se não parara totalmente. Então, quando a ligação de Washington veio, na noite anterior, ela ficou surpresa com a identidade da voz do outro lado da linha — a subprocuradora-geral — e ainda mais com o pedido.

A solicitação a levou para Midtown naquela manhã, longe de seu escritório na 1 St. Andrew's Plaza, em Lower Manhattan. Tratava-se de um pedido incomum, mas Janet não precisou de muito tempo depois do telefonema para entender a preocupação de Washington.

Os três documentários anteriores de Sidney Ryan resultaram em anulações de condenações. Era, sob qualquer parâmetro, uma impressionante sequência de sucesso. A clemência exigia mais músculos do que qualquer documentarista poderia conseguir sozinho. As anulações de condenações levavam o Innocence Project, advogados e, geralmente, alguns indivíduos com ligações políticas ao escritório do promotor que tinha originalmente indiciado e processado a pessoa. Levavam também à descoberta de novas evidências e, em geral, a alguns protestos públicos para chamar a atenção do promotor. Quando celebridades se envolviam, as coisas costumavam ficar feias. E embora a maioria dos promotores se deleitasse com qualquer atenção da mídia, certas formas de atenção — o tipo negativo que poderia arruinar uma carreira — eram evitadas a todo custo.

Nunca era uma decisão fácil para um promotor público anular uma condenação, pois era normalmente uma admissão de incompetência. Por meio de uma pesquisa rápida na noite anterior, Janet Station ficou sabendo que os três condenados destacados nos documentários de Sidney Ryan foram perdoados, não pelo promotor público ou pelo juiz que os colocou atrás das grades, mas anos depois por um novo promotor. Esse novo promotor tinha menos a perder ao analisar um caso de décadas e admitir que fora tratado incorretamente pela administração pregressa.

Essas batalhas eram difíceis e longas, e ninguém saía limpo no final. Mas o caso de Grace Sebold era diferente. Processada e condenada por um governo estrangeiro, Grace nunca voltou aos Estados Unidos depois que Julian Crist foi morto. O documentário de Sidney Ryan vinha ganhando repercussão, audiência e muita atenção.

A conclusão que estava sendo sussurrada em Washington? Que uma cidadã americana fora injustamente acusada e presa por um governo estrangeiro. A pergunta inevitável que seria feita? Por que o governo americano cruzou os braços e não fez nada? A pergunta e sua implicação eram um trem desgovernado em cuja frente Washington queria entrar. Assim, Janet Station recebeu a ligação para ver até onde aquele trem havia chegado e qual era a sua velocidade.

Seu celular tocou.

— Sim?

— Ela está numa mesa nos fundos. A mulher com ela é Leslie Martin, produtora do documentário.

— Entendi. — Janet desembarcou do Denali preto, estacionado do outro lado da rua, atravessou a rua 42 Oeste e entrou no café. Ao reconhecer Sidney Ryan, caminhou direto para a mesa. — Senhorita Ryan?

— Sim. — Sidney a fitou.

— Janet Station, procuradora da Corte Federal do Distrito Sul de Nova York. Você tem um minuto?

Sidney olhou para Leslie e depois de volta para Janet.

— Acho que sim, claro.

— Posso? — Janet indicou uma cadeira vazia junto à mesa.

— À vontade.

Janet se acomodou ao lado de Leslie e em frente a Sidney.

— Desculpe por atrapalhar seu café da manhã.

— Esta é Leslie Martin — Sidney a apresentou.

— Sim. Uma das produtoras, certo?

— É isso mesmo — Leslie respondeu. — Há algum problema?

— É o que eu vim descobrir.

Uma garçonete se aproximou.

— Deseja alguma coisa?

— Café, por favor. — E Janet voltou a atenção para Sidney. — Seu documentário é a última moda.

— Você parece preocupada.

— *Preocupada* é uma boa palavra — Janet afirmou.

— E está preocupada com o quê? — Leslie quis saber.

— Lembro-me do caso de Grace Sebold da época em que esteve no noticiário. Naquela ocasião, pareceu bem definido. Eu me atualizei desde que seu documentário se tornou tão popular, senhorita Ryan. Algumas pessoas em Washington estão preocupadas com a situação: uma cidadã americana em prisão estrangeira por um crime que talvez não tenha cometido. A pergunta simples é a seguinte: quanto do que você está expondo é fato e quanto é ficção de cultura pop?

Sidney empurrou uma pasta pela mesa.

— Leslie e eu estávamos acabando de revisar tudo. Nessa pasta está toda a nossa investigação até este momento.

Janet abriu a pasta e folheou o conteúdo.

— Entendo o ceticismo. — Sidney ajeitou o cabelo. — Com a popularidade atual dos documentários de crimes reais, pode haver uma tendência subjacente ao sensacionalismo. Porém, creio que você verá que nossas descobertas revelam um padrão de conclusões surpreendentes a respeito de como o caso de Grace Sebold foi investigado originalmente pelo governo de Santa Lúcia, e também uma nova prova que descobrimos que invalida uma das conclusões principais em que o caso se baseia: a arma aventada no julgamento como tendo sido usada para matar Julian Crist, de acordo com especialistas forenses aqui dos Estados Unidos, não poderia ter provocado as lesões encontradas na vítima. O episódio da próxima sexta-feira refutará outra "prova" que foi encontrada em Santa Lúcia, incluindo o exame mais rigoroso do sangue da vítima no aposento de Grace e a suposta limpeza. É tudo incorreto, malcuidado, mal interpretado e possivelmente fraudulento.

Sidney apontou para as páginas que Janet estava lendo e prosseguiu:

— Esses são os fatos. O episódio de sexta-feira também envolverá fatos. Nada de ficção. Nada da cultura pop. Porém, a especulação desempenha um papel, e vem da ideia de que o turismo representa a principal fonte de receita de Santa Lúcia. E para preservar esse ganho econômico, os investigadores responsáveis pelo caso sucumbiram à pressão do governo da ilha para encontrar rapidamente alguém para culpar e mostrar aos futuros turistas que Santa Lúcia continuava sendo uma ilha caribenha majestosa e pacífica, conhecida pelo pôr do sol e pelas praias, e não por assassinatos e confusões.

Janet Station folheou os documentos. Após um instante de silêncio, ela disse:

— Você pode adiar a divulgação disto? Só até termos a chance de analisar mais a fundo.

Sidney olhou para Leslie, que fez um gesto negativo com a cabeça.

— Receio que não — Leslie afirmou. — O documentário é em tempo real. Estamos produzindo um episódio a cada semana. O que ficamos sabendo, nossa audiência fica sabendo.

— E estamos com os prazos apertados — Sidney informou.

— Me pediram para perguntar. — Janet Station sorriu.

— Não é tarde demais — Leslie disse. — Uma de nossas cidadãs ainda precisa da ajuda de nosso governo. Na verdade, pede isso há dez anos.

— Isso estará no meu relatório. — Janet ficou de pé. — Tenham um bom Dia da Independência.

— Você também — Sidney completou.

Janet Station saiu do café, dirigiu-se ao veículo utilitário esportivo que a aguardava, embarcou no assento traseiro, e o SUV partiu cantando os pneus. Ela pegou o celular e digitou um número.

— Alô?

— Temos um problema.

30

Quarta-feira, 28 de junho de 2017

– EIS O OBJETIVO – JASON DISSE. – VOU ERGUER SEU TRA-
seiro dessa cadeira de rodas e você usará os corrimões para mover esse
rabo até o outro lado. E você vai exercer pressão sobre a maldita prótese.
Ouviu? Você precisa começar a pôr peso nesse lado do corpo.

— Eu poderia apresentar uma queixa por causa do jeito como você
fala comigo — Gus resmungou.

— Faça isso. E não deixe de entregá-la pessoalmente para a Enfermeira Desgraçada.

— Não, obrigado. Muito tempo atrás, quando ainda trabalhava, eu
aprendi que, se alguém estivesse me pegando pelas bolas, não deveria me
mexer.

Jason deu uma risada.

— Sábia decisão. Mas chega de enrolar. — Ele passou os braços em
torno da cintura de Gus e agarrou o cinto de segurança.

Gus pôs as mãos nos ombros de Jason, e de forma coordenada, Jason
puxou e Gus usou os músculos enfraquecidos da perna boa, esforçando-se
para não pressionar demais o quadril direito inválido ou a prótese estranha que ligava o coto ao chão.

Gus gemeu quando conseguiu ficar de pé.

— Puta que pariu...

— Você está bem?

Gus deixou escapar outro gemido entre os dentes cerrados.

— Parece estranho.

— Mas bom para ficar de pé, certo?

— Sim. — Gus ofegava. — Mas também dói pra cacete.

— Agarre os corrimões — Jason pediu.

Gus obedeceu, agarrando as duas barras paralelas que se estendiam à frente e terminavam depois de três metros. Os corrimões permitiam que ele transferisse o máximo do peso corporal para os braços e para os ombros enquanto tentava andar pela primeira vez desde a amputação da perna. O resto do peso seria suportado pela perna boa. Quando ele sentisse suficiente coragem, deveria balançar para a frente a perna direita inválida e a prótese e ver o quanto ele conseguia movimentar. Da última vez que Jason o colocou nas barras, Gus desistiu de colocar qualquer peso sobre a perna amputada.

— Já tem um bom tempo desde a cirurgia. Você deveria ser capaz de dar dez passos nas barras.

— Ainda não consegui dar nenhum — Gus disse, sem fôlego.

— Porque você desistiu da última vez.

— Dói, seu babaca, é por isso que eu desisti. E é estranho pisar sobre essa maldita perna de pau.

— Você quer andar de novo ou se mover de cadeira de rodas pelo resto da vida?

— Andar.

— Então, mova-se. E grite o quanto quiser. Isso acorda este lugar e faz as pessoas terem medo de mim. Eu gosto disso.

Gus olhou para o final das barras. Seus braços enfraquecidos tremiam sob o peso de seu corpo.

— Meu Deus... Eu era capaz de fazer trinta flexões sem sequer uma pausa. Agora mal consigo me manter em pé.

— Porque você está com a bunda sentada há um mês. Agora, mexa-se, Gus!

Ele respirou fundo, ergueu a perna inválida diante de si e soltou um gemido gutural ao dar o primeiro passo em muitas semanas.

UMA HORA DEPOIS, GUS DESCANSAVA DESCONFORTAVEL-
mente em sua cama hospitalar. Aquele não era tecnicamente um hospital; era mais como uma prisão para indefesos e idosos. Ele não se considerava nenhum dos dois.

— Pegue — Jason disse ao entrar no quarto e entregar um estojo fino para Gus.

— O que é isso?

— Meu iPad.

Gus abriu o estojo e apertou o botão para exibir a página inicial.

— O que devo fazer com isso?

— Veja *A garota de Sugar Beach*. Baixei todos os quatro episódios. Você pode fazer uma maratona. É um fim de semana prolongado, ou seja, não estarei aqui para torturá-lo. Então, isso vai mantê-lo ocupado.

Jason tocou na tela algumas vezes até a chamada aparecer: um close do rosto de Grace Sebold, com a pele pálida e o cabelo com listras grisalhas, e o slogan "Você só conhece o outro lado da história".

— Basta tocar na tela e o episódio será reproduzido. Toque de novo para pausá-lo. Vá até o menu para encontrar o próximo episódio. Entendeu?

Gus agradeceu.

— Obrigado. Eu te devo alguma coisa?

— Continue trabalhando como trabalhou hoje. É o suficiente para mim. — Por um instante, Jason digitou o teclado perto do pé da cama e, depois, fechou o prontuário eletrônico de Gus. — Vejo você na próxima semana?

— Isso é uma pergunta? Aonde diabos você acha que eu vou?

Jason se despediu.

— Te vejo na semana que vem. Deixe as enfermeiras te levantarem neste fim de semana. Você precisa começar a usar a prótese. Volto na próxima quarta-feira.

— Espero que a dor tenha desaparecido até lá.

— Eu também, Gus. Mas relaxe. Nós vamos encontrá-la novamente. Tenha um bom Dia da Independência.

Gus apontou para a janela.

— Dá para ver bem os fogos de artifício daqui?

— Duvido. — Jason esboçou um sorriso torto.

— Bem, há sempre o próximo ano. Talvez eu esteja fora da cama e fazendo coisas até lá.

— Você vai estar fora da cama e fazendo coisas na próxima semana! Em dois meses, estará dançando!

Quando Jason saiu, Gus tocou na tela. Uma música misteriosa começou a tocar como abertura do documentário.

— Eu sou Sidney Ryan, e este é *A garota de Sugar Beach*.

31

Sexta-feira, 30 de junho de 2017

A CIDADE COMEÇOU A ESVAZIAR NA QUINTA-FEIRA À tarde. Quem trabalhou na sexta-feira encerrou o expediente mais cedo, e, às duas da tarde, apenas alguns poucos executivos caminhavam pelas ruas de Nova York. Todas as demais pessoas afluíram para as estações rodoviárias e ferroviárias para o feriado. Com os porta-malas cheios, os carros pegavam estrada, deixando para trás vagas à vontade para estacionar nas ruas. Nada esvaziava mais a cidade do que o Dia da Independência, que seria celebrado na próxima terça-feira.

Cerca de cem horas de liberdade aguardavam os moradores de Nova York. A maioria deles. Sidney trabalhou nos estúdios da emissora até às quatro da tarde da sexta-feira, mantendo uma equipe mínima na cidade durante o fim de semana prolongado para terminar o próximo episódio de *A garota de Sugar Beach*. Era a primeira vez que ela ficava na cidade no feriado de 4 de julho. Ao caminhar pelas ruas desertas na sexta-feira, mal podia acreditar que estava em Manhattan. Era o entardecer, uma hora em que normalmente as calçadas ficavam repletas de pedestres, as ruas, cheias de táxis buzinando, e mensageiros de bicicleta costuravam no trânsito. Em vez de tudo isso, Sidney caminhava tranquilamente por calçadas vazias e aproveitava o sol do cair da tarde. Ela colocou o celular mais junto ao ouvido, sem parar de andar.

— O que ela disse? — Graham perguntou.

— Apenas que o pessoal de Washington estava preocupado. Já passei por isso antes com promotores. Eles querem saber o que você tem, para que possam decidir que tipo de pressão receberão. Mas dessa vez não sou uma adversária, e nenhum promotor está fazendo perguntas. Uma procuradora, nomeada pelo presidente, anda bisbilhotando.

— Qual é o ângulo da questão?

— O governo americano não foi responsável por Grace Sebold ir para a cadeia. Mas ele tem a responsabilidade de ajudar seus cidadãos. Deveria ser de seu interesse prestar-lhe auxílio, se ela é inocente. Janet Station quis saber se eu poderia reter as informações a respeito do sangue e da suposta limpeza com água sanitária. E também sobre as impressões digitais no remo e do sangue na pá do remo. Ela gostaria de poder revisar tudo.

— Espero que você a tenha mandado à merda.

— Não exatamente. Disse-lhe que eu tinha prazos, e que atrasos estavam fora de cogitação.

— Ótimo. Sem atrasos. Sua audiência é voraz. Na última pesquisa, noventa por cento da audiência estava torcendo pela inocência de Grace Sebold. E a direção da emissora se reuniu ontem. Ela quer uma conclusão mais reveladora.

— Sério? É isso o que *os diretores* querem, Graham? E todo esse tempo achei que *eu* estava produzindo esse documentário.

— Você está. Só o que digo é que os superiores estão analisando.

— Você viu o esboço que apresentei. Vou mostrar a inocência de Grace do melhor modo que conseguir, Graham. Há sempre áreas cinzentas nesses casos. Mas darei o melhor de mim para deixar tudo preto no branco. Achei que eu tivesse toda a confiança deles, de acordo com Ray Sandberg.

— E tem, Sid. Eles estão apenas confirmando a direção do documentário. Nós já passamos por isso. Trata-se de um programa de uma rede de tevê, e não um filme independente. Eles gostam de manter o controle e se certificar de que sabem o que está por vir.

Eram dezessete horas quando Sidney chegou ao Liberty, que normalmente não era um bar que podia ser sequer cogitado naquele horário da sexta-feira. Porém, com o êxodo em massa, ela o encontrou com apenas algumas mesas ocupadas. A garçonete indicou-lhe um lugar, e Sidney pediu uma margarita de catorze dólares e tacos de peixe.

— Quando você diz *eles*, está se referindo a si mesmo, Graham. Espero que saiba que eu sei disso.

Houve uma pausa antes de Graham dizer:

— Gostaria de ter ficado na cidade neste fim de semana.

— Acredite quando lhe digo que nada está acontecendo por aqui. — Sidney percorreu com o olhar o bar quase vazio.

— Você ficou aí. Poderíamos passar algum tempo juntos.

— Escute, continuarei mostrando que Grace Sebold pode ser inocente, conforme o objetivo original da série. Como foi exposto na apresentação original. Como foi promovido por toda a propaganda e pela própria Dante Campbell. Agora, desligue o telefone, aproveite seu fim de semana nos Hamptons e diga aos seus amigos ricos que estamos todos de acordo, e que o pequeno e precioso investimento deles vai acabar muito bem.

— Creio que essa foi a definição de mudança de assunto.

Silêncio.

— Você tem o programa mais visto do país, Sid. Me orgulho de você.

— Obrigada, Graham.

— O especial de Luke estreia hoje à noite.

— Daí meu jantar de velhinha às cinco da tarde. Quero ir para casa para assistir. Você já viu alguma coisa?

— Não. Perdi a exibição, mas ouvi dizer que está bom.

— Tenho certeza de que vamos ouvir a respeito na próxima semana. Aproveite o fim de semana, Graham.

Duas margaritas e os tacos foram o suficiente para permitir que a mente de Sidney vagasse de volta para a insinuação de Graham de que ele deveria ter ficado na cidade com ela no fim de semana. Sidney sabia onde aquilo acabaria. Ela gastara muita energia se desenredando da bagunça, e não se deixaria enredar nela de novo.

O caso amoroso deles de seis meses terminara havia mais de um ano. Sidney e Graham se conheceram em um coquetel quando ela trabalhava em seu segundo documentário e vinha ganhando certo renome. Sidney tinha pretensões de se tornar produtora, e Graham Cromwell era um poderoso executivo de uma rede de tevê. Eles conheciam o trabalho um do outro, e a conversa fluiu agradavelmente. Depois de seis meses de namoro informal, Graham mencionou que Luke Barrington vinha procurando um produtor. Sidney acabara de finalizar seu segundo documentário e estava avaliando seu próximo projeto. A televisão nunca estivera em seu horizonte, mas a exposição e a experiência de produzir o renomado programa de Luke Barrington foram suficientes para convencê-la. Quando Sidney assinou o contrato, teve uma conversa com Graham. Ela tentou uma separação tranquila, mas não funcionou. Em vez disso, rolaram três meses de muita bagunça, com idas e vindas, até que Sidney acabou com o relacionamento para sempre quando se deu conta das fofocas nos corredores do trabalho.

O fato de Graham ser o seu chefe era o motivo perfeito para não se envolver com ele novamente. Na realidade, era o motivo perfeito para não se ter envolvido com ele logo no início, mas já era. Tudo o que ela podia fazer agora era corrigir seu rumo e não voltar atrás.

Sidney se dirigiu ao metrô sob o efeito das margaritas, e chegou à sua casa a tempo de pegar a abertura de *A garota de Sugar Beach*. Ela sempre foi sua maior crítica, mas teve de admitir que, com a edição e produção de Leslie, a roteirização de Geno Mack e a mágica da equipe de efeitos especiais, a abertura ficou impecável.

Ela assistiu a todo o programa, que tinha uma hora de duração, e não se sentiu entediada em momento algum. Sidney anotou mentalmente alguns problemas em termos de ângulos de câmera e iluminação, e reparou que as futuras cenas com a adorável Lívia Cutty precisavam ser enquadradas em tons mais realistas, para enfatizar as revelações perturbadoras que ela, que parecia ter sido criada para estrelar documentários de crimes reais, trazia para a tela. A música de encerramento era perfeita, e a chamada para o próximo episódio, bastante atraente. Quando os créditos começaram a passar, Sidney se sentia orgulhosa.

Na metade do projeto, com a audiência em crescimento e uma direção clara rumo ao final, Sidney Ryan finalmente se sentia confiante. O objetivo seria mostrar a possibilidade da inocência de Grace Sebold, expor todas as inconsistências que ajudaram a condená-la e, no fim, mostrar a mulher que Grace se tornou. Sidney apresentaria suas próprias conclusões, mas, em última análise, a inocência de Grace seria deixada para os telespectadores debaterem. Ela tinha uma audiência que rivalizava com

Making a Murderer e que superava *Serial*. A diferença: Sidney acreditava ter um final satisfatório.

Sidney tirou os olhos da tevê e olhou para a planilha de índices de audiência entregue na reunião da manhã de segunda-feira: *A garota de Sugar Beach* — doze milhões e cem mil telespectadores / *share* de nove vírgula quatro por cento.

Quando o especial sobre a Casa Branca começou, o rosto arrogante de Luke Barrington ocupou a tela. Sidney apertou o botão do controle remoto e desligou a tevê. Ela preparou outra margarita e se dirigiu ao quarto. Ali, pegou o romance na mesa de cabeceira, repelindo a triste verdade de estar sozinha em um fim de semana prolongado.

32

Sábado, 1º de julho de 2017

SIDNEY DORMIU DURANTE TODA A MANHÃ DE SÁBADO, E aproveitou um vagão quase vazio do metrô quando se dirigiu para o trabalho. Depois do grande êxodo da quinta e da sexta-feira, sábado parecia o resultado do Armagedom. Alguns táxis desgarrados trafegavam calmamente pelas ruas, e um policial a cavalo percorria a rua 40 Oeste.

Ela decidiu percorrer a pé os doze quarteirões desde o metrô em vez de pegar um táxi, aproveitando as ruas e calçadas livres. Comprou dois cafés na Starbucks do saguão do prédio e pegou o elevador até o quadragésimo quarto andar. Leslie já estava ao computador editando o vídeo que fora gravado na semana anterior durante a visita de Sidney a Grace Sebold, em Santa Lúcia.

— A filmagem está incrível — Leslie disse, com um lápis entre os dentes e olhando para a tela. Com o cabelo preso em um coque desarrumado, de jeans e camiseta, ela usava óculos de plástico grosso em vez das lentes de contato.

— Bom dia, Leslie. Aqui está o seu café. Você parece... bem informal.

— Você tomou banho?

— Tolamente.

— Nova York parece uma cidade fantasma. Quem você está tentando impressionar?

— Esqueci como ia estar vazia. O que você está vendo?

— Sua filmagem de Santa Lúcia. Você filmou com uma câmera portátil, mas é de ótima qualidade, e podemos fazer muita coisa com as imagens. Além disso, parece...

— Urgente.

— Exato. Poderemos criar um episódio incrível. Mesmo o que você gravou com seu iPhone parece ótimo. Eu deixei um pouco mais realista, do jeito que você gosta. Dê uma olhada.

Sidney sentou-se e olhou para a tela do computador.

Leslie juntou uma animação da cena do crime como os detetives de Santa Lúcia a descreveram no relatório original, com imagens de dez anos atrás feitas pelas autoridades de Santa Lúcia. Ela tocou na tela, e uma cena foi reproduzida no monitor. Nela, um homem estava perto da beira de um penhasco, e uma mulher se aproximou por trás. Ela ergueu um remo comprido e golpeou a parte posterior da cabeça dele. A imagem era realista e escura, com tons azulados e contraste granulado.

— Isso mostra a maneira sugerida pela qual Julian Crist teria sido golpeado. Nós contratamos dois atores para reconstituir a cena do crime. Mas também juntamos uma animação que mostrará diversas variações. Assim, baseados naquilo que descobrimos no episódio da doutora Cutty, sabemos que Julian tinha um metro e oitenta e oito e que Grace tem um metro e sessenta e cinco. A primeira animação mostra que, para produzir a fratura craniana na posição superior e posterior da cabeça de Julian, ela teria de usar o remo de uma maneira desajeitada por cima da cabeça, como um machado para cortar madeira.

— Nossa, que imagem nojenta...

— Desculpe. — Leslie tornou a tocar na tela. — Essa é a animação do golpe por cima da cabeça.

As duas observaram a tela e a versão animada de uma mulher pequena segurando um remo longo, com mais de um metro e oitenta de comprimento, acima da cabeça para golpear a parte posterior do crânio de um homem bem mais alto.

— Podemos juntar isso ao lado da demonstração da doutora Cutty nos cadáveres, que recebeu mais de dez milhões de visualizações no YouTube. Vamos tirar partido disso e mostrar novamente no episódio da próxima sexta-feira.

— Fechado — Sidney concordou.

— Aí, repetiremos a explicação da doutora Cutty sobre o motivo de o remo em questão não poder ter sido a arma usada e fecharemos o episódio com as imagens da sua viagem para Santa Lúcia; e vamos deixar no ar algo sobre a prova do sangue no chalé e da limpeza com água sanitária. Mas deixaremos isso em banho-maria. A explicação completa para o sangue e a água sanitária virá apenas no sétimo episódio. E analisando tudo o que você registrou em Santa Lúcia, temos material suficiente para produzir mais dois episódios. Isso inclui o sexto episódio, da próxima sexta-feira, e parte do sétimo. Depois disso, restarão três episódios para amarrar tudo bonitinho.

— Adorei, Leslie! A que horas você chegou?

— Cedo. Mal podia esperar para começar isso. A cidade está vazia, e sinto-me produtiva. Posso trabalhar durante todo o feriadão.

— Sinto-me culpada por ter dormido até tão tarde...

— Por favor... Você foi a Raleigh para entrevistar a doutora Cutty e, depois, a Santa Lúcia para falar com Grace. Eu te devia algumas horas. — Leslie tomou um gole de café. — Soube de algo a respeito dos índices de audiência de ontem à noite?

— Ainda não. Todos os diretores estão em suas mansões na praia. Então, provavelmente não vão nos dizer antes que voltem. Você assistiu ao especial de Luke?

— Não. Depois que *A garota* acabou, mudei para um canal que estava passando o jogo dos Yankees, e eu odeio beisebol. Mas tenho certeza de que muitas pessoas de idade mal puderam esperar para assistir a outra pessoa de idade falar sobre a história da Casa Branca em um fim de semana patriótico. Nós não queremos uma audiência de terceira idade. Apague isso. Queremos audiência de todas as idades, mas nosso público-alvo tem menos de quarenta e cinco anos, e estamos arrasando. De dezoito a vinte e cinco? Nossos números são inacreditáveis, e depois que os próximos episódios forem ao ar, todos serão fisgados até o fim. Uau, mal posso esperar para ver isso!

— Tudo bem. — Sidney sorriu. — Estou oficialmente motivada. Em frente, mocinha, vamos criar a metade final do episódio seis.

— Quem podia imaginar que era tão bom trabalhar quando todo o mundo está de folga?

— Sim. Se Luke Barrington pudesse fazer seu programa de sua casa nos Hamptons pelo resto de sua carreira, eu seria uma pessoa muito mais feliz.

33

Sábado, 1º de julho de 2017

NORMALMENTE, OS MEMBROS DO GABINETE PRESIDENCIAL não podiam desfrutar de fins de semana prolongados. Mesmo que conseguissem escapar para a praia ou para a montanha, seus celulares raramente paravam de tocar. Pelo jeito, o mundo não parava para se lembrar da história americana. E foi para Bev Mangrove, a subprocuradora-geral em exercício, que sobrou a missão nada invejável de se intrometer no fim de semana de seu chefe.

Bev pegou um voo de manhã cedo para Raleigh-Durham, e agora trafegava por estradas montanhosas a caminho de Summit Lake, na Carolina do Norte, onde Cooper Schott planejara passar a semana em isolamento, longe da política de Washington e afastado do presidente, de sua equipe e dos problemas do país. Bev Mangrove não estava feliz por perturbar Cooper e sua mulher, mas a situação não podia esperar.

Cooper Schott, procurador-geral dos Estados Unidos, tinha um nome da geração *millenial*, apesar de já ter mais de sessenta anos. Ele passou a vida inteira corrigindo as pessoas que o chamavam de senhor Cooper achando que era seu sobrenome. Agora, a maioria de seus amigos tinha netos chamados Cooper. Pelo visto, seus pais estavam à frente de seu tempo.

Bev atravessou o pitoresco centro da cidade de Summit Lake e encontrou o desvio para o caminho longo e sinuoso que levava à casa na colina, onde seu chefe passava quatro semanas por ano. Quando ela parou o carro, a porta da grande casa colonial foi aberta por um Cooper Schott de jeans e camisa social branca engomada. Bev raramente o via usando algo diferente de um terno, e não podia dizer se ele parecia mais ou menos à vontade nesse dia.

— Você conseguiu! — Cooper Schott esboçou um sorriso largo.

— É lindo aqui em cima. — Bev desembarcou do veículo alugado e subiu os degraus logo adiante. — Agora entendo por que o senhor vem aqui com tanta frequência.

— Não com a frequência que eu gostaria. — Cooper apertou a mão dela. — Vamos entrar.

Bev seguiu seu chefe pela casa, inundada pela luz do sol que penetrava através dos janelões e das diversas portas francesas que se estendiam pelo lado oeste, a maioria das quais estava aberta para permitir que a brisa do lago circulasse. Cooper se dirigiu ao terraço nos fundos, com vista para o lago e para as montanhas ao longe. Junto à mesa do terraço, protegida dos raios solares por um grande guarda-sol, Bev sentou-se diante de Cooper. Na mesa, havia um jarro de chá gelado, do qual ele serviu dois copos. Bev sabia que o chefe desistira das bebidas alcoólicas anos atrás.

— Então, do que se trata? — Cooper quis saber.

— Grace Sebold.

— Esse nome não me é estranho. — Cooper tomou um gole de chá e olhou para o lago.

Bev sabia que era mais do que isso — o caso de Sebold já estava no radar do Departamento de Justiça havia algum tempo —, mas ela estava se intrometendo nas férias do chefe. Assim, apenas seguiu em frente:

— Ela era a estudante de medicina americana que, em 2007, foi condenada por matar seu namorado durante o recesso escolar de primavera, em Santa Lúcia.

— Sim, agora me lembrei. — Cooper tomou outro gole.

Bev pegou sua bolsa de couro e apanhou algumas pastas. Eram pastas do governo que ela retirara do Departamento de Estado, no dia anterior.

— O senhor está sabendo do documentário que vem apresentando atualmente a história dela?

— Não tenho assistido nada. Depois de muitos anos, vi um jogo do Sooners.

— Nesse caso, deixe-me atualizá-lo. Sidney Ryan é uma produtora e documentarista. Seus três documentários anteriores tratavam de marginais pés de chinelo condenados por crimes que, ao que se constatou, não cometeram. O truque de Ryan é, entre os casos que lhe são enviados, escolher a dedo aqueles que ela acredita serem os exemplos mais chocantes de injustiça. Até agora, ela sempre acertou. Dois casos eram de Nova York, e um, de Illinois. Os três documentários levaram à anulação das condenações. Sidney está se tornando a não advogada mais temida pelos promotores públicos de todo o país, porque ela simplesmente faz com que a acusação pareça idiota e, às vezes, desonesta na maneira como conseguiu uma condenação.

— Como esse caso nos afeta? — Cooper franziu as sobrancelhas. — O governo americano e, especificamente, o Departamento de Justiça não têm nada a ver com a condenação da garota Sebold.

— Não temos nada a ver com a condenação. Mas mandei Janet Station, do Distrito Sul de Nova York, para falar com Sidney Ryan e ter uma ideia de aonde ela planeja chegar com esse documentário. Se o senhor analisar o que ela descobriu até agora, e o que planeja produzir nas próximas semanas, tudo aponta para a possibilidade de Grace Sebold ser inocente. E se não for inocente, certamente as regras foram distorcidas para garantir que ela parecesse mais culpada do que era.

— Distorcidas por quem?

— Pelo governo de Santa Lúcia.

Cooper pôs o copo de chá sobre a mesa e puxou as pastas. Bev falava enquanto ele lia:

— O documentário é campeão de audiência. Milhões de pessoas o estão assistindo agora, e milhões mais vão assisti-lo no fim. Tornou-se um fenômeno da cultura pop. Eu entendo que a cultura popular não dita as nossas decisões, mas nosso problema não reside no fato de que é tão popular; a questão é que o arco dramático da história vai sugerir que Sebold foi condenada injustamente por um crime que não cometeu, e que uma cidadã americana passou dez anos na cadeia em um país estrangeiro por causa dessa condenação.

— E que o governo americano cruzou os braços e não fez nada.

— É isso mesmo. — Bev suspirou.

— Isso precisará ser investigado.

— Estou trabalhando nisso.

— O FBI terá de ser envolvido.

— Já entrei em contato com o FBI, com o Departamento de Estado e com a nossa embaixadora em Barbados e Caribe Oriental.

Cooper projetou um pouco o queixo para a frente.

— Quem é?

— Shelly Martindale. Já procurei por ela.

Cooper passou a mão pelo rosto com a barba por fazer.

— Vou precisar assistir a esse documentário.

Bev apanhou um DVD em sua bolsa.

— Incluí todos os episódios que já foram ao ar, incluindo o de ontem à noite. Ryan os está produzindo em tempo real. O próximo irá ao ar na sexta-feira.

— Quantas horas?

— Cinco, até agora.

— Você tem onde passar a noite?

— Sim, senhor. O Hotel Winchester, na cidade. Fiz uma reserva para duas noites.

— Pode voltar aqui amanhã de manhã?

— Claro.

Bev ficou de pé e pendurou a bolsa no ombro, sabendo que o DVD e as pastas sobre a mesa haviam produzido o efeito que ela suspeitara. As férias de seu chefe tinham terminado.

34

Quarta-feira, 5 de julho de 2017

NOVA YORK ESTAVA GROGUE NAQUELA MANHÃ. A CIDADE começou a encher na noite de segunda-feira, e agora as ruas se achavam moderadamente apinhadas com aqueles que não aderiram ao fim de semana prolongado. Movimentado, mas leve, o trânsito apresentava um padrão mais fluente do que o típico para o meio da semana. Na quinta-feira, as coisas voltariam ao normal.

Sidney observou pela janela de seu escritório da emissora a pequena multidão se arrastando de forma sincronizada pelas calçadas e o trânsito se movendo e parando nos cruzamentos. Ela trabalhara todos os dias do fim de semana prolongado, incluindo o Dia da Independência. Sidney e Leslie acabaram de editar o sexto episódio, que continha: o reúso dos experimentos da doutora Cutty demonstrando a impossibilidade de as lesões de Julian Crist terem sido provocadas pelo remo de *stand up paddle*; a reconstituição da cena do crime; e o *trailer* que introduzia uma explicação mais lógica para o sangue encontrado no chalé de Grace em Sugar Beach. O sexto episódio terminava com a insinuação de que a suposta limpeza do banheiro de Grace com água sanitária era uma hipótese tendenciosa formulada pelos detetives de Santa Lúcia, que escolheram Grace como suspeita no início da investigação e forçaram todas as descobertas durante sua busca por respostas a se encaixarem naquela narrativa.

Sidney e Leslie haviam criado outro episódio explosivo, e Sidney mal podia esperar para exibi-lo para os executivos da emissora antes de o programa ir ao ar na sexta-feira.

Naquele momento, ela entrava na sala de reuniões. O feriado podia ter ajudado ou prejudicado os índices de audiência. Se muitos dos que deixaram a cidade tivessem se esquecido de *A garota de Sugar Beach*, seus índices de audiência teriam caído. Mais do que tudo, Sidney desejava saber como o seu documentário se saíra em relação ao especial de Luke Barrington sobre a Casa Branca.

A sala foi aos poucos se enchendo ao longo de quinze minutos. Executivos, personalidades da tevê, produtores e roteiristas conversavam sobre onde passaram o fim de semana prolongado e quando voltaram para a cidade. Graham Cromwell preparou o projeto e depois consultou seu computador. Enquanto isso, todos ocupavam seus lugares à mesa. Graham levou um minuto para preparar sua apresentação, e em seguida apontou para o único lugar vazio na sala, dizendo:

— Desculpem, estamos esperando por Luke. Ele vem dos Hamptons e está um pouco atrasado.

— Talvez devamos começar sem ele — Sidney sugeriu.

— Eu pensei nisso — Graham respondeu —, mas o especial dele foi ao ar este fim de semana, e Luke quer estar aqui para a discussão.

— Então, deveria ter voltado para a cidade ontem à noite, como todo o mundo.

— Acalme-se — a voz grave de Luke, que adentrava o recinto, se fez ouvir.

Ele estava ridiculamente trajado, com um suéter de mangas compridas e short curto, que mostrava suas pernas pálidas e cheias de manchas. Era sua rotina participar das reuniões matinais e passar pela preparação do programa noturno antes de voltar para o campo de golfe ao meio-dia e retornar a tempo de gravar seu programa. Como campeão de audiência do horário nobre da emissora, só Luke Barrington tinha permissão para tal agenda.

— Não estou tecnicamente atrasado. — Ele consultou o relógio. — Retiro o que disse. Estou um minuto atrasado. Vocês todos vão me perdoar? — Luke ergueu seu copo da Starbucks. — Tiveram de prepará-lo enquanto eu aguardava. Caso contrário, teria de beber do fundo do tacho. — Olhou para Sidney e continuou: — Você sabe o que isso significa? Borra de café e amargor.

Graham ligou o projetor, e diversos gráficos apareceram. Imediatamente, isso desviou a atenção de todos de Luke, que se arrastou ao lado da mesa e encontrou seu lugar. Graham apresentou os índices de audiência do segmento jornalístico: em queda, como normalmente ficavam durante um feriado, mas no mesmo nível de outras redes de tevê. Em seguida, examinou os outros programas do horário nobre, deixando o especial de Luke Barrington sobre a Casa Branca para depois.

— Tudo bem, restam os especiais de Luke e Sidney, que estão abrindo caminho. Luke, ótimo trabalho. O episódio de sexta-feira alcançou dois milhões e seiscentos mil telespectadores, com uma divisão típica de faixa etária que costumamos ver em relação à sua audiência.

Não houve murmúrios ao redor da mesa. O silêncio foi pior. O projetado era que o programa alcançasse quatro milhões de telespectadores.

— Você ganhou na noite de sábado, com quase três milhões de telespectadores. Caiu um pouco no domingo e, então, teve um fim excelente na véspera do Dia da Independência. Os números da segunda-feira ficaram um pouco acima de três milhões. Um grande sucesso.

Luke agradeceu, fazendo uma mesura de cabeça para Graham, mas os olhos não disfarçaram sua decepção.

— E por fim — Graham prosseguiu —, *A garota de Sugar Beach* continua crescendo. Na noite de sexta-feira, o quinto episódio alcançou a maior audiência até agora. Impulsionado pelo boca a boca, e por um artigo de capa da revista *Events*, o episódio atraiu dezenove milhões de telespectadores. Os números relativos às faixas etárias estão excelentes, com todas as faixas alcançadas e superadas. Dos dezoito aos vinte e cinco anos, os números estão nas alturas, trazendo muitas receitas de publicidade. — Ele olhou para Sidney. — Vamos divulgar intensamente uma chamada nas próximas quarenta e oito horas, prometendo uma sequência explosiva, que desafia as provas relativas ao sangue de dez anos atrás. Sidney e Leslie forneceram uma edição não totalmente finalizada, e eu a exibi esta manhã. É uma produção incrível e um episódio arrasador. De fato, é o melhor episódio que vocês já fizeram.

— Obrigada, Graham. Leslie está editando os episódios e vem realizando um trabalho incrível.

— Sidney está conseguindo as imagens, o que facilita meu trabalho — Leslie afirmou.

— Vocês formam uma boa equipe. Todos nós sabemos que vêm investindo muitas horas de trabalho e estão totalmente comprometidas com esse projeto. Todos estão impressionados e gratos pelo seu esforço.

A sala de reuniões irrompeu em aplausos. Sidney e Leslie agradeceram o apoio e não deixaram de reconhecer o trabalho duro de toda a equipe. Ao olhar para Luke Barrington, Sidney o viu dando um sorriso amarelo e com as mãos sobre o colo, recusando-se a aplaudir.

35

Quarta-feira, 5 de julho de 2017

JASON ENTROU NO QUARTO E PAROU QUANDO VIU O LEITO vazio. Então, avistou Gus sentado na cadeira ao lado da cama.

— Acordou cedo, Gus. Como conseguiu a cadeira?

— Pedi para a Enfermeira Desgraçada — Gus grunhiu, reposicionando-se.

Com um olhar confuso, Jason caminhou até o computador, abriu o prontuário de Gus e examinou o que perdera durante o fim de semana prolongado.

— Achei que vocês não estavam se falando.

— Não estávamos. Mas somos muito bons em grunhir um com o outro. Eu não conseguia dormir, e ela se cansou do som estridente do botão para chamar o posto de enfermagem, que eu ficava apertando. Então, me ajudou a sair da cama às três da manhã. E ao dizer *me ajudou* quero dizer que ela jogou meu traseiro na cadeira, usando luvas e tentando não pegar câncer.

— Que bom que vocês estão se entendendo. Mas ficar sentado durante três horas é muita coisa, garotão. Sendo assim, vamos voltar para a cama.

Gus fez que não com a cabeça.

— Não posso voltar para a cama agora.

— Sua outra opção é ficar de pé por um tempo. Muletas ou andador?

— Andador — Gus respondeu sem hesitação, e percebeu que isso pegou Jason de surpresa. Gus se recusara a usar o maldito andador todas as outras vezes que lhe foi oferecido, porque significava que ele precisaria colocar sua prótese.

Jason assentiu lentamente.

— Já volto.

Um minuto depois, ele retornou com um andador de metal horrendo, cujas pernas estavam cobertas com bolas de tênis, para impedir que o aparelho trepidasse contra os pisos de linóleo. Tinha uma aparência medonha para os idosos sem forças. Contudo, o fim de semana prolongado acendera uma chama. Desde as três da manhã, quando ele terminara de assistir ao quinto episódio do documentário sobre Grace Sebold, Gus sentia uma ânsia desesperada de dar o fora daquele lugar. Pela primeira vez desde a aposentadoria, quando entregou o distintivo e a arma, havia algo que ele precisava fazer. Havia algo a perseguir além de um barato de uísque vespertino. Que, ele tinha de admitir, funcionou muito bem como uma maneira de ocupar sua aposentadoria até a dor começar no quadril. O diagnóstico de câncer liquidou imediatamente com suas tardes regadas a uísque, e sem demasiadas preliminares, roubou sua perna algumas semanas depois.

O abismo negro da depressão mordeu seus calcanhares durante aqueles dias duros da quimioterapia, quando o veneno quase o matou, mas não teve efeito sobre o tumor. Mais de uma vez, Gus considerou a possibilidade de o desespero subjugá-lo, de entregar-se à depressão e ao câncer e simplesmente deixar tudo acabar. Ele não tinha filhos, e sua mulher morrera mais de vinte anos atrás. Então, ninguém realmente sentiria a sua falta depois que ele morresse. E quando as opções lhe foram expostas, Gus decidiu que não tinha vontade de viver o resto de seus dias com apenas uma perna.

Gus ainda não tinha certeza do motivo pelo qual mudara de ideia, e passou o último mês se perguntando por que passara pelo procedimento que tornara sua vida pior do que quando sua perna direita estava com câncer. Agora, a perna e o câncer tinham sumido, e uma dor fantasma estranha surgiu, alcançando os dedos do pé que não estavam ali. A apatia tomou conta dele nos dias seguintes à cirurgia, tão densa e pesada que sufocou toda a ambição de andar, de se curar e de viver. Mas quem diria que ele iria encontrar inspiração no lugar mais incomum? Um documentário.

Sua perna se foi, seu distintivo se aposentou e seu romance com o uísque provavelmente nunca mais seria o mesmo. Porém, no fim de semana, Gus encontrara um negócio inacabado, que jamais deixara de atormentá-lo. Se ele fosse um sujeito reflexivo, talvez até admitisse que o que descobriu durante o fim de semana do Dia da Independência poderia explicar o motivo pelo qual concordara com a cirurgia. Em algum momento, durante o quinto episódio do documentário, Gus decidiu que ficar deitado em um maldito leito hospitalar, sentindo pena de si mesmo, não era a maneira de caçar uma mulher que era inquestionavelmente culpada.

36

Quinta-feira, 6 de julho de 2017

NAQUELA MANHÃ, UM JATINHO POUSOU EM CASTRIES, EM Santa Lúcia. Bev Mangrove, subprocuradora-geral dos Estados Unidos, era a integrante de mais baixo nível hierárquico do grupo que embarcou em um SUV preto. Aqueles que eram de um nível hierárquico superior incluíam seu chefe, Cooper Schott, cujas férias ela arruinara alguns dias antes, o diretor do FBI e o chefe do Departamento do Estado. Seis outros membros da equipe se apertaram em outro veículo. Na maior parte do caminho, permaneceram em silêncio, vez ou outra mencionando a beleza da ilha e a vegetação exuberante da floresta tropical. Porém, o chamariz de relaxamento que o Caribe normalmente oferecia não estava presente naquele SUV. Havia um trabalho sério a ser feito.

Trinta minutos depois, eles chegaram à Casa do Governo, situada na face norte de Morne Fortuné, colina com vista para o sul de Castries. O edifício era a residência pessoal do governador-geral, local onde assuntos oficiais raramente eram tratados. Uma exceção foi aberta nesse dia.

Um assessor os recebeu e os levou para o interior do edifício. Esperando pela comitiva americana e sentados na sala de estar estavam o primeiro-ministro, o governador-geral e o honorável Francis Bryan, juiz da Suprema Corte de Santa Lúcia. Todos trocaram cumprimentos e apertos de mão, e em seguida ocuparam seus lugares. Presentes na casa do alto da colina, no Caribe Oriental, estavam os homens e as mulheres que comandavam o Departamento de Justiça de seus respectivos países. Eles tinham muito a discutir, muito a negociar, e a ampla autoridade das poucas pessoas mais poderosas do que elas para solucionar esse problema.

37

Segunda-feira, 10 de julho de 2017

QUATRO DIAS DEPOIS DA REUNIÃO DE CÚPULA EM SANTA
Lúcia, Sidney, sentada diante do computador, editava os clipes que Leslie juntara para o sétimo episódio. Na sexta-feira anterior, o sexto episódio mostrara novamente, de modo dramático, como a fratura craniana de Julian Crist poderia ter sido provocada por algo diferente de um remo. Diversas teorias a respeito de armas alternativas foram apresentadas, e todas refutavam a teoria do remo de *stand up paddle* utilizada para condenar Grace Sebold. Todas as teorias apresentadas se basearam no fato de que quantidades microscópicas de fibras de organza foram encontradas na fratura craniana. O palpite era que um objeto caseiro poderia ter sido envolto por um saco ou uma meia de náilon para atacar Julian enquanto ele estava no alto do penhasco de Soufrière.

O episódio atraiu impressionantes vinte milhões de telespectadores, que acessaram a internet para compartilhar suas próprias teorias quanto ao objeto utilizado e para discutir o que o sétimo episódio revelaria com relação ao sangue e à limpeza. O documentário era o maior fenômeno da tevê no verão. A internet, o Facebook e o Twitter estavam alvoroçados com apelos em favor da inocência de Grace Sebold.

Por um lado, Sidney se sentia mal pela família de Julian Crist, que, durante anos, acreditou que quem o matara estava atrás das grades. O documentário não poderia propiciar nenhuma conclusão satisfatória para a família Crist: ou Grace era inocente, e a tragédia da morte do filho também arruinara outra vida, ou ela era tão culpada agora quanto dez anos atrás, e um documentário comercial estava levantando dúvidas sobre o que acreditavam ser um caso resolvido. De qualquer maneira, Sidney sabia que era um momento difícil para a família Crist, com a mídia pressionando constantemente para entrevistar os pais de Julian e obter suas opiniões.

O sucesso do documentário mudou Sidney de patamar: ela se transformou em uma celebridade. Todos os americanos sabiam seu nome. Além disso, todos os familiares ou amigos de um ente querido na cadeia pareciam estar enviando cartas e pacotes implorando sua ajuda. Sua mesa se achava atravancada de envelopes repletos de documentos judiciais, declarações juramentadas e listas de testemunhas. Provas de inocência, cada carta asseverava.

Graham entrou no escritório bagunçado de Sidney.

— A diretoria vai querer conversar com você na próxima semana.

Sidney não tirou os olhos do computador.

— Por quê? Os números são bons. Qual seria a reclamação?

— Seus números são exatamente o que os chefões querem discutir. Eles desejam outro documentário para o próximo verão. O mesmo formato. Estão preparando uma oferta e querem discuti-la com você na semana que vem.

Sidney deu uma risada e encarou Graham.

— Nem sequer terminei esse. Nem tenho certeza de como exatamente vai acabar. Ainda há quatro episódios para produzir.

— Isso mostra a confiança deles em você.

— Será que eles não podem simplesmente aproveitar todo o dinheiro que estão ganhando com *A garota* antes de começar a se preocupar em ganhar mais?

— Também vai rolar um bom dinheiro pra você, Sid. É uma oferta generosa, confie em mim. E nem vi todos os detalhes.

Sidney não respondeu. Passara a carreira trabalhando com orçamentos modestos, criando filmes que às vezes não saíam do papel. Só nos últimos anos ela encontrou algum sucesso. E embora nunca tivesse imaginado que a televisão seria o lugar onde encontraria trabalho constante, o êxito do documentário e as portas que se abriam para ela eram algo com que teria de lidar. Assim que tivesse um momento livre para considerar seu futuro além de cada episódio de sexta-feira à noite.

— Na próxima semana, ok?

— Graham, mal consigo cumprir meus prazos semanais. Você entende isso, não? Vocês todos se sentam em seus escritórios luxuosos e com a melhor vista, e os esboços dos episódios aparecem magicamente todas as quartas-feiras. Mas para finalizá-los, minha equipe e eu trabalhamos dia e noite. Esse formato é ótimo para os telespectadores, mas me mata. Vamos ver o que acontece quando chegarmos ao fim. Vejamos como termino a história de Grace Sebold antes de começarmos a falar do próximo verão.

Graham sorriu.

— Ah, eles também estão ansiosos para ver isso. Discutiremos tudo isso na semana que vem, certo?

— Tudo bem. Mas juro por Deus: se eu estiver atrasada, vou cancelar. Tenho de selecionar o material para as edições finais e fazer as narrações para que todos vocês possam aprovar a versão preliminar antes de ir para produção.

— Você vem realizando um trabalho incrível. — E Graham se foi.

Sidney voltou para o computador. Seu celular tocou um minuto depois. Pelo conjunto estranho de números, ela soube que era Grace Sebold ligando a cobrar de Bordelais. Sidney ativou o dispositivo de gravação para que a conversa pudesse ser gravada para possível uso, como muitas de suas discussões anteriores foram no documentário.

— Sim? — Sidney atendeu, sabendo que não estava falando com uma pessoa.

A gravação assumiu o controle.

— *Você tem uma ligação a cobrar de...*

— Grace. Sebold. — A voz de Grace era rude e direta ao pronunciar seu nome e sobrenome de modo impassível.

— *... uma detenta da Penitenciária de Bordelais, em Dennery, Santa Lúcia.*

Sidney pressionou a tecla 1 para aceitar a chamada.

— Alô?

— Oi — Grace disse em um tom de urgência diferente do seu habitual comportamento desapaixonado. — Você ficou sabendo algo a respeito disso?

— A respeito do quê? — Sidney perguntou.

— Meu agente penitenciário, com quem me encontro uma vez por mês, acabou de me dizer que o primeiro-ministro está analisando o meu caso. Ele falou que vem considerando um perdão, um segundo julgamento ou uma soltura com base em uma nova prova que lhe foi apresentada.

Sidney encostou mais o celular no ouvido.

— Quando foi isso?

— Ontem. Só agora tive permissão para usar o telefone. O que está havendo?

— Não tenho certeza. Não sei de nada sobre isso, mas darei alguns telefonemas. Encontrei-me com uma procuradora federal aqui em Nova York. Ela me emboscou no café da manhã, na semana passada, e fez diversas perguntas acerca do documentário. O seu agente penitenciário te falou mais alguma coisa?

— Não. Tive a impressão de que ele não está feliz com isso.

— Ah, tenho certeza de que nenhuma das pessoas envolvidas em sua condenação está satisfeita agora. Vai pegar mal para elas.

— *Dois minutos* — a voz da gravação informou através da linha.

— Tenho de ir, Sidney. Você pode ligar para os meus pais e contar pra eles o que está acontecendo?

— Claro.

— Vou tentar ligar amanhã, se me deixarem.

— Farei algumas ligações pra ver o que consigo descobrir. Mas, Grace, tudo o que importa é que essa é uma boa notícia.

Houve uma longa pausa. Sidney ouviu um choro abafado. Finalmente a voz de Grace voltou:

— Obrigada.

38

Terça-feira, 11 de julho de 2017

OS TRÂMITES FORAM PLANEJADOS DE FORMA DECIDIDA E ligeira, para evitar o circo da mídia que convergiria para a pequena ilha de Santa Lúcia e chamaria ainda mais atenção para o fato de que o governo estava admitindo que aprisionara uma mulher por um crime que ela não cometera. O telefonema de Grace desencadeara tudo no dia anterior, e, quando vazou a notícia de uma audiência marcada às pressas para a manhã seguinte, os executivos da emissora entenderam que não podiam perder a imagem de Grace Sebold sendo levada de volta ao tribunal. Eles se permitiram o luxo de fretar um avião para Sidney e sua equipe, que decolou às onze e meia da noite de segunda-feira de Nova York e pousou em Castries pouco antes das quatro da manhã. Conseguiram duas horas de sono antes de montar os equipamentos no tribunal. Sidney, Leslie e também Derrick e sua equipe de filmagem eram a única presença da mídia visível na sala quase vazia.

Às nove da manhã, o honorável Francis Bryan ocupou seu lugar atrás da tribuna elevada e pediu silêncio. De uma porta lateral, Grace Sebold foi escoltada pelo tribunal por dois guardas armados. Ela usava um macacão azul, e os óculos estavam um pouco tortos, como se ela tivesse adormecido sem tirá-los e chegado direto da cama. Os cabelos pareciam desgrenhados. Sidney teve a impressão de que desde o telefonema de Grace, menos de vinte e quatro horas antes, as coisas se moveram rapidamente para ela. O governo de Santa Lúcia estava dando o melhor de si para lavar as mãos em relação à situação.

Grace observou o pequeno público presente, Sidney tinha certeza que ela procurava seus pais e seu irmão, mas se fixou na única pessoa conhecida presente: Sidney, que ergueu a mão, deu um pequeno aceno e sorriu. A expressão de Grace era de choque e confusão, pois ainda não sabia direito o que era aquilo tudo. Ela ocupou um lugar ao lado do advogado designado pelo tribunal, e o honorável juiz Bryan falou:

— Senhorita Sebold, você está em seu perfeito juízo esta manhã e devidamente representada pelo seu advogado?

— Sim, senhor — Grace respondeu, baixinho. Ela não mencionou o fato de Scott Simpson, seu advogado de verdade, não estar presente para representá-la; em vez dele achava-se, ao seu lado, o advogado de Santa Lúcia que tão mal conduzira seu caso anos atrás.

Derrick registrava a cena do tribunal. Dois outros operadores de câmera gravavam de diferentes ângulos, para pegar Grace, o juiz e Sidney.

— Conforme a lei de Santa Lúcia, conforme a Suprema Corte do Caribe Oriental e conforme o Comitê Judicial do Conselho Privado, e em consideração à nova prova fornecida ao tribunal pelo governo dos Estados Unidos, e revisada pelas autoridades de Santa Lúcia e por esta Suprema Corte, está dentro do meu direito e é minha decisão final, juntamente com o primeiro-ministro e o governador-geral, reverter o veredicto de homicídio qualificado, de 29 de junho de 2007. Todas as acusações prévias e formais, a partir de hoje, 11 de julho de 2017, são anuladas e retiradas, e você, Grace Janice Sebold, por meio desta decisão, recebe clemência e anulação dos crimes que anteriormente lhe foram imputados — o honorável juiz Bryan deliberou.

Apesar do pequeno público, os murmúrios tomaram conta do tribunal. O honorável Bryan não se incomodou em silenciar os presentes. Em vez disso, ofereceu um rápido pedido de desculpas a Grace Sebold, bateu o martelo, ficou de pé e saiu por uma porta dos fundos, após ter passado menos de cinco minutos na tribuna.

Grace tornou a olhar para Sidney, com as lágrimas rolando pelo rosto. Os guardas a escoltaram para a saída, com seu advogado sussurrando em seu ouvido. A comitiva de policiais a conduziu pela porta lateral, de onde ela saiu. Em menos de sete minutos, a condenação de Grace Sebold foi anulada.

* * *

OS TRÂMITES ANDARAM TÃO RÁPIDO QUE OS PAIS DE

Grace não se achavam presentes quando a filha foi libertada da prisão. O voo deles estava programado para pousar naquela noite, e, sem uma alma para recepcionar Grace no momento de sua soltura, Sidney se viu no final da tarde esperando ao lado de um táxi no estacionamento da Penitenciária de Bordelais quando os portões se abriram. A cerca de arame rangeu em protesto, mas finalmente se separou para conceder a liberdade para a prisioneira de trinta e seis anos, que passara mais de um quarto de sua vida no interior de seus muros.

Junto com alguns repórteres da imprensa local e uma equipe de filmagem do *The Voice* e do *The Star* — dois dos maiores veículos de comunicação de Santa Lúcia —, Derrick pôs a câmera no ombro e registrou a abertura dos portões. Em seguida, registrou o rosto de Grace Sebold caminhando através do ar quente e úmido caribenho e olhando para o céu, como se não o tivesse visto durante anos. No entanto, ela o tinha visto, como a voz de Sidney acabaria por narrar à audiência, do pátio da prisão e através das janelas sujas do refeitório. Contudo, aquela era a primeira vez em mais de dez anos que o via como uma mulher livre.

39

Terça-feira, 11 de julho de 2017

QUANDO VAZOU A NOTÍCIA FORMAL DA ANULAÇÃO DA condenação de Grace, a internet foi à loucura. O maior documentário em tempo real da história da televisão ficou maior, apesar do fato de que aquilo que certamente seria apresentado no episódio final acabara de ser revelado. Os episódios finais começaram a ser escritos na mente de Sidney quando o táxi saiu da Penitenciária de Bordelais e pegou a rua.

Ao sair da prisão, sem um cartão de crédito ou um dólar no bolso, exceto o dinheiro de Santa Lúcia que ela recebera pouco antes de ser libertada, Grace Sebold estava tão desamparada quanto uma recém-nascida.

— Obrigada, Sidney. Não sei para onde ir. Meu advogado disse que as autoridades pagariam um táxi, e tive a impressão de que me queriam fora da prisão o mais rápido possível.

— Não tem problema, Grace.

— Não só por me pegar. Por tudo.

— Não tem por quê.

O táxi ganhou velocidade quando o motorista pegou a estrada.

— Escute, Grace. Há um motivo para as coisas terem acontecido tão rápido. As autoridades de Santa Lúcia queriam você longe antes que a imprensa começasse a afluir aos montes. O documentário se tornou muito popular nos Estados Unidos, e a internet está em alvoroço com sua libertação. As autoridades queriam você fora do tribunal antes que os jornalistas gritassem perguntas e as câmeras trabalhassem sem parar. Pega mal para eles, para o governo de Santa Lúcia. Grande parte da economia da ilha depende do turismo, e as autoridades não querem que Santa Lúcia seja retratada como uma ilha tropical que prende turistas de maneira injusta. O governo quer você fora do país o mais rápido possível. No devido tempo, espera que os Estados Unidos, o Reino Unido e qualquer outro país cujos cidadãos passam férias em sua minúscula ilha se esqueçam de que Santa Lúcia te condenou injustamente.

Grace olhou pela janela do furgão, de repente entretida com a floresta tropical exuberante que borrava o passado.

— Em breve, você será a entrevista mais disputada dos Estados Unidos — Sidney continuou. — Hoje ainda, a imprensa chegará a Santa Lúcia e começará a procurá-la, e tenho certeza de que já sabe quando o avião de seus pais vai pousar. Assim que seus pais colocarem os pés para fora do avião, haverá câmeras grudadas nos seus rostos e repórteres querendo saber a reação deles a respeito de sua libertação.

Grace permaneceu em silêncio. Sua liberdade a deixara estupefata, Sidney concluiu.

— Reservei um quarto para você em um hotel perto do aeroporto. Usei um pseudônimo. Assim, se te deixarmos lá rapidamente, acho que você ficará bem até chegar ao aeroporto, amanhã.

Grace continuava olhando pela janela.

— Grace, está me escutando? Você precisa se preparar para um furacão midiático, e deve começar a pensar em maneiras de evitá-lo.

— Quero ir para Sugar Beach — Grace afirmou, por fim.

— Não é uma boa ideia.

— Tenho de fazer isso. — Ela desviou o olhar da janela pela primeira vez e encarou Sidney. — Tenho de ver de novo.

Registradas pela câmera apoiada no ombro de Derrick, sentado no assento traseiro do utilitário, as palavras de Grace ressoariam em um futuro episódio. Milhões de telespectadores veriam a sua nuca, com seu cabelo curto prematuramente grisalho, enquanto o táxi serpenteava pelas montanhas de Santa Lúcia a caminho de Sugar Beach, onde seu martírio tivera início, dez anos antes. A audiência teria um vislumbre voyeurístico de uma garota condenada por um crime que não cometera embarcando em um táxi quarenta minutos depois de sua libertação da prisão e olhando para a praia e o penhasco do qual o homem que ela amava fora empurrado.

Grace era uma mulher livre da última vez em que vira os Pitons. Era jovem e estava apaixonada. Entardecia agora, e o sol começava a se pôr. Com Bordelais situada no lado oriental da ilha, era a primeira vez em uma década que Grace observaria o pôr do sol. Em seu pesadelo de uma década, só o começo do dia era visível, nunca o fim.

Nesse dia, Sidney diria aos telespectadores em uma narração dramática, Grace estava dez anos mais velha, finalmente livre e com uma vida totalmente diferente daquela de quando ela assistira pela última vez a um pôr do sol em Sugar Beach. A única coisa que permanecia inalterada era que ela ainda amava muito Julian Crist.

40

Quinta-feira, 13 de julho de 2017

RECÉM-MOTIVADO, GUS SE EXERCITOU BASTANTE NAS BAR-
ras paralelas durante a semana anterior. Os dez passos necessários para atravessá-las do princípio ao fim eram agora realizados quase sem pausas. Seus grunhidos e xingamentos vinham da escolha, e não da reação. O andador era como um amigo estranho no qual ele passara a confiar, mesmo que ainda o detestasse. Gus era capaz de se arrastar pelos corredores e, embora não conseguisse dar a volta completa pelo andar — o que exigia fazer quatro curvas e dar quase duzentos passos —, estabeleceu o objetivo de completar a jornada até o fim da semana. Se alguém tivesse dito a ele um ano antes que sentar em um vaso sanitário e andar sem ajuda seriam considerados dádivas de Deus, teria achado que a pessoa estava louca.

Gus sentou-se em sua cadeira ao lado da cama com o carrinho do café da manhã parado diante de si. No carrinho, uma xícara de café fumegante, ovos escalfados e torradas. Ele ignorou a comida e se entregou ao aroma de avelã. Tomar café e ler o jornal tinham sido uma das alegrias da vida, e, pela primeira vez em muitas semanas, Gus começava a perceber alguns benefícios sutis em estar vivo. Ele passou os olhos pelos artigos da primeira página e depois levantou o jornal para ver os artigos abaixo da dobra. Parou quando deparou com a manchete:

MULHER CONDENADA POR ASSASSINATO
TEM SENTENÇA ANULADA
Grace Sebold foi libertada de uma prisão caribenha depois de dez anos

Gus desdobrou rápido o jornal e leu o artigo. Grace Sebold, que tornara a ficar famosa pelo atual documentário *A garota de Sugar Beach*, teve a sentença anulada após o surgimento de uma nova prova que refutou as provas usadas para condená-la.

Jason entrou no quarto quando Gus terminou de ler o artigo.

— E aí? Pronto para os exercícios?

— Não, Jason. Preciso de um favor.

— O que houve?

Gus pegou um bloco de *post-it*, fez uma anotação, arrancou uma folha e a entregou a Jason.

— Preciso que você faça algo por mim. Que pegue uma coisa.

— O que é isto? — Jason perguntou, olhando para a folha adesiva em sua mão.

— Um endereço. Eu esperava chegar lá por minha conta, mas ainda não consigo sair daqui, e tenho pouco tempo.

— É o endereço de sua casa?

— Não. Escute, garoto, eu não pedi muito até agora. Segui praticamente todas as regras deste lugar. Suas regras, seja como for. As malditas enfermeiras são outra história. Não tenho mais ninguém a quem recorrer e, francamente, não confiaria em mais ninguém além de você. É importante. Caso contrário, eu não o incomodaria. Vai me ajudar?

Jason olhou para o jornal e viu a manchete sobre a libertação de Grace Sebold. Então, ergueu a folha adesiva.

— Me diga do que precisa, Gus.

41

Segunda-feira, 17 de julho de 2017

A IMPRENSA, COM FURGÕES E EQUIPES DE GRAVAÇÃO,
acampava fora da residência dos Sebold desde a divulgação da notícia da
libertação de Grace. Toda ela se reuniu na manhã em que Grace compareceu ao tribunal de Santa Lúcia, e gritou perguntas para Gretchen e Glenn
Sebold quando o casal saiu para o aeroporto. A multidão de repórteres
cresceu ao longo do dia e no seguinte, aguardando ansiosamente o retorno
de Grace e querendo registrar as imagens da garota de Sugar Beach. Os jornalistas esperavam, apesar de tais coisas acontecerem raramente, que Grace
voltasse para casa, parasse no gramado da frente da casa e respondesse às
perguntas, sujeitando-se às câmeras e às transmissões ao vivo.

Porém, um vizinho avisara Gretchen Sebold da multidão de repórteres que crescera fora de controle, e sugerira que ela evitasse trazer Grace
para casa naquele momento. Em seguida, o vizinho telefonou para a polícia para denunciar a perturbação pública de furgões e caminhões estacio-
nados ilegalmente no bairro tranquilo, e o grupo de repórteres que
vagavam por ali, pisando na grama das áreas comuns. Em pouco tempo,
a polícia chegou e montou barreiras para manter os jornalistas isolados
em um canto do bairro, com seus veículos forçados a estacionar na estrada
principal a trinta metros de distância.

Apesar da vigilância da imprensa, que durou todo o fim de semana,
Grace Sebold nunca apareceu.

O APARTAMENTO DE ELLIE REISER FICAVA NA WINDSOR

Tower, em Tudor City, a poucos passos do hospital. Muitos repórteres, Sidney sabia, aguardavam preguiçosamente na residência dos Sebold, em Fayetteville, torcendo por uma declaração curta de forte impacto. A maioria não aspirava fazer jornalismo de verdade, e, com certeza, não de maneira investigativa. Assim, quando Sidney sugeriu que Grace pedisse para sua velha amiga Ellie um lugar para ficar até a atenção da mídia diminuir, os Sebold acharam que era uma ótima ideia. Grace se manteria anônima no arranha-céu de Ellie Reiser, em Manhattan, ao menos até um repórter ambicioso decidir começar a trabalhar e fazer alguma investigação. Naturalmente, o trabalho que *eles* deveriam ter realizado já havia sido feito. Um dos primeiros episódios de *A garota de Sugar Beach* apresentou Ellie Reiser e seu relacionamento próximo com Grace Sebold. Se algum repórter mais curioso tivesse prestado atenção, saberia que Ellie era uma médica do Hospital Bellevue, em Manhattan; e com a não aparição de Grace em Fayetteville nos últimos dias, o apartamento da doutora Reiser seria um bom lugar para procurar. Mas Sidney apostava que nenhum repórter teria esse estalo. Grace estaria a salvo por um tempo.

Na noite de segunda-feira, depois do expediente, Sidney e Derrick pegaram o elevador para o vigésimo sexto andar e encontraram um apartamento de canto. Sidney tocou a campainha, e Ellie Reiser abriu a porta com um sorriso.

— Olá, Sidney. Entre.

Derrick permaneceu anônimo atrás da câmera. Ellie Reiser mal notou a sua presença.

Assim que Sidney passou pela porta, ouviu a conversa animada de uma família eufórica por se reunir depois de tantos anos separada. Sidney seguiu Ellie pelo hall de entrada e alcançou a sala de estar elegante e moderna, com janelões que ofereciam uma bela vista da silhueta de edifícios de Nova York, que Derrick registrou quando se pôs no canto. O pequeno grupo se virou quando Sidney entrou. Grace aproximou-se para abraçá-la. Elas não se viam desde que Sidney deixara Grace no pequeno hotel de Santa Lúcia, perto do aeroporto, alguns dias antes.

Sidney já passara por essa situação antes — na verdade, três outras vezes —, recebendo elogios e gratidão quando o acusado injustamente se reunia, enfim, com sua família. Muitas pessoas participaram e foram responsáveis pelas anulações das condenações — e, no caso de Grace, servidores de elite do governo americano fizeram mais por ela do que Sidney poderia ter conseguido sozinha —, mas ainda assim, Sidney foi quem recebeu o reconhecimento.

Grace pegou a mão de Sidney e a levou para junto do grupo.

— Todos vocês conhecem Sidney Ryan.

Apesar de ter entrevistado quase todos os presentes, Sidney foi apresentada formalmente por Grace. Sidney só não conhecia o casal que estava na parte de trás do grupo.

— Sidney... — Grace trouxe o homem para a frente pela mão, e a mulher dele o seguiu, assumindo uma expressão impassível. — Estes são Daniel e Charlotte Greaves, velhos e queridos amigos.

Sidney reconheceu os nomes. Fora o casamento de Daniel e Charlotte que levara o grupo para Sugar Beach havia muitos anos. Sidney também sabia que Daniel e Ellie eram os únicos amigos registrados como visitantes de Grace nos livros da Penitenciária de Bordelais durante o encarceramento.

Sidney apertou a mão de Daniel.

— Prazer em conhecê-lo. Sempre é inspirador conhecer pessoas que se mantêm fiéis aos amigos em tempos difíceis. — Ela, então, estendeu a mão para Charlotte, que a cumprimentou sem ânimo e com um sorriso breve.

— Em tempos difíceis e por muitos anos. — Grace apoiou a cabeça no ombro de Daniel e deu-lhe um tapinha no peito. — Ele é o meu Super-Homem. — Por um momento, Grace olhou para Daniel e, em seguida, desviou a atenção para Charlotte.

Sentindo o constrangimento, Grace puxou Charlotte para a frente e disse:

— Sidney, veja os calçados de Charlotte. Ela sempre teve muito bom gosto para sapatos. Sempre caríssimos e sempre lindos. E nada mudou em todo esse tempo.

Sidney fitou os sapatos Giuseppe Zanotti de Charlotte.

— São lindos — afirmou, para preencher o silêncio.

Felizmente, Grace apontou para outra pessoa na sala.

— E esse é o meu irmão, Marshall. — Grace se aproximou da cadeira de rodas e pôs a mão no ombro dele. — Marshall, esta é Sidney.

— É muito bom revê-lo, Marshall. — Sidney sorriu-lhe.

— Obrigado por trazê-la para casa. — Ele lhe ofereceu a mão deformada pela atrofia.

Sidney o cumprimentou.

— Por nada. Fico feliz por vocês poderem ficar juntos, enfim.

— Vou ensinar de novo a minha irmã a jogar xadrez.

Grace deu-lhe um beijo na testa e comentou:

— Ellie tem uma casa de veraneio em Lake Placid, e a ofereceu para nós pelo tempo que precisarmos. Estamos pensando em ir para lá se a mídia não der um descanso nos próximos dias. — Então, olhou para Marshall. — Comprei um novo tabuleiro de xadrez como propina para conseguir que ele venha comigo.

— Parece uma boa ideia — Sidney disse. — São férias muito necessárias.

Ellie se aproximou e enlaçou Grace pelo ombro.

— É muito gentil de sua parte oferecer sua casa, Ellie.

— Eles sabem que podem ficar aqui quanto quiserem, Sidney. Ou na casa do lago. Não uso a casa em Lake Placid tanto quanto gostaria. É terrível que fique vazia. Meu apartamento aqui é isolado, mas ninguém os encontrará no lago.

Grace sorriu e olhou com carinho para a amiga.

— Obrigada.

Sidney observou as duas se abraçarem e sentiu algo estranho na linguagem corporal delas. Talvez fosse porque Ellie era muito mais alta que Grace, que levantava os olhos para a amiga como uma criança indefesa olhando para o pai. Talvez fosse a aura de remorso que Sidney sentira entre elas. Um reconhecimento não explícito de que Grace também deveria ser uma cirurgiã de sucesso. Naquele momento, ao fitar as duas amigas, outrora unidas por suas semelhanças, era impossível perceber muito além daquilo que as separava; que agora, Sidney sabia, era muito mais do que meros centímetros.

A doutora Ellie Reiser, em sua blusa de grife e jeans de caimento perfeito, de pé em seu elegante apartamento de Manhattan e oferecendo o uso de sua casa de veraneio, era a imagem do sucesso. Grace, em sua roupa folgada demais, com a pele e o cabelo negligenciados por uma década, olhando para sua velha amiga e sem um dólar no bolso, era exatamente o contrário.

— O que eu estou perdendo? — Daniel aproximou-se de Grace e Ellie, ainda abraçadas.

Grace puxou Daniel e criou um abraço a três. Após um momento, os pais de Grace se juntaram ao grupo que estava ao redor da cadeira de rodas de Marshall. Sidney notou que Charlotte se mantinha afastada. O olhar de total indiferença nunca a deixou enquanto ela se aproximava devagar dos demais e se inclinava com a mão apoiada de leve no ombro do marido.

Grace escapou do grupo e enxugou os olhos.

— Ausente por dez anos, e não resta muito quando você volta.

Ellie tornou a passar o braço em torno do ombro de Grace.

— Pare de falar assim. Você é amada por muita gente.

Grace enxugou as lágrimas de novo com os dorsos das mãos; um movimento rápido para apagar a vulnerabilidade que ela precisou aprender a reprimir na última década de encarceramento. Mas ali, com pessoas que a amavam, ela permitiu se sentir vulnerável por um momento.

— Talvez isso tenha sido verdade um dia, mas hoje vocês são tudo o que resta na minha vida. E estou muito feliz por tê-los.

Dez anos de emoções reprimidas — medo, arrependimento e raiva — de repente transbordaram de Grace Sebold quando ela soluçou. Após uma tentativa inicial de sufocá-las, ela acabou entregando os pontos sem nenhum esforço para disfarçá-las. Ellie e Daniel voltaram a abraçá-la, e seus pais correram para confortá-la. Charlotte deu um tapinha nas costas dela. Marshall parecia perdido, ainda estudando o novo tabuleiro de xadrez em seu colo.

Sidney deu uma rápida olhada para o canto da sala, de onde Derrick registrava tudo. Ela sabia que o retorno de Grace teria um papel de destaque em um dos episódios finais, o que garantiria a simpatia da audiência pela garota que os Estados Unidos odiaram outrora.

42

Segunda-feira, 17 de julho de 2017

JASON DIRIGIU SEU CARRO PARA A VIA DE SAÍDA DA estrada. Ele inserira o endereço que Gus lhe dera no GPS, que lhe informara que seu destino estava situado à esquerda e a dois quilômetros.

Caía uma leve garoa, e as luzes de Nova York se acumularam em uma matriz de estrelinhas amarelas e vermelhas no para-brisa, até que os limpadores as varreram, permitindo que os halos começassem a se formar de novo. Ele semicerrou os olhos para enxergar através da névoa. Então, o *outdoor*, iluminado por dois holofotes potentes, que também destacavam a chuva caindo, revelou-lhe que ele havia chegado ao Red's Self-Storage.

Jason dirigiu seu Toyota Corolla para o caminho de cascalho que levava às instalações, fileiras intermináveis de galpões de guarda-volumes de um andar, com aberturas de porta de garagem na frente e grandes números em cima de cada unidade. Ele entrou na terceira travessa, evitando buracos, até encontrar o número 67. Uma luz incandescente amarela brilhava acima de cada três unidades. A de número 67 de Gus não foi uma das felizardas. Assim, Jason manobrou o veículo para que os faróis iluminassem a porta de garagem fechada.

Ele desembarcou com uma sensação estranha de isolamento e estupefação: o que fazia ali, no Bronx, no meio de uma tempestade, prestes a abrir a unidade de armazenamento de um de seus pacientes? Jason se dirigiu ao galpão e segurou o papel de modo que os faróis lhe permitissem ler o código, que digitou no teclado na lateral do prédio. Pressionou a tecla *enter*, e a porta da garagem se abriu. Os faróis atravessaram a chuva e iluminaram o pequeno espaço de três por três, repleto de caixas — do tipo com fendas laterais para fácil transporte — cobertas com tampos de papelão. Pareciam estar meticulosamente organizadas; e, de fato, assim que Jason começou sua busca, constatou que a organização fora feita por ano.

Tornou a consultar a folha que Gus lhe dera e olhou de pilha em pilha até encontrar as caixas marcadas com *1999*. Havia quatro delas. Jason tirou o tampo da primeira. Pastas de arquivo suspenso estavam enfileiradas dentro da caixa, sem espaço de sobra. Ele puxou uma pasta e a abriu. O alto da primeira página estava marcado com o selo do Departamento de Polícia de Wilmington. Jason folheou o relatório, algumas partes datilografadas impecavelmente e outras escritas com letras maiúsculas por um homem que se esforçava para tornar seus pensamentos legíveis. Jason folheou mais algumas páginas e chegou ao fim do relatório. Então, viu a assinatura rabiscada. O rabisco apressado do nome era indecifrável, mas datilografado abaixo estava *Detetive Gustavo Morelli.*

Jason, banhado pelo brilho dos faróis, ouviu a chuva começar a cair torrencialmente sobre o telhado metálico do galpão.

— Porra, Gus! — ele resmungou. — Achei que você estivesse aposentado.

Minutos depois, ele encostou o carro na abertura da unidade de guarda-volumes, abriu o porta-malas e carregou as quatro caixas de 1999.

43

Terça-feira, 18 de julho de 2017

A TRAVESSIA DOS CORREDORES ERA UM FEITO, MAS AINDA carregava o peso da dificuldade. Os corredores foram enfrentados só depois que uma enfermeira o instalou em seu andador e fez com que ele começasse a usá-lo como uma criança andando de bicicleta pela primeira vez sem rodinhas laterais. *Olhe para ele andando!* Gus quase conseguiu ouvir a enfermeira gritar isso quando ela soltou o andador revestido de bolas de tênis e ele saiu arrastando os pés pela passarela de linóleo. Mas ele engoliu seu orgulho e continuou se movendo.

Mover-se pelo quarto também vinha se tornando algo com que Gus conseguia lidar. Graças às sessões de fisioterapia ao estilo sargento instrutor de Jason, ele conseguia subir e descer da cama sozinho. Havia se tornado perito em prender sua prótese, e era capaz de capengar pelo quarto com as muletas, assim não ficando mais à mercê das enfermeiras quando precisa urinar. Fora um marco saudável tanto para ele quanto para as enfermeiras, que ele estava levando à beira da insanidade.

Essa noite, Gus esperou até que o hospital ficasse escuro e silencioso. Até que os corredores do lado de fora de seu quarto passassem à iluminação suave noturna. Ele sabia que tinha duas ou três horas livres, agora que a enfermeira da noite o deixara. Gus não precisava mais de controles de medicamentos de hora em hora, de reposicionamento ou de drenagem de seus tubos e cateteres. Seu trabalho árduo lhe rendera três horas de liberdade a cada noite, e ele planejara tirar proveito delas.

Lentamente, Gus se moveu na cama até que a perna pairou na lateral e o coto flutuou no ar. Ele prendeu a prótese. Como ainda não havia conquistado a técnica correta, a dor da manobra foi lancinante. Quando passou, Gus deixou o leito, pegou o andador e mancou até o armário. Dentro estavam as quatro caixas que Jason trouxera do guarda-volumes, na noite anterior. Toda a paciência que ainda lhe restara fora consumida pela espera até aquele momento, às três da manhã, para abri-las.

Gus precisou de vinte minutos para arrastar as caixas para a cadeira ao lado da cama. Mas, finalmente, o detetive aposentado Gustavo Morelli sentou-se com elas ao seu redor e por um momento sentiu-se como antigamente. Ele abriu a primeira caixa, puxou uma pasta de dentro dela e espalhou o conteúdo pela mesa para refeição. A dor no quadril, resultado dos últimos trinta minutos de esforços, desapareceu. Gus não se sentia tão vivo fazia anos.

Os arquivos eram de 1999. Fazia tanto tempo que ele se esquecera do nome. Porém, no fim de semana do Dia da Independência, quando Gus assistiu de uma tacada ao documentário de Grace Sebold no iPad de Jason, ele se lembrou. Agora, a pasta de Henry Anderson estava à sua frente. Ele passou o dedo indicador sob o nome: *Henry Anderson*.

O garoto tinha dezoito anos quando morreu. Gus, que terminou sua carreira na Divisão de Detetives do Departamento de Polícia de Nova York, era detetive sênior na remota Wilmington, no norte do Estado de Nova York, em 1999, e foi chamado para investigar a morte do garoto, que ocorrera na montanha Whiteface. Alguns minutos folheando os relatórios foram suficientes para transportar Gus através do tempo. As lembranças se apossaram dele.

Depois de duas horas de revisão da pasta, o sol nascente penetrou pela janela do hospital e lançou um raio de luz sobre a mesa. A essa altura, Gus se lembrava nitidamente do garoto chamado Henry Anderson, como se ainda estivesse trabalhando no caso. Como se ele não tivesse sido enterrado quase vinte anos atrás, mas estivesse vivo, ativo e expirando o ar quente da respiração que enevoava o prisma de sua mente, da mesma maneira que todos os homicídios costumavam fazer.

Gus recolocou os documentos na pasta e a guardou na caixa. Não tinha energia para recolocar as caixas no armário, mas sabia que Jason seria a primeira pessoa a chegar, esta manhã. Voltou para a cama e tirou a prótese. Então, puxou a mesa para si, pegou uma caneta e um bloco de anotações e começou a escrever. O cabeçalho saiu fácil:

Prezada senhorita Ryan,
Acredito que você tenha cometido um grande erro...

44

Terça-feira, 18 de julho de 2017

SIDNEY PASSOU O DIA EM LONG ISLAND GRAVANDO CENAS com Grace para os episódios finais. Grace tinha algumas locações em mente com as quais sonhara em Bordelais, e falara delas para Sidney. Por exemplo, o farol de Montauk Point, na ponta de Long Island. Derrick registrou imagens de Grace subindo a torre e olhando para a água. Sidney, vendo Grace parada no alto do farol, apoiada na ponta dos pés segurando a grade de proteção, e com a brisa estendendo seu suéter atrás de si como uma capa, considerou que a cena exemplificava a própria definição de *liberdade* e poderia contribuir para o fim perfeito do décimo episódio.

Às seis da tarde, após terminar as gravações do dia, Sidney atravessou o East River, no trânsito lento do Midtown Tunnel, rumo à cidade. Já passava das sete quando ela desembarcou do táxi. Naquela noite abafada de verão, Sidney imediatamente sentiu falta do ar-condicionado do veículo ao caminhar pela rua 42 Leste rumo ao McFadden's Saloon.

De jeans e regata, a pele de Sidney resplandecia por causa da camada sutil de transpiração quando ela entrou no restaurante. O interior com ar-condicionado provocou-lhe um calafrio, deixando-a arrepiada. Ela localizou Graham Cromwell do outro lado do balcão. Ele ergueu a mão para acenar e se levantou do banco ante a aproximação dela.

Sidney se surpreendeu com o beijo que ele lhe deu no rosto. Sempre bastante reservado, Graham nunca exibiu nenhuma forma de afeição pública durante o breve relacionamento deles. O que poderia ter acontecido entre eles era um mistério, que ultimamente Sidney sentia que

Graham estava interessado em resolver. Em momentos de pura honestidade, Sidney admitia para si mesma que também queria isso. Mas não existiam muitas histórias de sucesso que começavam com uma mulher dormindo com seu chefe e, como mulher ferozmente independente, Sidney se recusava a dar o crédito de seu sucesso a alguém.

O caso deles terminara fazia mais de um ano, e os desejos de Sidney tinham enfim se desvanecido como uma velha cicatriz; restava apenas uma leve mancha rosa onde antes havia uma grande ferida. Atualmente, o relacionamento era tal que era possível para eles ao menos um almoço durante a semana ou um café pela manhã. Às vezes, os dois se encontravam para um drinque, à noite. O trabalho era sempre o tema, mas era bom escapar dos horizontes limitados do escritório.

— Oi, Sid.

Sidney sorriu.

— O que deu em você?

— Relaxa. Fico feliz em te ver fora do escritório.

— Esta última semana foi muito louca.

— Imagino. E hoje?

— Não sei... Consegui algumas boas imagens e declarações de impacto dela. Mas a reunião de Grace ontem à noite foi a coisa mais triste que já vi. Ela tem quase quarenta anos e é totalmente só.

Graham tornou a se sentar no banco.

— Mas está fora da prisão. Então, ela pode voltar a viver.

Sidney ocupou o banco ao lado dele.

— É tão injusto... Ela era uma garota a caminho de uma residência em cirurgia e com uma carreira promissora. Então, em um esforço para se dar bem e resolver um crime terrível, um policial de uma praia tropical a culpa de assassinato e arruína sua vida.

— Sidney, você já fez isso antes. Sem você, ela ainda estaria na cadeia. O que é pior? Estar livre e começar de novo, ou estar presa? Porque essas são as únicas opções.

— Grace não cometeu o crime, Graham.

— Por isso está livre hoje.

— Como ela poderá recuperar os últimos dez anos?

— Não poderá. — Graham ergueu a mão para chamar a atenção do barman e disse a ele: — Ela está precisando de uma bebida. Rápido.

— Casamigos com gelo — Sidney pediu.

— Achei que você gostasse de tequila.

— E gosto. Casamigos é a marca de tequila de George Clooney.

— George Clooney é produtor de tequila?

Sidney olhou para Graham sob a luz fosca da taverna.

— E dos bons.

O barman entregou o drinque. Sidney espremeu um limão no copo e bebeu um gole.

— Grace não vai recuperar os anos perdidos, Sid — Graham afirmou após um momento de silêncio. — Mas ela tem os próximos dez anos. E os dez depois desses. E tudo por causa do seu trabalho.

— Sabe a pior parte? A melhor amiga de Grace, uma das poucas pessoas que mantiveram contato com ela, é uma médica de sucesso.

— Por que isso é ruim? A amiga não a está ajudando?

— Está. Mas anos atrás as duas faziam faculdade de medicina juntas. Agora, a amiga de Grace está instalada em um apartamento incrível na Windsor Tower, tem um consultório particular movimentadíssimo e leva uma vida muito boa. Durante todo o tempo em que estive com Grace, ontem à noite, pude ver isso em seus olhos. Ela imaginava como sua vida teria sido se não tivesse ido parar no inferno.

— Por que dessa vez você ficou tão chateada? Afinal, já fez isso em três outras ocasiões, e nunca se incomodou desse jeito.

Sidney girou a bebida quando o gelo formou no copo a condensação que escorreu sobre o balcão de mogno.

— Não sei. É tudo uma palhaçada. Sabia que minha mesa está cheia de cartas implorando por ajuda, com cada remetente jurando que foi condenado injustamente? Sei que nem todos estão falando a verdade, mas quantos estão?

Ela encarou a tequila pensando em suas viagens para a Penitenciária de Baldwin.

— Não quero parecer insensível — Graham disse após um momento de silêncio —, mas quem se importa? Neste momento, você não devia se importar. Você tem a maior história do país nas mãos. O documentário mais visto da história da televisão está sob sua responsabilidade. Na última sexta-feira, vinte e dois milhões de pessoas assistiram ao programa. É uma audiência maior do que *The Jinx*. Maior do que *Making a Murderer*. E você ainda tem três episódios para produzir. É onde seu foco deveria estar, e não em uma pilha de envelopes sobre sua mesa de um grupo de aproveitadores esperando ter sorte. Você não é uma ativista, mas sim uma cineasta, e está em uma corrida infernal. Não se deixe levar pelo sentimentalismo. Você quer ajudar todos os condenados injustamente? Bem, não vai dar, porque, infelizmente, há muitos para uma única pessoa ajudar. É para isso que existem o Innocence Project e todas as outras organizações que lutam em favor dos que foram condenados injustamente. Você quer ajudar outra pessoa depois que terminar *A garota de Sugar Beach*? Ótimo. A emissora também quer. Gostaria de ouvir a respeito agora, ou prefere ser surpreendida na reunião de amanhã?

— Não dou a mínima para o próximo trabalho, Graham.

— Acho que você vai mudar de ideia quando vir os detalhes.

— Duvido. — Sidney fez um gesto negativo com a cabeça.

Graham inclinou o copo de uísque para trás e o esvaziou.

— Quer ficar se lamentando por Grace Sebold? Tudo bem. Grace nunca será uma médica como a amiga dela. Isso é péssimo. No entanto, é provável que ela ganhe muito dinheiro quando processar o governo de Santa Lúcia. Então, financeiramente, Grace vai ficar bem. Ela não irá recuperar os últimos dez anos, mas é por isso que virou história. É por isso que é o maior documentário que já vimos. Então, atormente-se e se preocupe com tudo o que quiser, mas faça isso depois de terminar esse documentário.

Sidney tomou mais um gole de Casamigos e olhou para o espelho atrás do balcão, com sua imagem obstruída aqui e ali por algumas garrafas de bebida.

— Você falou como um verdadeiro executivo do departamento comercial.

— Desculpe-me por minha preocupação. Eu pus minha reputação em jogo para conseguir sinal verde para esse projeto.

— Eu diria que sua aposta está dando muito certo.

— E quero ter certeza de que vale a pena para nós dois. Como anda o episódio da próxima sexta-feira?

Sidney continuava a mirar o espelho.

— Vou me encontrar amanhã cedo com Leslie para fazer os cortes finais. O episódio estará pronto para produção ao meio-dia.

Ao tomar outro gole de tequila, Sidney se perguntava como aquele encontro informal tinha desandado tão rápido.

— Você está com fome, Sid?

Ela fez que não com a cabeça.

— Pelo amor de Deus, não converta uma vitória em derrota. — Graham ficou de pé, deixou duas notas de vinte dólares perto de seu copo de uísque vazio e saiu do bar.

Sidney o observou partir, seguindo a imagem dele no espelho através de inúmeras garrafas de bebida. Depois da saída de Graham, ela terminou seu drinque e pediu outro.

Sidney estava na metade da segunda tequila quando um homem se sentou no banco ao seu lado. Ela olhou para os diversos bancos vazios que ele poderia ter escolhido. Antes que Sidney conseguisse considerar se ele iria se oferecer para pagar-lhe uma bebida ou se simplesmente não tinha apreço por espaço pessoal, o homem se virou para ela.

— Você é Sidney Ryan?

— Depende de quem quer saber.

— Eu.

— Você tem um nome?

— Jason.

— Para que jornal trabalha, Jason?

— Não sou jornalista. Só preciso entregar isso para você. — Jason tirou um envelope branco do bolso traseiro do jeans e o deslizou pelo balcão.

— Deixe-me adivinhar... Um parente seu está na cadeia por um crime que não cometeu.

— Nada disso. — Jason ficou de pé. — Mas antes que você vá muito mais longe em seu documentário, é melhor que leia isso. Boa noite.

Em apenas dez minutos, dois homens se afastaram dela rapidamente. Dessa vez, Sidney se virou para vê-lo sair pela porta da frente e para a noite de verão. Depois que o estranho se foi, ela virou o banco de volta para o balcão e fitou o envelope que ele deixara. Pegou-o, abriu-o e tirou uma única folha de papel. Olhou em volta antes de ler a carta, como se algum grande segredo pudesse estar ali revelado. Estava escrita com uma caligrafia masculina apressada.

> *Prezada senhorita Ryan,*
>
> *Acredito que você tenha cometido um grande erro em relação a Grace Sebold. Por favor, pesquise o nome Henry Anderson, um garoto que morreu em 1999. Imagino que você achará muito interessantes as circunstâncias de sua morte.*
>
> *Atenciosamente,*
>
> *Detetive aposentado Gustavo Morelli.*

Sidney releu a carta. Ergueu o olhar, para ver se alguém a observava. As conversas rolavam por toda parte, e ninguém prestava atenção a ela. Ativou o celular e digitou *Henry Anderson* no navegador. Existiam muitos Henrys no mundo com o sobrenome Anderson. Então, Sidney refinou a busca, incluindo *1999* e *garoto morto*.

Um artigo apareceu no topo do mecanismo de busca: MORTE DE GAROTO EM QUEDA TRÁGICA DE MONTANHA É CONSIDERADA ACIDENTAL.

Sidney começou a ler o artigo, parando no meio dele quando viu o nome. Henry Anderson era um aluno do último ano do ensino médio quando caiu para a morte ao percorrer uma trilha de montanha; ele teria chegado muito perto da beira de um penhasco e caído tragicamente. A causa da morte, determinada pela autópsia do médico-legista, deveu-se a um traumatismo craniano provocado pela queda; uma grande fratura na parte posterior do crânio de Henry. Na época do acidente, ele passava um fim de semana prolongado com a família de sua namorada.

O nome da namorada...

Grace Sebold.

DELIBERAÇÃO DO JÚRI
DIA 3

— Em nossa discussão do primeiro dia, todos concluímos que a arma do crime é uma prova condenatória irrefutável, independentemente de quantas vezes examinemos os argumentos da defesa. Assim, vamos prosseguir e nos ater apenas aos fatos a respeito do sangue que foi descoberto no aposento. Hoje, portanto, devemos falar sobre a motivação. — Harold se acomodou melhor na cadeira. — O juiz explicou que a motivação é importante porque ajudará a provar ou contestar a premeditação. Então, eu gostaria de dar início à discussão. Se concordarmos que ela cometeu o crime, e *como* ela o cometeu, poderemos agora discutir *por que* ela o cometeu?

— Por quê? — A professora aposentada o encarou. — Porque ela cometeu um crime antes.

Harold ergueu as mãos em uma demonstração tranquila de protesto.

— Isso é especulação. A acusação criou uma frase de efeito em suas considerações finais. Mas a defesa objetou essa referência a delitos do passado, e o juiz sustentou a objeção. Fomos instruídos a desconsiderar esse comentário e toda a linha de questionamento que tinha a ver com a má conduta do passado. O juiz foi muito claro ao dizer que devíamos considerar apenas os fatos que nos foram apresentados durante *essa* audiência. Uma vítima, um julgamento, nada mais do passado deveria entrar em jogo.

— Como isso não irá nos influenciar? Ela matou outra pessoa!

PARTE IV
O OUTRO LADO

O OUTRO LADO

45

Quarta-feira, 19 de julho de 2017

SIDNEY ENTROU NO ESTACIONAMENTO DO ALCOVE MANOR, um centro de reabilitação. Sua avó morrera em um lugar assim, e Sidney desconfiava deles desde então. Nessa manhã, porém, ela não tinha outra escolha senão fazer uma visita.

Seu celular tocou exatamente quando ela estacionava o carro.

— Alô?

— Sid, onde você está?

— Eu pretendia te ligar, Leslie. Aconteceu uma coisa. Só conseguirei vê-la mais tarde.

— Quando? A versão preliminar do oitavo episódio está agendada para hoje, e não estamos nem perto das edições. Graham já passou por aqui perguntando a respeito. Ele disse que você prometeu para o meio-dia. A produção está tendo um chilique.

— Quanto falta?

— Das edições? Muito. Preciso de sua opinião.

— Você vai ter de parar. Só chegarei aí mais tarde.

— Onde diabos você está?

— Na cidade, mas tenho de cuidar de algo. Ligo depois.

— Vamos perder o prazo, Sid.

— Terá sido a primeira vez. Eles vão nos perdoar. Temos a maior audiência da tevê e devemos começar a agir de acordo com esse fato. Ligo pra você daqui a pouco. — Sidney desligou o telefone.

Passava um pouco das nove quando ela atravessou a porta de entrada do Alcove Manor. Sidney se dirigiu ao balcão de recepção, onde uma jovem estava sentada folheando uma revista.

— Olá. — Sidney se aproximou. — Vim fazer uma visita.

— Registre-se, por favor. — A garota apontou um livro de registro para que Sidney escrevesse seu nome, e removeu um crachá de visitante de uma folha de etiquetas.

— Não sei o número do quarto. — Sidney deu de ombros. — É minha primeira visita.

A garota entregou-lhe o crachá.

— Qual o nome do paciente?

— Gustavo Morelli.

A garota digitou o nome no computador.

— Quarto 232 — ela informou. — Pegue o elevador para o segundo andar. O quarto fica à esquerda.

Sidney prendeu o crachá na lapela e entrou no elevador. Quando as portas se abriram, ela seguiu até o centro de reabilitação por corredores iluminados com luz fluorescente e cheiro de amônia. Algumas enfermeiras usando aventais avermelhados empurravam carrinhos, enquanto outras se mantinham sentadas aos computadores do posto de enfermagem, que ocupava o centro da unidade. Dois médicos com aventais brancos anotavam pedidos parados junto ao balcão do posto. Sidney caminhou até o quarto 232 e espreitou seu interior. Viu uma cama hospitalar pesada com os pés do paciente sob as cobertas. Entrou e encontrou o homem apoiado na cama tomando café e lendo o jornal.

— Detetive Morelli? — ela perguntou.

O homem levantou os olhos, dobrou o jornal e o colocou na mesa diante de si, cobrindo seu desjejum consumido pela metade.

— Foi rápido — ele comentou.

— O senhor sabe como chamar a atenção de alguém.

— Desculpe. Mandei o garoto do jeito que deu. Meu objetivo era localizá-la por minha própria conta, mas não sou capaz de fazer isso com suficiente rapidez.

Gus apontou para a bagunça amarrotada de cobertores que cobriam a parte inferior de seu corpo.

— Sente-se, senhorita Ryan. Temos muito que conversar.

* * *

— Os superiores da polícia se convenceram de que foi um acidente — Gus afirmou. — O garoto caiu de um penhasco enquanto caminhava. Fim da história. Quando o patologista concluiu seu laudo e determinou que a causa da morte era hemorragia interna devido ao traumatismo da queda, foi o fim do caso.

— Mas não para o senhor.

— Fiquei em dúvida, naquela época. Vi um grupo de garotos do colégio que se protegiam uns aos outros. Algo sinistro aconteceu com Henry Anderson, e pelo menos alguns daqueles garotos sabiam o que era.

— O que despertou sua suspeita? — Sidney perguntou.

— Depois de realizar inúmeros interrogatórios durante sua carreira, um profissional aprende a captar uma vibração. No caso de Henry Anderson, captei uma negativa. Mas era eu contra o mundo, nesse caso, e estava começando minha carreira de detetive. Não tinha muito respaldo, e precisava escolher minhas batalhas. Estava empacado na roça e queria uma transferência para a cidade grande. Moral da história: não me achava em posição de criar problemas. Mas essas dúvidas sobre o caso de Henry Anderson nunca me abandonaram. Então, a garota Sebold foi levada a julgamento oito anos depois pela morte de outro namorado. Briguei com meus superiores para convencê-los de que ela estava envolvida na morte de Henry, mesmo quando tentaram fazer minha cabeça e me pediram para esquecer o caso de Henry Anderson. Quase perdi o emprego por insubordinação. Quando Grace Sebold foi condenada, eu deveria ter ficado satisfeito com o fato de que ela passaria a vida na prisão.

Ele mudou de posição na cama.

— Contudo, nunca fiquei satisfeito. E minhas suspeitas jamais morreram. Desde que comecei a ver seu documentário, elas se reavivaram.

— Se serve de consolo, o senhor também está me fazendo pensar.

— Escute, sou detetive, embora aposentado. Nós, detetives, fazemos grande parte de nosso trabalho na base de intuição e palpite. Mas também na base do bom senso. Por exemplo, se o namorado de uma garota morre ao cair de um penhasco uma vez, é um caso triste de má sorte. Se essa mesma garota tem *dois* namorados que caem de um penhasco na mesma existência, isso não é coincidência. É algo suspeito.

Sidney respirou fundo. Em uma frase eloquente de Gus Morelli, ela sentiu seu documentário de sucesso desmoronar.

— O senhor se lembra bem do caso de Henry Anderson?

— Não. Aconteceu há quase vinte anos. — Gus apontou para o armário. — Mas apanhei minhas pastas antigas desse caso e as li. Sua garota escondeu algo quando eu a interroguei. Tenho certeza disso, e notei muito tempo atrás.

— Grace?

Gus confirmou.

— Apresentei minhas suspeitas ao meu superior quando o caso estava sendo tratado como acidente. O problema foi que nunca consegui descobrir o que exatamente ela estava escondendo. O laudo da autópsia voltou indicando que o tipo de morte foi acidental, e isso pôs fim à minha investigação oficial.

— Mas não à sua suspeita.

— Não. Essa jamais desapareceu. Em minha carreira, tive outros casos em que isso aconteceu comigo: os fatos não faziam sentido, mas não consegui descobrir a verdade. Cada um me incomodou e me importunou, me fez perder o sono e talvez tenha me levado ao consumo um pouco exagerado de uísque. Aí então, outro caso aparecia e roubava meu tempo e meu foco, e eu não tinha escolha senão seguir em frente. Ao longo dos anos, houve alguns casos em que não consegui deixar de pensar. Para me sentir melhor, peguei aqueles que mais me incomodavam e copiei tudo: todos os laudos de provas, todos os laudos de autópsia, todos os interrogatórios. Encaixotei esses documentos e os armazenei em um guarda-volumes do Bronx.

— Por quê?

— Porque me ajudou a relaxar. Eu me convenci de que, se eu guardasse tudo a respeito desses casos, algum dia voltaria para eles e descobriria o que deixei escapar. Tenho alguns poucos do Departamento de Polícia de Wilmington e um número maior do Departamento de Polícia de Nova York.

— Como o senhor vem se saindo até agora?

— O caso de Henry Anderson é o primeiro que voltei a investigar. Vi esse garoto muitas vezes em meus sonhos e em meus pensamentos. Nunca me esqueci dele. Do caso e dos detalhes, sim. Mas nunca dele. Então, me vi deitado neste lugar terrível e deparei com seu documentário sobre Grace Sebold. Dois namorados caem de um penhasco? Eu não engoli a história durante o julgamento dela em 2007, e não estou engolindo agora. E o episódio em que a perita forense mostrou que a fratura craniana da vítima não poderia ter sido provocada por um remo de barco me fez lembrar muito de Henry Anderson. Eu acompanhei a autópsia. O patologista notou que a fratura craniana de Henry era singular e a mostrou para mim durante o exame. No final, ficou decidido que ela foi o resultado da queda de Henry na montanha. Porém, quando assisti ao seu documentário... — Gus encarou Sidney. — Essa é a ligação.

— Que ligação?

— Aquela entre Henry Anderson e Julian Crist. — Gus se inclinou para a frente e deu um tapinha na cama onde sua perna deveria estar. — Sou um velho de sessenta e oito anos que acabou de perder a perna por causa de um câncer.

Sidney viu os cobertores lisos e vazios do lado direito dele, e isso lhe provocou um pequeno tremor.

— Sei que as pessoas vão achar que estou fazendo essas afirmações para permanecer útil, ou para encontrar algum pedaço de mim que não existe mais. E acredite quando digo que todos vão me chamar de louco pelo que estou prestes a dizer, mas já fui chamado de coisa pior. É lógico concluir que as mortes desses dois jovens estão ligadas. E meu palpite é de que o mesmo instrumento usado para atacar Julian Crist foi usado para atacar Henry Anderson. E aposto uma dose de Johnnie Walker que Grace Sebold o estava segurando.

46

Quarta-feira, 19 de julho de 2017

GRACE SEBOLD ESTAVA SENTADA À MESA DA COZINHA EM frente ao seu irmão. Ela era uma mulher livre havia oito dias.

De sua cadeira de rodas, Marshall estudava o tabuleiro de xadrez diante de si. Grace acabara de comer o bispo dele em um movimento devastador, e aguardava agora a reação de Marshall. Ela estava começando a se lembrar da estratégia de seu irmão mais novo. A capacidade dele de enfrentar as atividades cotidianas variava muito desde o acidente. Alguns dias, Marshall parecia como antigamente; em outros, era um estranho, perdido e confuso em um mundo que não entendia.

Grace se lembrou de que, durante os dias ruins de Marshall, a dificuldade de lidar com ele crescia. Subitamente, um ciclo turbulento de irritação podia se desenvolver a partir de algo tão trivial quanto esquecer que ele não podia dirigir. A perda desse privilégio não era nenhuma novidade. Desde o acidente e do traumatismo cranioencefálico, as convulsões o atormentavam, e o risco de sofrer uma durante a condução de um carro era muito grande. Então, nos dias bons, Marshall se sentia ótimo e querendo independência, mas dizer-lhe que ele não poderia dirigir era um gatilho que o deixava furioso. A depressão era um fator importante na vida de Marshall e algo que, Grace estava tomando conhecimento desde o seu retorno, seus pais vinham administrando de forma muito incompetente.

Porém, de alguma forma, antigamente e ainda agora, jogar xadrez colocava a mente de Marshall em um estado de tranquilidade, em que ele ficava calmo e feliz. Na frente de um tabuleiro, o foco e a concentração se apossavam dele, transformando Marshall Sebold, se não inteiramente em quem ele foi outrora, no mais próximo que Grace já o vira chegar. Era seu único oásis de um mundo do qual Marshall perdera o controle anos atrás.

Grace e Marshall jogavam xadrez todos os dias desde o retorno dela de Bordelais. Ela ainda precisava vencê-lo. Grace batalhava muito, e, de vez em quando, o jogo podia durar horas. Às vezes, ela achava estar se encaminhando para a vitória, mas Marshall habilmente a atraía para uma armadilha, com a rainha de Grace caindo primeiro como indicação de que ela mordera a isca, e o rei dela caía logo depois. A ligação deles, outrora intensa, foi uma das coisas de que ela mais sentiu falta em relação ao irmão, que encontrava muita dificuldade para se comunicar neste mundo. Contudo, no mundo do xadrez — onde falar era desnecessário, onde pessoas de diferentes culturas e línguas podiam jogar tão simplesmente como irmão e irmã —, nesse mundo, seu irmão era livre. Ela sentira muita falta dele.

Marshall estudava seu próximo movimento, e Grace desviou o olhar para os janelões que se estendiam pelo apartamento de Ellie. Ela observava Manhattan: as ruas, o trânsito e as luzes mudando de vermelho para verde para os pedestres nas calçadas abaixo como colônias de formigas. Grace considerou que o que estava acontecendo ali era o mesmo que acontecera todos os dias de seu encarceramento.

Ela estudou o horizonte, emoldurado pelo céu azul e pelas nuvens horizontais iluminadas pelo sol da manhã. Aquela visão contrastava muito com a de alguns dias atrás, quando as palmeiras inclinadas pela brisa constante eram seu único escape da monotonia da Penitenciária de Bordelais. As palmeiras são uma imagem universal de relaxamento e férias, mas, depois de anos observando-as do pátio da prisão, Grace se fartara delas. Ela era uma mulher livre, e planejava nunca mais pôr os olhos em palmeiras.

— Xeque. — Marshall deslizou sua torre e capturou o bispo de Grace.

— O quê?! — Grace voltou a olhar para o tabuleiro. — Como? Você armou uma cilada contra mim.

Marshall sorriu.

— Você quis que eu comesse seu bispo, Marshall.

— E você comeu. Isso te deixou vulnerável.

— Você não jogou na minha ausência?

— Apenas de vez em quando. Mas só *on-line*. Não com eles.

Eles. Seus pais. Ao longo dos anos, em nenhuma das suas cartas, Marshall nunca escreveu as palavras *mamãe* e *papai* ao se referir aos pais. Grace queria perguntar como ele conseguira se manter tão competitivo sem jogar regularmente por dez anos, mas já sabia a resposta. A mente dele funcionava de maneira diferente da maioria. Havia algo no cérebro de seu irmão que ligava e desligava. Grace sabia disso desde o acidente. Ela sempre gostava de quando o irmão estava *ligado*, quando seus pensamentos conscientes se acomodavam na parte não lesionada de seu cérebro, onde o antigo Marshall ainda podia ser encontrado. Esses momentos só aconteciam durante os jogos de xadrez, o que explicava o motivo pelo qual eles jogaram tanto ao longo da última semana.

— Por que não jogamos em meu velho tabuleiro? — perguntou Marshall.

— Eu te disse por quê.

— Eu o trouxe para cá. Podíamos jogar nele. Não sabia que você tinha comprado este novo jogo de xadrez para mim.

— Você não gosta dele?

— Gosto, mas meu antigo é... — Marshall pegou uma das novas peças. Era de madeira de pinho, produzida em massa, e não de porcelana artesanal. — As peças do antigo são mais elaboradas. Isso é tudo.

Grace voltou a mirar o tabuleiro.

— Acho que não existe nenhuma maneira de consertar isso, Marshall.

Marshall fez um breve contato visual.

— Não existe. — Apontou para a torre dela. — Mas você pode realizar dois movimentos antes do xeque-mate.

Grace olhou para o irmão por um pouco mais de tempo. Depois, pegou seu rei e o deitou de lado.

— Vou abrir mão desta partida e ver se me vingo amanhã.

O rei de Grace rolou um pouco até chegar ao repouso.

— Você vai ter de lidar com Daniel.

— Marshall, Daniel é um amigo querido, só isso. E um dos poucos que mantiveram contato comigo ao longo dos anos.

— E por que você acha que ele fez isso?

Ante o silêncio de Grace, Marshall respondeu à própria pergunta:

— Porque ele ainda está apaixonado por você. Assim como aquela lá. — Marshall apontou para o corredor, onde se localizavam os quartos. — Ela é outro problema que você vai ter de resolver.

— Tudo bem, Marshall. Não vamos entrar nisso agora.

— Ah, esta não é uma boa hora? Depois que ela permitiu que você assumisse sua casa em Lake Placid? Depois de você lhe dever tudo?

Grace pegou as peças caídas e as atirou no estojo.

— Fim de jogo, Marshall. Voltaremos a ele amanhã.

— Charlotte ainda está chateada com você e Daniel.

— Marshall!

— Você não a viu outro dia na sua volta pra casa. Estou cansado de todo o mundo achar que sou um lesado, sem consciência das coisas que acontecem ao meu redor. Eu fiquei olhando para ela, Grace. Charlotte se encolhia cada vez que Daniel tocava em você. Não quero que ela seja um problema para você.

— Aquilo foi há muito tempo, Marshall. Não posso mudar o passado. E se Charlotte não consegue superar isso, não sou a pessoa mais indicada para auxiliá-la.

— Talvez Daniel devesse ajudá-la a superar isso. Ela é a mulher dele. Ele deveria tê-la ajudado a superar isso anos atrás.

— Marshall, estou cansada. Jogaremos amanhã, combinado? Já chega, por enquanto.

— Charlotte ficou furiosa quando descobriu sobre você e Daniel. Está se esquecendo da briga que vocês tiveram em Sugar Beach?

— Não esqueci. Só estou preferindo não me concentrar nisso. — Grace ficou de pé.

— É melhor você torcer para que ela prefira a mesma coisa. — Marshall olhou para a irmã por mais um instante e, depois, desviou a atenção para seu novo jogo de xadrez, enfileirando as peças em ordem cuidadosa antes de fechar o tabuleiro e o colocar no estojo. Em seguida, começou a mover sua cadeira de rodas.

— Não. Você pode andar. Nada de cadeira de rodas quando estiver perto de mim.

E então, o irmão se desligou. A mente aguçada e a conversa coerente que Marshall exibira durante a partida de xadrez eram como vapor escapando de uma xícara de café quente, presente apenas por pouco tempo. Quando o jogo acabou, o intervalo de atenção e a compreensão de Marshall evaporaram, como se nunca tivessem existido. Assim que as peças e o tabuleiro foram guardados, seu irmão se refugiou na parte devastada de seu cérebro e se perdeu para o mundo.

Grace fitou os olhos perdidos dele e viu algum indício de compreensão. Se Marshall quisesse evitar a instituição de assistência a deficientes que seus pais estavam considerando, teria de colaborar.

Finalmente, Marshall se levantou da cadeira e, usando seus sapatos ortopédicos, arrastou-se em um passo vacilante até o quarto de hóspedes, carregando o jogo de xadrez.

GRACE ESTAVA SOZINHA. NA ÚLTIMA SEMANA, RAROS foram os momentos em que ela pôde alegar tal coisa. Ellie fora trabalhar, e seus pais tinham ido para o hotel.

Ela ficou surpresa ao descobrir que gostava da solidão. Os últimos dez anos foram passados em isolamento. Vinte horas de cada dia dentro de sua cela de prisão. Grace chegou a se conhecer bem nesse período. Por muitos anos, desejou estar de volta com a família e os amigos, mas, agora que alcançara seu intento, ansiava a privacidade da qual quisera escapar. Seus anos na faculdade de medicina e os inúmeros livros que lera na prisão diziam-lhe que isso era meramente uma resposta natural a um novo ambiente. Era normal refugiar-se no conforto do isolamento porque era tudo o que Grace conhecera nos últimos dez anos. Com o tempo, passaria. Mas nesse momento, ela almejava a solidão.

Os comentários de Marshall causaram-lhe medo, algo que só uma mulher livre sentiria. Em Bordelais, seu futuro era invisível. Assim, nunca sentiu a aflição que ficou escondida nos anos passados de sua vida.

Grace se dirigiu a seu quarto e fechou a porta. Da gaveta superior da penteadeira, tirou seu cadeado do amor, que tinha o nome de Julian abaixo do seu próprio nome. Segurou o cadeado antigo e pesado na palma da mão e olhou os nomes deles. Uma sensação estranha de perda havia tomado conta dela na semana anterior. O espectro de Julian Crist, presença bizarramente reconfortante durante seu encarceramento — e algo que Grace odiou e reprovou durante vários períodos na última década —, vinha se suavizando e se tornando apenas o homem que ela amou um dia.

Grace colocou o cadeado sobre a mesa e abriu o laptop de Ellie. De repente, após tantos anos sem acesso à internet durante seu tempo na cadeia, toda a informação que ela sempre quis estava ao alcance da ponta de seus dedos. O Facebook ainda era uma plataforma nova quando Grace foi para a prisão, e ela não tinha sido uma usuária ativa. Porém, entendia a capacidade do site de localizar pessoas. Assim, ela se conectou ao perfil de Ellie e digitou *Allison Harbor* no campo de busca.

Grace percorreu alguns perfis antes de encontrá-la. A ex de Julian era agora uma pediatra em Nova Jersey, casada e com dois filhos, com um sobrenome unido com hífen. Ela estava diferente do que Grace lembrava. Mais pesada e menos atraente do que a imagem que Grace guardara em sua mente durante seu tempo na prisão. Uma sensação de náusea se apossou dela ao pensar que aquela mulher de aparência simples quase lhe roubara Julian. Grace passou trinta minutos olhando para as fotos de Allison Harbor e sua família. Em seguida, saiu da conta do Facebook de Ellie e acessou o mecanismo de busca da internet.

Grace digitou *Julian Crist* e recebeu milhares de opções como resposta. As primeiras páginas de resultados diziam respeito ao documentário *A garota de Sugar Beach*. Grace passou os olhos por eles, mas estava mais interessada nas histórias de pouco depois da morte de Julian, antes que o documentário de Sidney Ryan o tivesse trazido de volta dos mortos. Como fora presa dois dias depois da morte de Julian, Grace nunca teve a chance de ler muitos detalhes sobre o caso, apenas o que sua equipe de defesa negligente lhe apresentava e os artigos que Marshall enviava.

Grace fez buscas na internet por quase uma hora sem pausa, absorvendo as informações como se estivesse lendo um romance instigante. Não encontrou relatos que fizessem a ligação. Por fim, afastou-se do computador e se dirigiu para a porta do quarto, trancando-a silenciosamente. Sabendo que Ellie logo estaria em casa, Grace voltou correndo para o computador. O cadeado do amor permanecia sobre a mesa. Olhou de novo para o nome de Julian; outro nome ocupara seu lugar antes. Ela moveu os dedos pelo teclado e digitou o nome no mecanismo de busca: H-E-N-R-Y A-N-D-E-R-S-O-N.

47

Quarta-feira, 19 de julho de 2017

AQUELAS ESCAPADAS DA MANHÃ SERIAM À SUA CUSTA.
Sidney não se atreveu a gastar nada do orçamento de *A garota de Sugar Beach*. O documentário era uma máquina de fazer dinheiro que atraía milhões de dólares em receita publicitária, e Graham e o resto da turma não se importariam se Sidney dissesse que precisava ir para Santa Lúcia para alguma gravação de última hora, e muito menos com despesas de quilometragem e reuniões de almoço. O dinheiro, porém, não era o que a preocupava. Sidney queria manter os homens de terno no escuro sobre os desenvolvimentos recentes. Quanto menos eles soubessem acerca de Henry Anderson, melhor. Pelo menos até que ela entendesse o que exatamente significava.

Na portaria do centro de reabilitação Alcove Manor, Sidney levou o celular ao ouvido para escutar a caixa postal, após ouvir a história de Gus Morelli e sua teoria surpreendente de como Julian Crist e Henry Anderson podiam estar ligados.

"Sid, a produção está pedindo de novo os cortes do oitavo episódio, que obviamente não estão prontos porque você não aparece no estúdio há dois dias. Tá dando merda! Graham Cromwell está furioso, e toda a nossa equipe tem se escondido em seus escritórios para evitá-lo. Onde diabos você se meteu?! Me liga de volta. Ou melhor ainda: venha para cá!"

Sidney desligou o correio de voz. Em sua imaginação, ela podia ver Leslie à sua mesa, roendo as unhas e passando a mão pelos cabelos. Sidney sabia que devia ligar, mas mentir nunca fora seu forte. E ela era especialmente ruim em inventar histórias para os amigos. Um minuto depois de começar a discussão, Leslie saberia que o documentário que mantinha os americanos em suspense estava prestes a desmoronar de modo espetacular. E assim que Leslie soubesse disso, a alta direção saberia, porque a única pessoa pior do que Sidney para mentir era Leslie Martin.

Sidney digitou os números em seu celular. Naquela manhã, era a terceira vez que ela ligava para aquele número. Dessa vez, uma mulher atendeu:

— Alô?

— Senhora Anderson?

— Sim?

— Meu nome é Sidney Ryan. Gostaria de fazer algumas perguntas a respeito de seu filho.

— David?

— Não, senhora. — Sidney hesitou. — É a respeito de Henry.

Houve uma longa pausa.

— Henry morreu anos atrás, senhorita Ryan.

— Eu sei disso. Esse é o motivo de minha ligação.

BETTY ANDERSON MORAVA EM SARATOGA SPRINGS, NO

Estado de Nova York, a três horas de distância de carro de Manhattan. Sidney chegou pouco depois das duas da tarde ao bairro agradável, com ruas arborizadas, incluindo bordos vermelhos e plátanos.

Sidney encontrou a casa com facilidade. Ela tocou a campainha e, logo em seguida, a mãe de Henry Anderson apareceu e entreabriu a porta. Frágil e esquelética, Betty Anderson parecia ter bem mais que seus sessenta e seis anos. O cabelo grisalho curto emoldurava um rosto que sucumbira às rugas. As pálpebras pesadas e espessas quase encobriam-lhe os olhos, e só o esforço constante de apertar a testa mantinha o mundo visível.

— Senhora Anderson? Sou Sidney Ryan.

— Você veio da cidade?

— Sim, senhora.

— É sobre o seu programa de tevê?

— Sim.

Betty Anderson deu-lhe passagem.

— Entre.

Sidney atravessou o hall de entrada e seguiu Betty até a sala de estar, onde elas se sentaram, com Betty na beira de um sofá de dois lugares, e Sidney, adjacente a ela, em uma cadeira.

— David, meu filho mais velho, me falou do documentário.

— A senhora o viu?

— Não, querida. Não vejo muita televisão.

— Mas seu filho sim?

Betty fez que sim.

— Ele me falou a respeito. Que tinha a ver com Grace e o que aconteceu com ela.

— E o senhor Anderson? Ele assistiu?

— Hank morreu há alguns anos.

— Sinto muito.

— Cirrose. Hank bebia muito. Sofreu muito por causa da doença. Nunca superou a morte de Henry. Nós nos divorciamos há muitos anos, depois da morte de Henry. É algo comum, ficamos sabendo, divórcio após a morte de um filho. Hank começou a beber e nunca mais parou.

— Sei que a morte de Henry aconteceu há muitos anos, mas gostaria de lhe fazer algumas perguntas. Henry morreu durante um fim de semana prolongado. É isso mesmo?

— Sim. Fomos todos para a montanha passar esse feriado.

— Quem estava lá?

— Diversas famílias. Nossos filhos estudavam todos juntos no colégio, e muitos de nós éramos amigos havia anos.

— Os Sebold?

— Sim, Gretchen e Glenn. E, claro, Grace e Marshall também. A família Reiser.

— Ellie Reiser?

— Sim. Era muita gente. Talvez seis ou sete famílias da vizinhança. Acho que não consigo me lembrar de todos.

— A senhora pode me falar do dia em que Henry morreu?

279

— Bem... Os jovens saíram para uma caminhada. O plano era que todos nos encontrássemos no hotel à noite, para jantar. Era domingo, e todas as famílias planejavam ir embora no dia seguinte. Henry não apareceu naquela noite. Inicialmente, Hank e eu achamos que nosso filho estava atrasado. Mas, à medida que anoitecia, começamos a fazer perguntas e descobrimos que ninguém o via desde a caminhada, naquela tarde. Começamos a procurá-lo. Seus amigos se juntaram a nós. Às oito da noite, quando já estava escuro, finalmente ligamos para a polícia. Cerca de uma hora depois, encontramos Henry em uma ravina abaixo da trilha onde ele tinha feito a caminhada.

— Lamento... Henry namorava Grace Sebold na época em que morreu?

— Sim. Eles eram muito sérios. Quero dizer, tão sérios quanto adolescentes podem ser. Grace foi o primeiro amor de Henry. Nós todos amávamos Grace. Assim, Hank e eu esperávamos que eles pudessem ser uma rara história de amor colegial que duraria para sempre.

Betty sorriu ao recordar. A expressão facial fez com que seus olhos se fechassem.

— Foi há muito tempo, mas ainda me lembro de me sentir feliz pelo fato de meu filho ter encontrado alguém que o fez se sentir especial. Grace e Henry planejavam estudar juntos na Universidade de Syracuse.

Sidney se lembrou das muitas fotos de Julian Crist que ela vira durante a criação de seu documentário. Uma sensação desagradável se apossou dela quando considerou o que havia acontecido com os dois jovens que tinham amado Grace Sebold.

— A senhora manteve contato com os Sebold após a morte de Henry?

— Não. Infelizmente, perdemos contato com muitos de nossos amigos após a morte do meu filho. Hank começou a beber e tivemos problemas conjugais. Então, foi fácil tudo evaporar.

— A senhora está familiarizada com o que houve com Grace Sebold?

— Sim. Sei que ela foi condenada por assassinato. Sempre achei que as circunstâncias não combinavam com a garota que conheci. Fico feliz de saber que, depois de tantos anos, ela finalmente está em casa com sua família.

— As circunstâncias que cercaram a condenação de Grace Sebold... A senhora se lembra delas, não?

— Sim.

Por um momento, Sidney permaneceu calada, esperando que a senhora Anderson elaborasse os pensamentos. Ante o silêncio dela, Sidney prosseguiu:

— Um rapaz chamado Julian Crist foi morto em Santa Lúcia durante o recesso escolar de primavera. Devo dizer que as circunstâncias da morte de Julian Crist são bastante semelhantes às do seu filho.

— Fiquei sabendo.

Sidney posicionou os cotovelos sobre os joelhos e se inclinou para mais perto da mãe de Henry Anderson.

— Grace e Julian eram namorados quando ele foi morto. Na ocasião, os dois estavam terminando a faculdade de medicina e se preparando para começar o programa de residência médica juntos. Como seu filho, Julian caiu de um penhasco e morreu.

— A morte de Henry foi um acidente. Um acidente trágico que levou meu filho quando ele era muito jovem.

— Lembra-se de Gus Morelli?

Betty tentou erguer as pálpebras, e sua voz assumiu um tom polêmico:

— Ele era um dos detetives envolvidos no caso de Henry. Gus Morelli me procurou durante o julgamento de Grace com a mesma teoria que você está tentando apresentar agora.

Sidney respirou fundo.

— Em 1999, o detetive Morelli acreditou que poderia haver algo mais relacionado à morte de Henry. Que talvez não tenha sido um acidente.

— Henry caiu daquele penhasco. Eu gostaria que não tivesse acontecido, senhorita Ryan. Me ofereci diversas vezes para estar no lugar dele. Meu filho se foi, e espero revê-lo algum dia. Mas não vou tentar ressuscitá-lo transformando-o em alguma estrela da cultura pop para ajudar seu programa de tevê.

Sidney contraiu os lábios e fez que sim com a cabeça. Ela não mencionou que transformar Henry em uma estrela era a coisa mais distante de sua mente, ou que seu *programa de televisão* estava provavelmente tão morto quanto os dois garotos que amaram Grace Sebold.

— Entendo — Sidney disse, por fim.

Mesmo depois de todos aqueles anos, o pesar de Betty Anderson ainda era palpável. Se ela não queria ouvir que seu filho provavelmente fora assassinado, então Sidney supôs que sua audiência, que salivava pelo episódio que mostrava a anulação da condenação e a libertação da prisão de Grace Sebold, também não iria querer. Com certeza, Graham Cromwell e Ray Sandberg não estariam interessados em perseguir coisa alguma que pudesse atrapalhar a navegação sem percalços que viam para os três episódios finais.

A questão que Sidney avaliava, sentada na antiga casa de Henry Anderson, era se a fama e a fortuna lhe eram suficientes, ou se a verdade era tudo o que importava.

48

Quarta-feira, 19 de julho de 2017

SIDNEY VOLTOU PARA A CIDADE UM POUCO ANTES DAS sete da noite, agitada por causa do engarrafamento e com o quadril direito dolorido devido ao anda e para do trânsito, e foi direto para o Instituto Médico Legal de Nova York, na rua 26 Leste. Ao chegar, ela foi conduzida ao terceiro andar, onde a doutora Lívia Cutty, sentada atrás de sua nova mesa, digitava no teclado.

— Olá — Lívia cumprimentou quando Sidney apareceu na porta. — Você conseguiu.

— Sim, apesar do trânsito. Desculpe-me, estou atrasada. E me desculpe por ligar para você durante sua primeira semana em Nova York.

— É o momento perfeito. Só começo oficialmente em 1º de agosto. Deram-me duas semanas para me instalar e me familiarizar com a cidade. Não posso pegar um caso formal até lá, e estou muito entediada. Fiquei feliz por você ter me ligado. Sente-se. Vou te mostrar o que encontrei.

Em 1999, o corpo de Henry Anderson foi levado ao necrotério do Centro Médico de Adirondack, no condado de Essex, no estado de Nova York, para autópsia. Depois da ligação de Sidney naquela manhã, a doutora Cutty fez algumas chamadas para o condado de Essex e pesquisou o banco de dados do estado de Nova York para se atualizar sobre o caso antigo.

— Em 1999, não havia prontuário médico digital. — Lívia deu de ombros. — Assim, tudo o que consegui a respeito do caso de Anderson está arquivado. Isso é o que consegui localizar em cima da hora. — Então, ela empurrou um fichário pela mesa.

Sidney virou o fichário e abriu a capa. A primeira página era um relatório elaborado pelos investigadores descrevendo a cena do local onde o corpo de Anderson fora encontrado. Enquanto Sidney lia por alto as constatações, Lívia fazia o resumo:

— Henry Anderson era um rapaz de dezoito anos, aluno do último ano do ensino médio, que se hospedara no Whiteface Lodge com sua família para passar o feriado do Memorial Day. Ele desapareceu depois que um grupo de adolescentes, dezesseis no total, foi fazer uma caminhada até High Falls Gorge, onde todos almoçaram. Naquela noite, Henry Anderson não voltou ao hotel. A polícia foi acionada, e deu-se início a uma busca. Uma dupla de amigos do rapaz, Charlotte Brooks e Daniel Greaves, finalmente encontraram o corpo de Henry pouco depois das oito da noite.

Sidney desviou o olhar do relatório ao ouvir os nomes.

— Onde você está conseguindo esses detalhes específicos?

Lívia apontou para a página à sua frente.

— Estou lendo as anotações do detetive. Havia uma cópia no arquivo. Há algo errado?

— Charlotte Brooks e Daniel Greaves eram os amigos de Grace que se casaram em Sugar Beach.

— Em Santa Lúcia? — Lívia perguntou.

Sidney confirmou. Mais uma vez, ela viu seu documentário de sucesso — que nos três últimos episódios mostraria a prova de sangue contestada e a limpeza desmascarada que ajudaram a anular a condenação de Grace Sebold, e também seu retorno triunfante para casa — desmoronar enquanto uma intriga maior rodopiava em seus pensamentos.

— O que você pode me dizer acerca da autópsia de Henry Anderson?

Lívia empurrou fotos da cena do crime pelo tampo.

Sidney observou os ângulos estranhos dos membros do jovem, deitado numa laje de granito coberta de poeira, com arbustos cobrindo parcialmente seu rosto. Um círculo escuro de sangue se espalhava pela pedra sobre a qual o corpo jazia, formando um halo ao redor da cabeça com um nascer do sol cor de cereja. Os olhos estavam meio abertos, como se imobilizado entre o sono e a vigília.

— Segundo as estimativas, ele caiu de uma altura de mais de quinze metros — Lívia informou. — Os investigadores da cena conseguiram rastrear as marcas na encosta da montanha onde Anderson provavelmente fez contato durante a queda. Os detetives conseguiram localizar suas pegadas na beira do penhasco logo acima de onde seu corpo foi encontrado. Havia muitas outras pegadas. Era uma trilha conhecida e a única rota de caminhada que oferecia acesso ao café no topo da montanha.

Sidney virou outra página e encontrou o laudo e as fotos da autópsia. Rapidamente, enfiou sob o laudo as imagens do corpo nu de Henry na mesa de autópsia, para que ficassem fora do alcance da sua visão.

— Por causa de uma queda de mais de quinze metros, interrompida intermitentemente pelo impacto na encosta da montanha, houve muitos danos aos órgãos internos. A causa da morte foi determinada como sendo exsanguinação devido à dissecação da aorta. Ou seja, o principal vaso sanguíneo ligado ao coração se desalojou com o impacto, e o rapaz sangrou internamente até morrer. — Lívia puxou algumas fotos que mantinha de lado. — Sei que você está interessada na fratura craniana do rapaz. Aqui está o que encontrei.

A doutora Cutty passou para Sidney as fotos da autópsia do crânio desnudo de Henry Anderson.

— Foram notadas diversas fraturas — Lívia disse, apontando para uma foto —, incluindo uma grande fratura estrelada no osso parietal direito posterior.

— Exatamente como em Julian Crist...

Lívia prosseguiu.

— Não só no tipo e na localização, mas ambas eram fraturas estreladas deprimidas no lado posterior direito da cabeça. — Ela deslizou outra página do laudo pela mesa. — Mas também comparei as medidas da fratura feitas na autópsia de Julian Crist com as que foram feitas na de Henry Anderson.

— E?

— São quase idênticas.

Sidney encarou Lívia.

— Quão idênticas?

— Essa é uma foto que você forneceu do caso de Julian Crist. — Lívia empurrou outra imagem na direção de Sidney, para que ficasse ao lado da foto do crânio de Henry.

Para os olhos leigos de Sidney, os crânios estilhaçados dos jovens pareciam iguais. De fato, se Lívia alternasse as fotos, Sidney teria dificuldade para determinar de quem era o crânio.

— As medições da fratura craniana de Henry Anderson foram documentadas como sendo de dois e meio centímetros de profundidade e sete centímetros de comprimento. Quase as mesmas medições que foram documentadas na autópsia de Julian Crist.

Sidney passou a mão pelo cabelo.

— Meu Deus...

— Ainda não acabou. As lacerações no couro cabeludo também são semelhantes, se não idênticas.

Lívia tornou a arranjar as fotos de cada autópsia uma ao lado da outra, para comparação. Sidney lembrou que a laceração de Julian lhe pareceu um sulco em um sofá de couro. A de Henry Anderson parecia exatamente a mesma.

— As medidas das duas lacerações também são iguais. — Lívia reclinou-se na cadeira. — Não sou muito afeita a teorias da conspiração, mas, se eu fosse de fazer apostas, diria que há uma grande chance de essas duas lesões terem sido provocadas pela mesma arma.

Sidney também se reclinou na cadeira, afastando-se das fotos espalhadas pela mesa, e cruzou os braços.

— Sim, bem, um velho detetive já propôs essa teoria. E apostou uma dose de uísque que a mesma pessoa estava empunhando essa arma.

— Descobri outra coisa que você vai achar interessante.

Sidney se inclinou para a frente.

— O que mais, doutora?

— Foram detectados vestígios de fibras de organza no ferimento no couro cabeludo de Henry Anderson.

49

Quarta-feira, 19 de julho de 2017

SIDNEY NÃO SE ALIMENTOU O DIA TODO. EM SUA JORNADA vertiginosa, passou no início da manhã pelo Alcove Manor para conversar com Gus Morelli, depois pela casa de Betty Anderson em Sarasota Springs e, por fim, pelo escritório de Lívia Cutty. Eram nove da noite quando ela comprou um taco em um *food truck*, e comeu-o sem parar de andar. Ela prometera manter o detetive Morelli informado de quaisquer progressos; assim, depois de uma caminhada de dez minutos, viu-se novamente no saguão do Alcove Manor. Apresentou-se na recepção e pegou o caminho de volta para o quarto 232, onde seu dia começara.

Ela encontrou Gus sentado na cadeira ao lado da cama, mais juntas naquela noite do que pela manhã, quando ele estava deitado. Sidney deu uma rápida olhada na perna protética que pendia do quadril direito e se curvava no joelho para alcançar o chão, e bateu na porta.

— Desculpe. É muito tarde?

Gus acenou para que ela entrasse.

— Não esperava vê-la de novo hoje.

— Prometi que lhe mostraria o que eu tinha sobre Julian Crist. E com o dia que tive, seria bom poder contar com outro par de olhos.

Sidney tirou um fichário grosso da bolsa. Eram as mesmas informações a respeito de Julian Crist que ela fornecera a Lívia Cutty semanas atrás, quando a médica concordou em ajudar no documentário. O fichário parecia mais sinistro agora do que antes, quando Sidney esperava encontrar suficientes provas ocultas nas páginas para libertar Grace Sebold. Ela o colocou na mesa de cabeceira.

— Será minha leitura do meio da noite. — Gus estendeu a mão. — Estou sentado há muito tempo. Preciso andar. Você se importa?

— Claro que não. — Sidney se apressou para o lado dele e o ajudou a ficar de pé.

— Tive o problema do câncer. Era eu ou minha perna. Por algum motivo, escolhi a mim. Ainda estou me acostumando com essa porcaria, mas você devia ter me visto há um mês.

Com Sidney segurando-lhe a mão, Gus deu três passos impressionantes até o andador.

— Sei que é difícil imaginar, mas o que você acabou de presenciar é o mais próximo de um milagre que já vi nesta terra. Importa-se se dermos uma volta?

— Não. Tudo bem.

Sidney acompanhou Gus de perto enquanto ele se arrastava pelos corredores com a ajuda do andador.

— Eu me dou melhor com muletas, mas preciso aprender a confiar nesta perna de pau. E minha axila está tão machucada que não posso suportar a ideia de muletas.

— Parece que o senhor está indo muito bem.

— Vou cair fora daqui em duas semanas. Esse é o meu objetivo. — E Gus prosseguiu, baixinho: — Não aguento mais esses velhos internados aqui. E as enfermeiras já estão fartas de mim. É hora de eu aceitar a situação e voltar para a minha vida.

Eles chegaram ao final do corredor e fizeram a curva para vencer o próximo trecho de linóleo.

— Então, diga lá o que você tem a dizer. Tenho certeza de que não voltou tão cedo só para me dar informações sobre o rapaz. O que descobriu?

— Começo a achar que o senhor vai ganhar aquela dose de Johnny Walker que apostou.

ELES DERAM UMA VOLTA COMPLETA PELO ANDAR – A PRI-meira dele, Gus contou-lhe —, e então, Sidney revelou o que descobrira com Betty Anderson e Lívia Cutty. Ao fim do passeio, ela ajudou Gus a se acomodar na cama e o observou retirar a prótese.

— Parece que estou me adaptando a esta coisa. Sinto-me nu sem ela.

— Talvez isso seja bom.

— Acho que sim. Puxe a mesa, quero dar uma olhada no que você me trouxe.

Sidney conduziu a mesa para que ficasse acima da cama. Gus pôs-se a trabalhar, folheando o fichário. Em poucos minutos, ele se envolveu nos detalhes.

Para deixá-lo trabalhar, Sidney sentou-se na cadeira ao lado da cama e consultou sua caixa postal. Estava cheia de mensagens urgentes de Leslie e Graham. Então, a mensagem final de Graham soou perturbadoramente calma. Ele dizia que o prazo do episódio de sexta-feira tinha sido perdido e que a emissora estava tomando providências para anunciar que a oitava parte de *A garota de Sugar Beach* não iria ao ar conforme programado.

ENFIM, UMA HORA DEPOIS, GUS DISSE:

— Dê uma olhada nisto. — Ele apontava para uma página do fichário.

Sidney desligou o celular, colocou-o no bolso de trás do jeans e se inclinou sobre a cama para ver do que se tratava.

— São fotos das roupas de Crist, tiradas pelo médico-legista de Santa Lúcia.

A foto mostrava a camiseta de Julian, que fora estendida sobre uma mesa de testes para ser fotografada. A gola estava manchada de vermelho.

— O sangue? — Sidney perguntou.

— Não. — Gus indicava a parte inferior da camiseta.

Sidney semicerrou os olhos. Nas costas da camiseta havia uma marca de sujeira em forma de ferradura. A mancha era fraca e cortada pela parte inferior da camiseta.

— Segundo o relatório, o corpo passou toda a noite na água. Aposto que essa mancha foi diluída pela água salgada do mar.

Sidney se lembrou de sua viagem para Sugar Beach, quando subiu até o penhasco de Soufrière e ficou olhando para a baía dos Pitons, onde o corpo de Julian fora descoberto por dois remadores. Parecia ter se passado uma eternidade desde sua primeira viagem para Santa Lúcia. Muita coisa acontecera em sua carreira desde que pedira à ilha que lhe contasse sua história. Parte dela Sidney queria nunca ter escutado.

— Olhe agora. — Gus tirou os óculos de leitura e o colocou acima da foto para que atuasse como uma lupa.

Sidney espiou através das lentes a imagem ampliada que mostrou a marca nas costas da camiseta de Julian.

— Não sei... O que é? Uma pegada?

— Metade de uma pegada. — Gus folheou o fichário até encontrar a foto da bermuda de Julian, que também fora estendida sobre a mesa de testes.

Morelli apontou para uma área na parte de trás da bermuda. A mancha era ainda mais fraca do que na camiseta. Gus dobrou as fotos para que a parte inferior da camiseta se alinhasse com a bermuda. As duas manchas se reuniram para formar uma pegada completa quase invisível.

— Vejam só! — Sidney exclamou.

— Eu adoraria saber de quem era o pé que produziu isso.

Sidney se inclinou para conseguir ver melhor.

— Eu também.

JÁ PASSAVA DAS DEZ DA NOITE, QUANDO SIDNEY E GUS começaram a arrumar o fichário de Julian Crist, cujo conteúdo se espalhara pela mesa e ao redor da cama. Gus ainda tinha alguns contatos no Departamento de Polícia de Nova York, e sugeriu pedir a eles que dessem uma olhada nas fotos da camiseta e da bermuda de Julian Crist. Seus colegas, Gus garantiu, poderiam confirmar se era de fato uma marca de calçado e também realizar uma análise para definir o fabricante, se conseguissem detalhes da sola.

— Não quero incomodá-lo.

— Você está brincando comigo? — Gus a encarou. — Não me sinto vivo assim há anos. As últimas duas horas foram a primeira vez que realmente esqueci que amputaram minha perna. Por favor, deixe-me ajudar.

Sidney fez que sim com a cabeça.

— Obrigada. Me avise sobre o que você encontrar.

— Farei algumas ligações amanhã de manhã. — Gus arrumou os últimos papéis do fichário de Crist. — O que é isto? — Ele apanhou um envelope.

— Ah... — Sidney tomou a carta de seu pai da mão dele. Dentro estavam as unhas cortadas que Neil lhe enviara meses atrás para uma análise de DNA. Sidney quase se esquecera delas. — Tem a ver com outro caso.

— Algo interessante?

— É uma longa história. — Ela sorriu.

— Mal durmo à noite, senhorita Ryan. Eu poderia usar uma boa história para passar o tempo.

— Talvez outra hora. É uma história para ser contada com o acompanhamento de alguma bebida apropriada.

— Agora você está me provocando. Não tomo uma gota há meses e, quando isso acabar, não tenho certeza se poderei voltar ao álcool. O que acha de um café?

Sidney teve a sensação de que Gus não queria ficar sozinho. Os corredores estavam escurecidos, e o andar, silencioso.

— Vi uma máquina de café no fim do corredor.

— Agora sim! — Gus se animou.

Ela voltou minutos depois trazendo dois copos fumegantes e tornou a se sentar na cadeira ao lado da cama.

— O senhor quer mesmo ouvir essa história? — Sidney mostrou a correspondência de seu pai.

— Sem dúvida. E me chame de Gus, ok?

— Certo. Me chame de Sidney. E me interrompa quando ficar muito bizarro.

— Fui detetive da Divisão de Homicídios por vinte anos, menina. Você não conseguirá me chocar.

Àquele horário, o centro de reabilitação já fechara, e permaneceria assim até de manhã. Desse modo, por mais bizarro que fosse, Sidney se acomodou ao lado de um estranho e, pela primeira vez na vida, contou a história da condenação de seu pai.

50

Quinta-feira, 20 de julho de 2017

COM A CAIXA POSTAL DE SEU CELULAR CHEIA DE MENSAgens, Sidney saiu do elevador e encontrou vazio o andar de seu escritório — era ainda muito cedo para o pessoal estar presente. Ela entrou e se sentou à sua mesa, e foi imediatamente atacada por uma barreira de *post-its* amarelos colados no computador, na mesa, no telefone e em toda superfície plana disponível.

Onde você está?

Você está viva?

Precisamos das edições hoje!

Deixei diversas mensagens para você. Estou puta!

Todas escritas com a caligrafia de Leslie.

— Droga... — Sidney resmungou.

Ela girou a cadeira para a janela, para observar a cidade, tirou o celular da bolsa e ligou para Leslie. Encostou o celular no ouvido e ouviu um toque atrás de si. Ao se virar novamente, percebeu Leslie parada na porta do escritório, mostrando o celular que tocava para Sidney.

— Ah!!! — Leslie disse em um tom exagerado, vendo o nome de Sidney no celular. — É minha amiga e coprodutora ligando. Como estamos com o prazo vencido e sei que ela está ligando por causa disso, acho que vou deixar a ligação cair na caixa postal.

Sidney terminou a ligação, e o toque parou.

— Sinto muito, Les.

— E então, quando vejo que ela deixou uma mensagem de voz e mais centenas de mensagens de texto, acho que vou ignorar todas.

— Entendi. Sou uma vadia.

— E uma egoísta. Os homens de terno tiveram um ataque ontem quando perdemos o prazo. E como nenhum deles conseguiu entrar em contato com você, descontaram em mim.

— Sim. Eles também me deixaram algumas mensagens. Nenhuma era muito agradável, se isso ajuda.

— Não ajuda. — Leslie entrou no escritório e parou em frente à mesa. — Que diabos, Sid?

— Olhe, me desculpe pelo meu sumiço de ontem, mas temos um grande problema. Ou, não sei, possivelmente um grande problema.

— Sim. A produção precisava dos cortes para o oitavo episódio ontem e nós não os entregamos. Não temos nada decente para dar a eles, e mesmo que tivéssemos, não há tempo suficiente para produzir um episódio até amanhã à noite. Então, sim, eu diria que temos um grande problema.

— Bem, então temos mais do que um problema, mas o meu é maior do que o de vocês.

Leslie cruzou os braços.

— O que está acontecendo?

Por um momento, Sidney encarou sua parceira enquanto os acontecimentos da véspera rodavam em sua mente.

— Acho que Grace matou Julian Crist.

51

Quinta-feira, 20 de julho de 2017

– ÓTIMO – GRAHAM DISSE, ENTRANDO NO ESCRITÓRIO DE
Sidney. — Você está aqui.

— Graham, antes que você comece...

— Não — Graham a interrompeu em um tom tranquilo. — Não antes
que eu comece, nem depois que eu comece. Eu vou falar e você vai ouvir.
Você também. — Ele apontou para Leslie. — Você é uma funcionária
desta emissora. Eu sou seu chefe. Quando eu ligo para você a respeito de
um prazo, você *retorna a ligação para mim*. Não no dia seguinte, nem uma
semana depois. Temos milhões de dólares investidos em um projeto que
você está produzindo. Ninguém do seu pessoal sabia onde você estava
ontem. Ninguém tinha respostas do motivo pelo qual o prazo estava
sendo perdido. Esse projeto não é um programa de merda para a Netflix.
É uma produção de horário nobre para uma rede de tevê importante.
Você segue as nossas regras, ou nós te demitimos. Não temos renegados
aqui. Quer agir como uma cineasta independente? Volte para a internet.
A produção estava esperando as edições ontem para o episódio de
sexta-feira. Onde elas estão?

— Graham...

— As edições estão prontas, Sidney?

— Não.

— Por que não?

— Algo aconteceu.

— Alguém de sua família próxima morreu?

— Não.

Graham apontou o dedo indicador para ela como se estivesse lançando um dardo.

— Você assinou um contrato para produzir dez episódios neste verão. Um por semana. Você esboçou e apresentou o formato, e nós o compramos. Todos nós entendemos que exigiria muitas horas de trabalho e prazos apertados, e você prometeu que conseguiria lidar com isso. Demos uma chance para você, e agora temos uma das maiores audiências da história da tevê pronta para assistir amanhã à noite um episódio que não vai ao ar! Que diabos, Sid?!

A gravata de Graham estava torta, e as mangas de seu paletó tinham subido até os antebraços durante seu discurso inflamado.

— Leslie e eu discutimos as nossas opções, e concordamos que precisamos de um episódio *filler* para amanhã à noite — Sidney disse.

— *Filler*?

— Uma recapitulação — Sidney esclareceu. — Um episódio de resumo do que houve até agora. É o momento perfeito para isso. Ajudará os telespectadores relutantes que não querem se comprometer em assistir a sete horas de tevê em *streaming*. Um episódio de recapitulação vai atualizar toda a audiência e prepará-la para os episódios finais. Ray Sandberg vai adorar essa ideia. Mais telespectadores significam mais dinheiro para encher sua carteira já bem recheada. E em vez de dez episódios, ele recebe onze.

— Não entendo o seu desprezo pelo sucesso de seu próprio documentário. Sim, a emissora está ganhando dinheiro. Mas você também. Ao menos, você está prestes a ganhar se não fizer nenhuma burrada. E está na condição de ganhar muito mais quando Sandberg lhe oferecer um contrato para produzir outro documentário para o próximo verão. Ele planejou fazer isso, mas não sei se vai acontecer agora. E, no momento, não sei se apoio totalmente a ideia de renovar o contrato com você para outra produção.

— Não exagere, Graham. Perdi um prazo.

— Não estou preocupado com sua carreira hoje. O mais urgente é que preciso de um episódio para amanhã à noite.

Sidney respirou fundo. Sempre foi um desafio equilibrar seu relacionamento pessoal com Graham e a realidade da hierarquia profissional na emissora. Ela gostaria de chamá-lo de *babaca* por gritar com ela como um anormal e por abandoná-la tão abruptamente no bar algumas noites atrás. E ela teria feito exatamente isso se esse encontro ocorresse em qualquer lugar fora do escritório, com Leslie como testemunha e com a porta escancarada. Sidney tinha certeza de que toda a sua equipe estava na ponta dos pés do lado de fora de sua sala, esticando os pescoços para ouvir cada sílaba. Em vez de xingá-lo, Sidney decidiu fazer a melhor cara de paisagem possível.

— Leslie e eu vamos fazer os cortes para o episódio de recapitulação hoje. Não temos de produzir nada novo além de minha narrativa. Talvez os caras do som tenham de gravar alguma voz em *off*. Todas as imagens virão dos episódios anteriores. Faremos isso pela manhã e entregaremos para a produção depois do almoço. Vou trabalhar com eles durante todo o dia e não irei embora até a finalização do episódio.

— E o episódio da próxima semana?

— Será um episódio original.

Graham passou a mão pelo cabelo e puxou os punhos das mangas para ajeitar o terno.

— Vou me encontrar com Sandberg agora, o informarei da recapitulação e direi que acho que é uma boa ideia.

Sidney achou que Graham queria lhe dizer algo mais suave do que o tom que ele usara até aquele momento. Mas fosse o que fosse que ela vira nos olhos dele ou ouvira em sua voz, tudo o que ela conseguiu foi um aceno sutil antes de ele se virar e sair de seu escritório.

Então, Leslie abriu as mãos.

— Por que você não disse para ele?

— Que a garota para quem eu acabei de conseguir a anulação da condenação é culpada de modo inquestionável? Por algumas razões. Primeira, Sandberg perderia a cabeça. Segunda, eu seria demitida, o que significaria que vocês seriam demitidos. Terceira, não seria capaz de terminar o documentário do jeito que quero terminar. E quarta, ainda não tenho certeza de nada.

— Então, qual é o plano?

— Não sei. Mas ganhei uma semana para descobrir.

52

Quinta-feira, 20 de julho de 2017

SEM INTERVALOS, SIDNEY TRABALHAVA NO ESTÚDIO DE produção ao lado de engenheiros de som, roteiristas e designers gráficos. Às três da tarde, conforme as instruções, ela entregou os cortes para o episódio de recapitulação. Rapidamente, Graham Cromwell e Ray Sandberg expressaram seus desagrados com o trabalho dela e entregaram uma longa lista de mudanças. Sidney e Leslie cuidaram dessas mudanças até às oito da noite.

Descontente, a produção esperava enquanto o sol de verão se punha e a escuridão cobria a cidade. Às nove horas, a produção recebeu o corte final do episódio de resumo, aprovado pelos chefes da emissora e programado para ir ao ar na noite de sexta-feira. Sidney não sentiu alívio. O relógio zerara e começara a correr de novo. Ela tinha menos de uma semana para entregar o próximo episódio e não fazia ideia de seu conteúdo.

Sidney foi embora do escritório e descartou seu desejo por uma dose de Casamigos. Grace Sebold, ainda escondida no arranha-céu de Ellie Reiser, era sua próxima parada. Sidney evitara pensar nesse confronto o dia inteiro, mas não podia mais adiar. Assim, pegou um táxi para Tudor City e desceu na Windsor Tower. Deu seu nome e esperou enquanto o porteiro interfonava. Quando ele lhe permitiu o acesso, Sidney entrou no elevador pouco antes de as portas se fecharem. Grace já a esperava no corredor e a cumprimentou:

— Olá.

Grace parecia melhor do que Sidney jamais a vira. Seu cabelo prematuramente grisalho estava elegantemente penteado; uma mudança radical em relação ao cabelo emaranhado que Sidney conhecera em suas visitas a Santa Lúcia. Podendo se tratar com produtos diferentes do sabão em barra da prisão, incluindo a ajuda de uma camada de base e *blush* que escondia a palidez de sua pele, a transformação era notável.

— Uau! Você está... É clichê dizer *linda*?

Grace sorriu.

— Não me importo se é clichê. É a primeira vez que alguém me chama assim em anos. Realmente me sinto como uma *pessoa* de novo. Entre.

Sidney adentrou o apartamento. As longas janelas permitiam uma visão das luzes da cidade de Nova York.

— Sem Derrick? — Grace perguntou.

— Sem. Faremos mais filmagens depois. Talvez na próxima semana. Preciso conversar com você a respeito de algo que surgiu.

— Claro. O que você precisar. Ellie ainda não voltou do trabalho. Ela foi chamada para um parto.

Veio uma voz do outro aposento:

— Quem é?

Sidney reconheceu a fala ligeiramente ininteligível de Marshall Sebold.

— É Sidney — Grace respondeu-lhe. — Marshall se tornou mais expansivo desde que voltei para casa. É o que meus pais me dizem. Eles me disseram que ele se fechou em si mesmo nos últimos anos, mas agora vem falando mais. É uma coisa boa, mas com as visitas ele pode ser um pouco opressivo.

— Marshall e eu já nos conhecíamos desde antes da outra noite — Sidney revelou. — Falei com ele quando entrevistei seus pais pela primeira vez. Cheguei a jogar uma partida de xadrez com ele.

Grace sorriu.

— Claro que sim. Marshall pode enganar qualquer um em um jogo. Ele é um trapaceiro.

Elas entraram em uma grande sala de estar, decorada com móveis contemporâneos e arte moderna. *Ellie Reiser está se saindo bem*, Sidney pensou novamente.

— Marshall, você se lembra de Sidney, não é? — Grace perguntou.

Marshall se retraiu na cadeira de rodas e olhou para o colo, os pulsos dobrados e os dedos atrofiados entre os joelhos.

— Oi, Marshall — Sidney o saudou, sorrindo.

— Você quer jogar xadrez? — Marshall indagou, com a voz abafada.

— Sidney não veio jogar xadrez, Marshall.

— Só uma partida. Como antes — Marshall insistiu.

Grace olhou para Sidney e sorriu.

— Desculpe. Ele está um pouco agitado trancado aqui comigo. Assim que terminarmos de filmar as cenas restantes de que você precisa, Marshall e eu pretendemos ir para a casa do lago de Ellie para uma mudança de ambiente. Vai ser bom para nós dois.

— É uma boa ideia.

— Vamos jogar? — Marshall voltou a perguntar.

— Eu vou jogar, Marshall. — Sidney sorriu-lhe. — Você vai se lembrar de que não sou muito boa.

— Você é uma santa. — Grace olhou para o irmão. — Uma partida só. E rápida.

Marshall tirou as mãos do colo e as colocou nas rodas de sua cadeira ir até a sala de jogos, onde estava seu jogo de xadrez. Quando ele passou por Grace, ela esticou o pé e interrompeu o avanço da cadeira de rodas.

— Mas só se você andar — ela disse.

Marshall tirou as mãos das rodas e as colocou de volta no colo, com o queixo caindo sobre o peito.

— Não. Isso funciona com a mamãe, não comigo. Você caminha até a sala de jogos e se senta no sofá, ou Sidney não jogará com você.

Sidney permaneceu em silêncio observando a interação entre os irmãos, vislumbrando tanto uma aura de amizade como a natureza maternal de uma irmã mais velha que provavelmente era a única pessoa, além de seus pais, em quem Marshall podia confiar.

— Você quer jogar ou não? — Grace perguntou.

Enfim, Marshall levantou-se da cadeira de rodas e caminhou até a sala de jogos com um andar ligeiramente alterado, com os sapatos ortopédicos retumbando no piso. Assim que ele se sentou no sofá e começou a montar o tabuleiro com as peças, os pulsos dobrados e os dedos rígidos se desdobraram magicamente. A transformação em estatura, Sidney notou, foi notável. Ela se lembrou de que algo parecido ocorreu semanas antes na casa dos Sebold.

— Ele consegue fazer muita coisa sozinho — Grace comentou —, mas precisa ser pressionado. O TCE, ou seja, a lesão cerebral, levou à distrofia muscular progressiva. Se ele não usar os músculos, vai perdê-los. Marshall não costumava ficar tão ruim assim. Quase partiu meu coração a primeira vez que eu o vi em uma cadeira de rodas quando ele me visitou em Bordelais. Levei um susto ao voltar para casa e ver que tinha progredido tanto. Meus malditos pais não fizeram com que ele se ajudasse por anos. Sem motivação, Marshall simplesmente vai ficar sentado naquela cadeira e deixar o corpo atrofiar. Ele não sabe o que faz. Não consegue evitar a menos que seja lembrado. Agora que estou por perto, eu o lembro com frequência. Mais do que ele gosta. Acho que ele está se cansando de mim.

— Duvido — Sidney disse.

— O xadrez é o seu único interesse. Quando Marshall joga xadrez, as doenças físicas desaparecem. Os músculos se soltam e ele pode usar as mãos e os dedos tão bem quanto você ou eu. A fala melhora e o balbucio desaparece. Os médicos dizem que isso acontece porque Marshall utiliza uma pequena parte do cérebro que só consegue acessar por meio do jogo de xadrez. Quando ele utiliza essa parte da mente, supera as limitações físicas. Basicamente, quando ele joga xadrez, fica como antigamente. Ainda que ele não repare na mudança... ao menos, ele nunca a mencionou. Acho que é por isso que gosta tanto de jogar.

— Isso é incrível. — Sidney observava Marshall se sentar e se mover como se não tivesse nenhuma doença física. — Ele anda muito bem.

— Estava pior logo que cheguei em casa. Agora melhorou. Bastaram poucos dias de pressão da minha parte. Lembro que, antes de eu ir embora, os médicos nos diziam que, com a fisioterapia, ele poderia andar razoavelmente por muito tempo, até os trinta anos. Talvez até os quarenta, antes de ficar preso permanentemente a uma cadeira de rodas. Só tenho de ficar com ele. Meus pais... Eu os amo, mas Marshall foi um grande peso para eles. Meu irmão vai precisar de mais ajuda do que posso lhe dar, mas meus pais estavam prontos para interná-lo em uma instituição de assistência a deficientes. Ele não está preparado para isso, nem eu. Assim que as coisas se acalmarem com a mídia, espero voltar para casa e cuidar melhor dele até conseguir um lugar só para mim.

Sidney piscou ao olhar para Grace. Vê-la com Marshall deixava aquela visita mais difícil do que já seria.

— Você é uma boa irmã.

— Vou preparar um café. Vá jogar xadrez. Depois conversamos. Aliás, o que está acontecendo? Algum problema?

Sidney hesitou antes de responder:

— Ainda não tenho certeza.

A expressão de Grace foi interrogativa. Ela apontou para a cozinha.

— Vamos conversar quando você terminar. — Apertou o pulso de Sidney. — Obrigada por jogar com ele e por tratá-lo como... um igual.

Grace se dirigiu à cozinha, e Sidney foi para a sala de jogos, onde Marshall organizava seu novo jogo de xadrez, que a irmã comprara para ele quando voltara para casa depois de passar dez anos na prisão. Sidney entrou na sala de jogos e se sentou defronte a ele.

— Gosto do novo jogo.

— Não é tão bonito quanto o meu antigo — Marshall disse, dando um olhar indiferente.

Sidney se lembrou do jogo de porcelana de *Lladró* de semanas atrás, quando ela jogara xadrez no quarto de Marshall. As peças medievais intricadas foram agora substituídas por figuras de madeira tradicionais. O barato estojo de plástico que ela observava agora parecia um grande retrocesso em relação aos elaborados estojos de madeira de pinho que continham as peças pretas e brancas de *Lladró*.

— Por que Grace comprou um jogo novo para você? Seu antigo era muito bonito.

— Minha irmã não gosta de jogar no antigo. Traz de volta lembranças ruins para ela. Então, ela me pediu para guardá-lo. Durante todo o tempo que Grace ficou longe, só o peguei uma vez, quando você e eu jogamos.

— Por que traz de volta memórias ruins para ela?

Marshall deu de ombros.

— Simplesmente faz com que ela se lembre de sua antiga vida. Ela quer uma nova vida agora. Não a culpo. Como esse jogo de xadrez, acho que ela espera que sua nova vida seja mais simples do que a antiga. Pretas ou brancas?

Sidney olhou para as peças.

— Brancas.

Marshall empurrou as peças desgarradas de seu jogo anterior com Grace para Sidney. Ela as arrumou.

— Você começa — Marshall disse.

Sidney avançou um peão.

Marshall avançou o seu, imediatamente oposto.

— Por que você gosta tanto de xadrez, Marshall?

Ele deu de ombros.

— Não sei.

— Nenhuma ideia?

— Acho que é porque eu costumava jogar futebol americano, e o xadrez é um jeito de competir.

— Sua mãe me disse que você era uma grande estrela no colégio.

Marshall permaneceu calado.

— Ainda sente falta do futebol americano?

Marshall deu de ombros.

— Não acompanho. Nunca consegui assistir a um jogo da liga nacional ou universitária. Só me faz pensar... o que poderia ter sido.

— O xadrez tem essa característica competitiva. É por isso que você nunca perde?

— Eu perco — Marshall respondeu. — Só não gosto quando isso acontece.

Sidney olhou para a cozinha. Grace estava fora de vista. Sidney ouviu a torneira funcionando enquanto Grace enchia a cafeteira. Ela voltou a olhar para Marshall.

— Quando conversamos da última vez, quando você e eu jogamos xadrez em sua casa, você me disse que sabia muita coisa a respeito dos amigos de Grace.

— Sim — Marshall afirmou, estudando o tabuleiro.

— Que você ouviu muita coisa, e que as pessoas subestimavam sua consciência.

— Eu lembro.

Sidney hesitou apenas por um momento.

— O que você pode me contar a respeito de Henry Anderson?

A menção do nome do ex-namorado de Grace fez Marshall tirar os olhos do tabuleiro. Por pouco tempo, ele fez contato visual e, em seguida, voltou a atenção para o tabuleiro.

— O que você quer saber?

Sidney fez outra pausa breve.

— Quero saber como a mesma coisa aconteceu com duas pessoas diferentes que amavam a sua irmã.

Marshall permaneceu calado durante um bom tempo, analisando o jogo.

— Sabe, é engraçado. Eu estava pensando na última vez em que jogamos xadrez... — Ele a encarou. — Você me disse que todos os envolvidos em meu acidente deviam ter remorso por causa dele. Que Ellie, principalmente, devia sofrer por aquela noite. Você lembra que me disse isso?

— Sim, Marshall. Você ainda sente raiva de Ellie por causa do acidente?

Marshall fez que não com a cabeça.

— Nunca fiquei com raiva de Ellie.

— Não?

— Não. Não era ela que estava dirigindo.

Sidney se reclinou. Sentiu algo acontecendo entre eles e se manteve em silêncio.

— Grace insistiu que queria dirigir — ele prosseguiu. — Ellie se ofereceu, mas Grace ficou atrás do volante. Ellie sabia das consequências para Grace. Sua melhor amiga bêbada e envolvida em um acidente grave. Nenhuma das duas ficou ferida. Assim, antes de a polícia chegar, elas trocaram de lugar e Ellie ficou atrás do volante. O motorista do caminhão estava bêbado. A culpa recaiu sobre ele, o que foi perfeito para Grace e Ellie. Salvou as duas de uma enrascada. Para mim, realmente não importava. — Marshall se voltou para o tabuleiro.

Houve outro momento de quietude entre os dois.

— O que isso tem a ver com Henry Anderson, Marshall?

— Tive raiva de Grace por muito tempo. Ela foi embora e eu fiquei do jeito que sou. Naquela época, ruim. Hoje, pior. No futuro, pior ainda. Mas a raiva que sentia de Grace não durou. Nós dois temos uma ligação que ninguém mais entende.

— Porque você a salvou quando doou sua medula óssea?

— Sim, faz parte disso. Mas muitas pessoas doam a medula. Depois do acidente, percebi que precisava dela para me ajudar quando meu corpo falha. Grace também sabia disso. Eu não podia ficar com raiva dela por muito tempo. E me senti aliviado quando ela voltou para casa.

— Mas, Marshall, como Henry Anderson entra em tudo isso?

— Agora que Grace está de volta, eu me recuso a perdê-la de novo. Mantive o segredo por bastante tempo.

— O segredo de Ellie e Grace? A respeito do acidente?

— E todos os outros segredos que o grupo escondeu e enterrou.

Sidney olhou na direção da cozinha e depois de novo para Marshall.

— Que outros segredos?

Ele inclinou a cabeça para baixo, analisou o tabuleiro e considerou seu próximo movimento.

— Marshall, que outros segredos?

— Você soube que Daniel e Ellie foram os únicos amigos que mantiveram contato com Grace. Neste momento, você precisa saber que os dois são apaixonados por ela. Deve ser óbvio para você.

Sidney piscou algumas vezes e se curvou ainda mais para a frente.

— Apaixonados por Grace?

— É triste. Até hoje. Depois de todos esses anos. — Marshall moveu a torre.

— Você quer dizer que eles *amam* Grace. Não que eles estão *apaixonados* por Grace.

— Não. — Marshall tornou a encarar Sidney. — Quero dizer que eles estão apaixonados por Grace.

Sidney ficou calada. Enquanto isso, Marshall abriu a gaveta da mesa e tirou dela o saquinho contendo o cadeado do amor de Grace.

— Sabe que ela manteve isto todo o tempo que minha irmã esteve fora?

— Quem?

— Ellie. Ela o escondeu depois que Grace foi para a prisão. Era importante que ninguém o encontrasse depois de Sugar Beach. Ellie deve ter fingido que lhe pertencia e tentou ignorar o que realmente representava. Fiquei surpreso por ela tê-lo entregado para Grace quando minha irmã teve permissão para manter alguns pertences pessoais na cadeia. Daniel e Ellie odeiam esse cadeado do amor. Os dois queriam seu próprio nome sob o de Grace.

Marshall deixou cair o cadeado de volta no saquinho e o entregou a Sidney. Ela retirou o grande e antigo cadeado do amor com uma sensação estranha de mau presságio.

— Ellie ou Daniel odiava os nomes nesse cadeado — Marshall disse.

Sidney olhou para o cadeado. Era tão grande quanto a palma de sua mão. Pesado e antigo, tinha uma chave de duas pontas que se estendia do mecanismo de travamento na parte inferior. Havia dois nomes gravados na superfície: *Grace e Julian.*

Era exatamente como Sidney se lembrava da primeira vez em que Grace o mostrara a ela na Penitenciária de Bordelais.

— Eles odeiam *os nomes*? — Sidney perguntou. — Grace e Julian?

— Julian e Henry — Marshall respondeu, analisando o tabuleiro novamente.

— O nome de Henry não está no cadeado, Marshall.

— Não mais. Costumava estar. Agora ficou por baixo.

Sidney olhou o objeto mais de perto e percebeu a raspagem na superfície onde estava localizado o nome de Julian. Ela imaginou o nome de Henry gravado ali originalmente, raspado e removido alguns anos depois para produzir um passado limpo e gravar o nome de Julian no lugar. O nó no estômago ficou mais apertado.

— Esse cadeado tem sido algo perigoso ao longo dos anos — Marshall afirmou. — Causou muita dor. Mas eu consegui manter os segredos.

— Ele balançou a cabeça. — Minha lealdade está em declínio. Sei que todo o mundo me subestima. Supõe que não percebo o que se passa ao meu redor. Mas não vou deixar a mesma coisa acontecer de novo. Avisei Grace que não deixaria.

— Avisou Grace a respeito do quê? — Sidney perguntou.

— Sem dúvida, você investigou o caso de Henry Anderson. Sei o que deve estar pensando. Grace nunca vai lhe contar a verdade. Ela é muito leal. Não quero minha irmã julgada de novo por um crime que não cometeu.

Marshall deu um tapinha no tabuleiro com o dedo.

— Sua vez de jogar, Sidney. Faça um bom movimento.

Sidney percorreu com os olhos a sala de jogos e, depois, olhou na direção da cozinha uma última vez. Ela ouviu a água na cafeteira borbulhando e Grace tilintando as canecas enquanto as tirava do armário. Sidney recolocou o cadeado do amor no saquinho. Ao fazer isso, sentiu a borda lisa e arredondada. Lembrou-se das fotos lado a lado das fraturas cranianas de Julian e Henry que Lívia Cutty lhe mostrara no dia anterior. A veia no pescoço de Sidney latejou mais rápido. Sua respiração ficou superficial e ineficiente.

Descuidadamente, moveu as peças do xadrez por mais dezesseis minutos. Então, Marshall anunciou o xeque-mate.

53

Sexta-feira, 21 de julho de 2017

SIDNEY ESTAVA DO LADO DE FORA DO INSTITUTO MÉDICO
Legal de Nova York. Por alguns minutos, enquanto esperava, andou de um lado para o outro. O sol já estava alto, lançando a cidade em um brilho púrpura azulado, espreitando sobre o Brooklyn e escorrendo seu reflexo ao longo do East River. Derrick apoiava-se contra a fachada do prédio, com as costas no tijolo e sua câmera Ikegami na calçada ao seu lado.

Lívia Cutty apareceu virando a esquina, deu um rápido bom-dia, destrancou a porta e os três entraram no prédio. Dez minutos depois, estavam no necrotério no subsolo.

— Gostaria de poder pôr minhas mãos em outro cadáver — Lívia disse —, mas não é fácil conseguir. Só conseguimos os dois em Raleigh porque os usamos para o projeto de conclusão de curso. Se você me der uma semana, acho que consigo dar um jeitinho.

— Não tenho uma semana — Sidney respondeu, fazendo um gesto negativo com a cabeça.

— Então, teremos de usar os modelos Synbone e a pele de porco. Como você viu durante os experimentos originais, são bastante semelhantes à pele e aos ossos humanos. Não valeriam em um tribunal, mas para o que você está atrás, tudo bem. Vamos dar uma olhada.

Derrick já estava filmando quando Sidney tirou o cadeado do amor de Grace Sebold de sua bolsa. Ela o pusera ali à noite após o jogo de xadrez com Marshall e antes de usar uma dor de cabeça como desculpa para evitar a conversa que planejara com Grace. Foi uma partida abrupta e estranha, mas, com sua mente processando tantas coisas ao mesmo tempo, Sidney não conseguiu pensar em nenhum outro jeito mais original de cair fora do apartamento. No caminho para casa, ela ligou para Lívia e marcou esse encontro matinal.

Sidney entregou o saquinho e o cadeado para Lívia, que disse:

— É bem pesado. E as bordas são lisas e arredondadas.

— Você acha que é capaz de ter provocado a fratura craniana de Henry ou Julian?

— Vamos descobrir.

A doutora Cutty foi direto ao assunto. Ao lado de uma mesa de autópsia, havia uma réplica Synbone de um crânio humano. Sidney se lembrou da imitação de poliuretano que se assemelhava ao osso humano de quando Cutty e seus colegas a usaram em Raleigh, junto com os cadáveres, para refutar a teoria do remo do barco. Lívia guarneceu a parte posterior do modelo de crânio com pele de porco, que continha uma interface adesiva que se prendia firmemente ao crânio artificial. Ela colocou o modelo em um poste e ajustou sua altura para um metro e oitenta e oito, correspondente à estatura de Julian Crist.

Lívia recolocou o cadeado no saquinho, apertou os cordões e, em seguida, segurou a parte superior como se empunhasse uma meia cheia de moedas. Deu um passo atrás do crânio no poste, assumiu uma postura agressiva de *kickboxing*, ergueu o saquinho com o cadeado do amor acima do ombro direito e, finalmente, trouxe tudo para baixo com força sobre o osso artificial.

O barulho do impacto foi menos nauseante do que quando Lívia golpeou Damian, o cadáver, mas ainda assim Sidney sentiu uma onda de choque percorrê-la.

— Vejamos o estrago. — Lívia entregou o cadeado do amor para Sidney e tirou o crânio Synbone do poste.

Como se descascasse um coco, a doutora arrancou a pele de porco, deixando à vista o poliuretano desnudo embaixo. Imediatamente, Lívia notou que o material sintético estava estilhaçado e tinha uma fratura deprimida expressiva, o que fez seu pulso acelerar. Ela acenou para Sidney, e, juntas, elas examinaram o dano, comparando-o com as fotos ampliadas das autópsias de Julian e Henry.

Lívia utilizou um instrumento de medição para determinar a profundidade da fratura no Synbone, e também o comprimento e a largura. Fez as medições em silêncio e, depois, olhou para Sidney. O vídeo do YouTube do experimento de Lívia com o cadáver viralizou, alcançando cerca de vinte milhões de visualizações. O prestígio da doutora Cutty cresceu no âmbito da medicina legal, e sua celebridade gerou pedidos de entrevistas e convites para escrever capítulos em compêndios de patologia vindouros. Ela recebeu diversas ligações de advogados de defesa de todo o país (e uma do Reino Unido) convidando-a para prestar consultoria (lucrativamente) em seus casos. Estava se preparando para começar seu primeiro emprego após o curso de especialização no prestigioso Instituto Médico Legal de Nova York e, sem dúvida, a doutora Cutty não precisava de mais valorizações em seu perfil. No entanto, com certeza, a cena na sua frente iria exatamente trazer isso.

— A mesma profundidade — Lívia informou. — Cerca de três centímetros. Obviamente, pode variar em função da força aplicada no cadeado. No entanto, o comprimento e a largura das fraturas coincidem. Ao menos, são bastante similares para dizer que foram produzidos pelo cadeado.

Sidney passou a mão pelo cabelo e olhou rapidamente para Derrick, que não tirara o olho do visor da câmera.

— Vamos fazer uma análise da fibra daquele saquinho — Lívia disse —, para ver se é feito de organza.

54

Sexta-feira, 21 de julho de 2017

PERTO DO HORÁRIO DE O EPISÓDIO DE RECAPITULAÇÃO da temporada de *A garota de Sugar Beach* ir ao ar, Sidney desligou seu computador. Ela acabara de juntar as imagens que Derrick gravara naquela manhã de Lívia Cutty no necrotério. O que exatamente ela planejava fazer ainda não estava claro. Naquela tarde, Graham irrompera em seu escritório para mostrar os últimos números da pesquisa com a audiência, que indicaram que noventa e cinco por cento dos telespectadores ficariam satisfeitos com a anulação da condenação de Grace Sebold, que estava programada para ser exibida na última parte do décimo episódio. Graham também revelou os esboços que a direção da emissora tinha criado, detalhando o conteúdo do oitavo e do nono episódios. Sidney ouviu a proposta de Graham com o tipo de concentração surda de alguém com assuntos mais prementes na cabeça.

Depois da partida de Graham, Sidney passou o resto da tarde concentrada no conteúdo do fichário de Julian Crist, lendo e relendo as informações, até encontrar o que procurava. Ela lembrou que Don Markus, o detetive que havia entrevistado no início do documentário, mencionara o documento. Ele estava enterrado nas resmas de informações que vieram da polícia de Santa Lúcia, mas, após uma busca página por página, ela o localizou. Sidney precisou de um tempo para se dar conta de seu possível uso. Naquele momento, quase oito da noite, no final de uma semana vertiginosa, as olheiras estavam mais escuras e a pálpebra esquerda não parava de tremular. A pressão do que descobrira, e a ansiedade de estar na iminência de prová-lo, a esgotara, e ela ainda precisava fazer mais uma parada naquela noite. Inesperadamente, a voz grave de Luke Barrington tomou conta de seu escritório. Com certeza, aumentaria seu nível de estresse.

— Ouvi dizer que você anda criando muita confusão com os chefões daqui — Luke comentou.

Sidney pegou o pen-drive que continha suas edições das últimas duas horas e o guardou na bolsa, que pendurou no ombro.

— Eu estava saindo, Luke. Você precisa de algo ou está aqui apenas para tirar sarro de mim?

— Estou aqui para dizer que estou orgulhoso de você.

Sidney acabou de recolher as páginas do fichário de Julian Crist e se preparava para passar por Luke sem oferecer contato visual, mas a frase dele a deteve. Em pé atrás de sua mesa, ela o encarou.

— Não sou muito humilde — Luke disse. — Então, considere isso se servir de consolo. Você os deixou morrendo de medo. Espero que saiba disso.

— Quem?

— Os homens de terno. Eles te consideram um fio desencapado, mas também sabem que você é uma artista talentosa. Odeiam você por não se conformar com o jeito deles de fazer as coisas, mas te amam por ter criado um programa a que mais de vinte milhões de pessoas estão assistindo a cada semana, por cujo espaço os anunciantes estão brigando. Para os executivos de uma grande rede de tevê, você os assusta muito. Você ganha dinheiro para eles, mas é imprevisível.

— Como é? Eles o mandaram aqui para me controlar?

— Sim. Conversaram comigo a esse respeito. Eu lhes disse que falaria com você.

— Luke, eu perdi um prazo. Não é o fim do mundo, e no quadro mais amplo...

— Não faça do jeito deles — Luke a interrompeu.

— O quê?

— Faça do *seu* jeito. Droga, Sidney, se eu pudesse começar minha carreira e seguir um caminho que representasse rigorosamente os meus interesses, faria isso em um segundo. Em vez disso, aqui estou eu. Um prostituto dos índices de audiência. Vivo em função dos meus índices de audiência, e, com o tempo, morrerei em função deles. Fiquei tão bitolado que nem sequer tenho de escolher minhas histórias. Tenho de me manter fiel às massas. Elas me dizem o que apresentar, e eu faço isso. Se apresento algo que não é um campeão de audiência, sou um fracasso. Não coloque sua carreira no mesmo rumo.

— Por que está me dizendo isso?

— Porque sei do que você está atrás. E comparo isso com o que persegui durante toda a minha carreira. Eu fiquei atrás de fama e fortuna. Você está atrás da verdade. O que nunca consegui entender até ver você nos últimos meses é que não temos de perseguir um ou outro. Mas temos de começar procurando a verdade, e não o contrário.

Sidney sorriu com timidez.

— Não tenho certeza de que Ray Sandberg apreciaria os conselhos que você está me dando.

Luke também sorriu.

— Foda-se. — Ele se virou para sair. — Mal posso esperar para ver os episódios finais. Mas faça do seu jeito.

Pela primeira vez desde que o conheceu, quando Luke Barrington saiu, não havia nenhum zumbido cavernoso nos ouvidos de Sidney.

EMBORA FOSSE UM EPISÓDIO DE RECAPITULAÇÃO, CRIADO porque novas descobertas a fizeram se questionar sobre como ela queria prosseguir com o documentário, Sidney se recusou a produzir um trabalho abaixo do padrão. Ela e Leslie garantiram que o episódio fosse uma recapitulação bem construída e divertida dos sete episódios anteriores, incluindo resumidamente os detalhes da morte de Julian Crist e da prisão de Grace Sebold, os furos que existiam em sua condenação, os erros no julgamento e nos procedimentos feitos pela polícia de Santa Lúcia, e uma explicação das provas contra Grace Sebold.

Qualquer um agora interessado em começar a acompanhar o documentário tinha a oportunidade de se atualizar em sessenta minutos. O problema de Sidney era para onde ela iria a partir dali. Sidney sabia, em face dos acontecimentos recentes, que o destino do esboço de Graham para os três episódios finais era a lata de lixo. O jeito como os executivos queriam que o documentário terminasse — certinho e limpinho, com um grande laço vermelho amarrado à anulação da condenação de Grace Sebold — não ia acontecer. Uma vez que a morte de Henry Anderson fosse revelada, o laço iria se romper. E se ela seguisse adiante com a teoria do cadeado do amor e de quem o usou, não havia chance de chegar ao fim em três semanas.

Sidney pegou um táxi e pagou a tarifa vinte minutos depois, quando o motorista encostou na frente do Alcove Manor. Ela se apresentou na recepção, pregou o crachá na blusa e entrou no elevador. Encontrou Gus Morelli sentado na cadeira ao lado da cama assistindo ao episódio de recapitulação. Ele desviou os olhos da tevê quando Sidney entrou e, logo em seguida, apontou para a tela.

— Que diabos é isso?

— Um episódio de resumo.

— Eu me dignei a assistir a toda a temporada. Não preciso de uma recapitulação.

— Assistiu de uma tacada. E eu perdi um prazo, graças à sua carta. Isso é o que você conseguiu.

Gus emudeceu a tevê.

— O que você descobriu?

— As fraturas cranianas são iguais — Sidney respondeu.

— Como pode ter tanta certeza? — Gus semicerrou os olhos.

— A médica-legista comparou as fraturas cranianas de Henry com as de Julian Crist. São quase idênticas.

— Puta merda!

— E acho que encontrei a arma do crime.

Gus balançou a cabeça como se aquela informação fosse demais e, em seguida, acenou com a mão.

— Me ajude a ficar de pé. Preciso andar enquanto você me conta essa história.

Minutos depois, Sidney caminhava ao lado de Gus enquanto ele se arrastava pelo corredor usando o andador e a prótese. Ela contou a história das últimas vinte e quatro horas, incluindo a tentativa frustrada de confrontar Grace Sebold, a enigmática partida de xadrez com Marshall, o cadeado do amor e a visita ao necrotério da doutora Cutty naquela manhã.

— Foi uma tremenda descoberta — Gus afirmou.

— Agora a questão é: o que eu faço com isso? Tenho de falar de novo com a senhora Anderson para informá-la do que descobrimos e para ver o que ela quer fazer a respeito. Depois, tenho de falar com a polícia.

— Reabrir um caso de vinte anos atrás nunca é uma prioridade na lista da polícia. Ela não se interessou quando tentei, depois de oito anos. Porém, com bastantes provas e pressão, como você pode ser capaz de reunir, o caso não poderá ser ignorado. A outra questão é que ela acabou de sair da prisão.

— Grace?

— Sim. A condenação dela foi anulada por um governo estrangeiro, mas não acho que Santa Lúcia possua uma lei contra um segundo julgamento. Tenho de verificar para ter certeza. Então, é possível que ela venha a ser julgada pelo mesmo crime lá. Mais um novo julgamento em relação ao caso de Henry Anderson aqui nos Estados Unidos.

— A menos que não tenha sido ela.

Gus parou de se arrastar e a encarou.

— Você falou de intuição, antes. Que, de vez em quando, você confiava nela quando estava trabalhando. Bem, minha intuição está dizendo que não foi Grace.

— Então, quem foi, Sidney?

— Não sei. Uma de suas amigas. Ellie Reiser.

— De onde vem essa teoria?

— Algo que Marshall Sebold me contou. Tenho a impressão de que ele sabe mais do que alguém possa desconfiar. Também tenho a impressão de que todo o grupo de Sugar Beach tem segredos. Que estão se protegendo mutuamente. O mesmo grupo que estava em Sugar Beach também estava na Whiteface Mountain quando Henry Anderson morreu.

— Teorias malucas podem criar programas de tevê incríveis, mas a polícia as odeia.

— E se tivermos mais do que uma teoria? — Sidney perguntou quando eles fizeram a curva e seguiram pelo corredor para voltar ao quarto de Gus.

— Como, por exemplo?

— Você descobriu algo sobre a pegada que encontrou na camiseta de Julian?

Gus fez que não com a cabeça.

— Dei alguns telefonemas hoje. Um velho amigo está investigando isso para mim. Provavelmente, em um ou dois dias, terei alguma notícia.

— Se você examinar o fichário de Julian, o que fiz durante quase toda a tarde de hoje, verá que a polícia de Santa Lúcia colheu amostras de todas as pegadas que encontrou no penhasco. Também recolheu muitos calçados dos hóspedes do *resort* de Sugar Beach, incluindo os de todos os convidados da festa de casamento, para ver se coincidiam. Depois que encontraram uma correspondência com o tênis de Grace, pararam de procurar. Mas esse documento ainda estava no fichário. Continha uma lista dos calçados de todas as pessoas. O tipo de sola, o tamanho e o fabricante. Um detetive amigo meu me ajudou em um dos primeiros episódios. Ele me chamou a atenção para esse documento. O que preciso fazer é conseguir a identificação do tipo de calçado que provocou a marca que você encontrou na camiseta e na bermuda de Julian, e então ver se corresponde a qualquer uma das marcas registradas pela polícia de Santa Lúcia. Se conseguirmos uma correspondência...

—... você terá conseguido uma prova, e não apenas uma teoria. E se corresponder ao tênis de Grace Sebold?

— Eu lhe pagarei uma dose de Johnnie Walker. Mas creio que vamos descobrir que pertence a outra pessoa.

— E se corresponder à da amiga dela? — Gus perguntou.

— Nesse caso, vamos procurar a polícia. A essa altura, a coisa terá ficado maior do que o maior documentário da história da tevê.

Eles voltaram ao quarto de Gus. Ele deu alguns passos sem a ajuda do andador e se sentou na beira da cama.

— No caso de eu conseguir salvar esse documentário, você está interessado em aparecer nele, Gus? Eu gostaria de mostrar para minha audiência a carta que você me enviou e que me colocou nesse caminho, e apresentar para ela o homem que por vinte anos nunca deixou a memória de Henry Anderson desaparecer.

Gus olhou para a tevê. A doutora Cutty encarava a câmera, como se falasse diretamente com ele, explicando suas descobertas de quando ela realizara seus experimentos nos cadáveres, semanas atrás. Lentamente, Gus respondeu.

— Acho que tudo bem.

— Excelente. Entrarei em contato. Trarei minha equipe para a entrevista. Quando você tiver alguma notícia a respeito da marca, me avise.

— Obrigado. — Gus sorriu, tímido.

Sidney percebeu. Ela nunca vira Gus sorrir durante as horas que passou com ele.

— Animado com sua estreia na televisão?

— Não. Não dou a mínima para aparecer na tevê. Mas é bom me sentir como um policial novamente.

55

Sábado, 22 de julho de 2017

DERRICK ESTAVA NO CENTRAL PARK COM A BOLSA DE EQUI-
pamentos no chão e a mochila pendurada nos ombros. Nos últimos meses, ele fizera muito por aquele documentário: viajara para Santa Lúcia, filmara velhos detetives tarde da noite, registrara cadáveres sendo golpeados em um necrotério. Ele era pau para toda obra. Então, quando Sidney ligou para ele na noite passada e pediu um favor na tarde de sábado, ele nem considerou dizer não.

Avistou Grace quando ela entrou no parque, usando óculos escuros e um boné da Universidade de Nova York com a aba puxada para baixo. Grace era uma quase celebridade e continuava se mantendo em silêncio. Ao contrário da filmagem no farol de Montauk Point, que era um lugar remoto e isolado, e permitiu certa liberdade para Grace Sebold, o Central Park estava lotado na tarde de sábado. O disfarce era necessário. Porém, o parque fora um dos lugares favoritos dela, e ela queria fazer a entrevista ali.

Derrick acenou quando Grace chegou mais perto. Então, eles se transferiram para um banco isolado sob um bordo.

— Onde está Sidney? — ela perguntou.

Derrick sorriu e prestou o favor que prometeu.

— Ela está atrasada. Estará aqui daqui a pouco. — Ele apontou para o Belvedere Castle. — Vamos gravar algumas cenas no castelo antes que fique lotado. Sidney terá chegado quando terminarmos.

Grace puxou a aba do boné ainda mais para baixo e seguiu Derrick pelas alamedas do Central Park.

56

Sábado, 22 de julho de 2017

SIDNEY PEGOU O ELEVADOR NA WINDSOR TOWER E DESEM-
barcou no andar de Ellie Reiser. Ela tocou a campainha e esperou até que
Marshall atendesse.

— Ela não está aqui — ele disse quando abriu a porta, sentado na
cadeira de rodas.

— Eu sei — Sidney disse. — Vim falar com você.

Marshall retrocedeu a cadeira de rodas, virou-a e se dirigiu para a
sala de estar. Sidney entrou no apartamento e fechou a porta. Alcançou
Marshall na sala, onde viu o jogo de xadrez sobre a mesa de centro. Ele
conduziu a cadeira de rodas até próximo dessa mesa e olhou para
Sidney.

— Você ganhou de mim com facilidade na outra noite, Marshall.
Acho que não sou páreo para você.

— Aquele jogo não era uma questão de ganhar ou perder.

— Preciso fazer algumas perguntas sobre o que você me contou na
outra noite.

Sidney queria falar com Marshall sem que Grace estivesse presente.
Ela sabia que Derrick estava tomando conta de Grace e também que, para
deixar Marshall no estado de espírito certo, teria de jogar xadrez com ele.
Assim, sentou-se à mesa de centro diante de Marshall. Novamente, a
metamorfose começou a acontecer: os pulsos de Marshall se estenderam
e sua postura rígida relaxou. Em seguida, ele pegou as peças e as arrumou
no tabuleiro.

Ao se sentar, Sidney notou um dos estojos de madeira de pinho e o reconheceu de imediato. Ela viu a borda do segundo estojo dentro do saco de pano branco que estava ao lado do tabuleiro.

— Esse é o seu antigo jogo de xadrez — ela comentou.

Marshall continuou a arrumar as peças baratas de madeira no tabuleiro diante de si.

— Eu o trouxe comigo quando viemos para cá. Foi antes de eu saber que Grace comprara para mim esse novo jogo.

— Por que está aqui? Achei que você disse que evocava lembranças ruins para Grace.

— Grace não está em casa. Talvez eu o use hoje.

Com o tabuleiro arrumado, Marshall começou a partida avançando um peão. Sidney fez o mesmo.

— Eu queria conversar, Marshall, a respeito do que você me contou na outra noite.

— Tudo bem. — Ele moveu outro peão.

— E acerca do que aconteceu em Sugar Beach.

— Imaginei que você quisesse. Imagino que também queira saber mais sobre Henry Anderson. Talvez seja por isso que você está aqui, e Grace, em outro lugar, achando que vai te encontrar. Ellie está no trabalho, como tenho certeza de que você sabe.

A franqueza da conversa deteve o braço de Sidney quando ela tentou pegar uma peça.

— Eu quero entender tudo, Marshall. E sim, quero falar com você sem ninguém por perto. Você me disse que está acostumado às pessoas o subestimarem. Não sou como a maioria. Sei que você pode me ajudar. E acho que, se você me ajudar, também ajudará sua irmã.

— Provavelmente — Marshall disse. — Sua vez de jogar.

Sidney avançou um peão.

Marshall pegou seu próprio peão.

— No pequeno mundo do xadrez, você já se perguntou como deve ser desagradável ser um peão?

— Não, nunca considerei essa linha de pensamento.

— O único papel do peão é o sacrifício e o desvio de atenção. — Marshall recolocou o peão no tabuleiro, mas em uma posição irregular. — Sua vez.

Sidney fez vistas grossas para a trapaça. Marshall estava ficando nervoso, e ela sabia que tinha de pressioná-lo.

Sidney ergueu seu cavalo.

— Você vai me ajudar, Marshall? Diga-me o que sabe. Porque acho que você sabe muito a respeito de Grace e seus amigos.

Ele permaneceu calado, a atenção fixa no tabuleiro.

— Acho que você sabe a verdade, Marshall. E acho que chegou finalmente a hora de você compartilhá-la.

— Sei que você acha que Grace os matou. Mas está errada. E se você der muita importância a Henry no documentário, o público irá condenar minha irmã, como condenaram da última vez. Ela não conseguirá lidar com isso novamente. Dessa vez, não vou ficar quieto enquanto ela é julgada por Henry e julgada de novo por Julian. Fiz isso uma vez, antes.

— Não acho que Grace os matou. Vim aqui hoje para descobrir se estou certa a respeito de quem foi. — Sidney recolocou seu cavalo em uma nova posição. — Marshall, me ajude. Diga-me o que você sabe e prometo que faremos a coisa certa. Você, Grace e eu. Juntos, faremos isso direito.

Marshall apontou para o aparador diante da janela.

— Está lá. Ela realmente mostrou para Grace na noite passada.

Lentamente, Sidney dirigiu o olhar para o aparador e avistou um livro grosso de capa dura. Ela se aproximou e olhou para baixo. Era um anuário do colégio de 1999.

— Isto? — Sidney perguntou.

— Traga-o para cá. Eu vou te mostrar.

Ela carregou o anuário e o entregou a Marshall, que folheou as páginas com pouca dificuldade. Ele o pôs sobre a mesa de centro quando chegou à página desejada. Sidney observou a página ilustrada com fotos das meninas no laboratório de química, usando óculos de segurança e jalecos brancos. Ela reconheceu Grace e Ellie em uma foto no canto inferior esquerdo da página. Havia uma mensagem escrita: *Ellie e Gracie, nada vai nos separar!*

— Ela procurou o cadeado do amor na noite passada. — Marshall meneou a cabeça. — Só pude rir da sua estupidez.

— Ellie foi responsável por Henry e Julian? Ela tem algo a ver com a morte deles, Marshall?

O anuário estava aberto sobre a mesa de centro ao lado do tabuleiro. Marshall tentou pegar uma peça, mas Sidney pôs sua mão com cuidado sobre a dele, que a fitou.

— Diga-me o que você sabe, Marshall. Me fale de Ellie. Não guarde mais o seu segredo.

Marshall a encarou, em um momento estranho de silêncio.

— Você tem de me devolver o cadeado de Grace. Ela ficaria chateada se soubesse que eu dei pra você. Ela vai ficar chateada de qualquer forma, mas não vejo o que mais eu posso fazer agora.

Lentamente, Sidney tirou da bolsa o cadeado de Grace e o colocou sobre o anuário aberto, junto com o saquinho que o continha.

— Ellie sempre sentiu um afeto estranho por Grace. Ela assumiu a culpa pelo acidente para proteger Grace e carregou esse fardo todo esse tempo. Ela contou para Julian sobre o passado de Grace e Daniel, na esperança de separá-los. Quando isso não funcionou... — Marshall apontou para os itens sobre a mesa de centro.

Sidney viu o cadeado do amor, o anuário aberto e o antigo jogo de xadrez de Marshall. Então, seu celular tocou.

Marshall voltou a olhar para o tabuleiro e estudar o jogo. Sidney apanhou o celular da bolsa e atendeu:

— Alô?

— Oi, sou eu.

— Gus?

— Sim. Meu colega acabou de me ligar com uma identificação daquela marca.

Sidney permaneceu em silêncio.

— Acho que entendi errado, Sidney. Os caras do laboratório deram uma olhada. Foi difícil identificar, porque a marca estava muito fraca, e a camisa, dobrada. Metade da marca estava na camisa, e a outra metade, na bermuda, e a foto não era boa. Seja como for, eles descobriram que era um calçado masculino tamanho 43. Então, a menos que a nossa garota tenha pés de monstro, acho que eu vou ter de lhe pagar aquela dose.

— Tamanho 43?

— Sim. Com certeza, não é um sapato feminino — Gus afirmou. — Sei que você estava falando do outro amigo de Grace Sebold. O tal

Greaves. Daniel? Você terá de ver se coincide. Ele estava na lista que você encontrou?

— Sim. — Sidney se lembrou de que o nome de Daniel estava marcado na lista do fichário da polícia de Santa Lúcia. Olhou para o anuário aberto. A imagem de Grace e Ellie olhava de volta para ela. — Essa não era a notícia que eu esperava.

— Meu colega mencionou outra coisa. A marca veio de um sapato ortopédico Pro-Line. A Pro-Line fabrica esse tipo de sapato especial para pessoas com problemas para caminhar. Meu colega continua trabalhando nas especificações, mas acha que aquilo que ele já tem restringe a busca a um sapato especial para alguém com neuropatia nos pés ou com algum outro problema neurológico que provoca uma degradação na coordenação motora grossa e dificulta o modo de caminhar. Isso faz algum sentido para você?

57

Sábado, 22 de julho de 2017

DEPOIS DE TRINTA MINUTOS NO CENTRAL PARK, GRACE entendeu. Derrick era um mau ator e um mentiroso pior ainda, e, assim que o plano ficou claro, Grace se soltou do corrimão do Belvedere Castle e saiu correndo para Tudor City. Estar sozinha com Marshall era uma ideia terrível, principalmente se Sidney reconstituísse o seu passado e esperasse confirmações extraindo informações do irmão.

Grace saiu do parque, com a aba do boné abaixada e os óculos escuros escondendo o rosto. Em algum lugar ao longo do caminho, o boné escapou ou foi arrancado quando ela esbarrou em um pedestre. Grace não parou quando o boné caiu na calçada. Manteve um ritmo frenético rumo a Windsor Tower.

Henry Anderson foi seu primeiro erro. Apaixonar-se logo depois do acidente fora um erro de cálculo, considerando os acessos de raiva de Marshall. Grace e seus pais ficaram chocados quando viram pela primeira vez a fúria nos olhos de Marshall quando ele ficou bravo no primeiro ano após o acidente. Eles rapidamente compreenderam que esse comportamento era comum em pacientes com traumatismo cranioencefálico, e foram necessários muitos meses para entender como lidar com a ira de Marshall. Mas Grace era jovem, e o amor que ela sentiu por Henry Anderson foi real, e não dava para ser facilmente ignorado. Devia ter previsto como Marshall reagiria. Contudo, apesar da metamorfose no humor e no temperamento pela qual o irmão passou nos meses após o acidente, prever que ele era capaz de matar era impossível. Na ocasião, Grace não entendeu completamente o "novo" Marshall que se desenvolvia. Ela não tinha ideia de que seu cérebro lesionado mudara tão completamente. E ignorava o quão perdido Marshall ficava quando esses acessos de raiva sombrios o afetavam.

Naquele tempo, Grace não entendeu até onde Marshall iria para assegurar que a irmã ficasse ao seu lado à medida que a lesão crônica e progressiva de seu traumatismo roubasse sua independência. No entanto, as coisas ficaram claras na noite da morte de Henry, quando Marshall entrou no quarto do hotel em Whiteface Mountain e pediu para jogar xadrez. E, enquanto eles jogavam no jogo de xadrez de *Lladró* que ela lhe dera depois do acidente, Marshall confessou com toda a calma que não só sabia onde estava o corpo de Henry, mas como tinha chegado lá.

"Vou ficar inútil, Grace. Já posso sentir isso nas mãos e nos pés. A lesão em meu cérebro acabará me deixando atrofiado e desamparado. Ouvi o médico dizer para os nossos pais o que esperar. Você é a única que cuidará de mim. Você e eu estamos ligados, Grace. Desde que éramos crianças. Sempre fomos eu e você. Temos que manter isso."

Ao descer correndo a escada do metrô, Grace se lembrou da confissão de Marshall. Também recordou a revelação dele daquela noite. Ela não estava mais falando com o irmão, mas sim com uma versão danificada dele. Um estranho que ela criou com sua má decisão daquela noite fatídica em que se pôs atrás do volante do carro. Foi ela quem decidiu ir embora da festa, naquela noite. Foi ela quem insistiu em dirigir, apesar dos apelos de Marshall para deixá-lo assumir o volante. Foi ela quem ignorou a solução mais lógica de permitir que Ellie dirigisse.

Ao entrar no vagão do metrô exatamente quando as portas se fechavam, Grace voltou a se lembrar daquele jogo de xadrez, quando Marshall confessou o que fizera a Henry. Lembrou-se do canto de um dos estojos de madeira de pinho, manchado de rosa do sangue de Henry que vazara através do saco de náilon onde Marshall sempre carregava seu jogo de xadrez. Grace também se lembrou de sua promessa. Sua promessa de silêncio. Sua promessa de permitir que a morte de Henry fosse considerada para sempre um acidente, como a polícia concluíra. Lembrou-se de sua promessa de lealdade a Marshall, e seu compromisso de que estaria sempre ao lado dele quando sua condição piorasse. Lembrou-se do entendimento mútuo da existência deles: Grace não estaria aqui sem Marshall, e vice-versa. Ela estava viva porque Marshall salvara a sua vida. Marshall estava vivo porque Grace precisara ser salva. Mesmo se seus pais não admitissem isso, Grace e Marshall sabiam a verdade. O vínculo fraterno era mais forte do que qualquer outra coisa, e persistiria, mesmo com a morte do garoto que ela amava. Grace desistiria de seu sonho de fazer partos para entender o distúrbio neurológico que assolava o irmão.

O vagão do metrô saltava e balançava. Grace consultou seu relógio. Sem a proteção do boné, ela percebeu os olhares dos passageiros ao seu redor dirigidos ao seu rosto exposto. Todos fingiam estar vendo seus celulares, um aparelho que ela ainda não comprara desde sua soltura, enquanto na verdade olhavam de relance para ela. Grace manteve os óculos de sol no lugar e ignorou os olhares estupefatos.

E pensou em Daniel Greaves. Grace sentiu que estava se apaixonando por ele quando se viram juntos naquele verão. Grace sabia que seu relacionamento nascente com Daniel provavelmente custaria sua amizade com Charlotte, mas ela não podia negar os sentimentos que vinham se desenvolvendo. Isto é, até uma conversa com Marshall, quando ele mencionou que Daniel a estava roubando dele, do mesmo jeito que Henry a roubara anos antes. Para proteger Daniel, Grace terminou abruptamente seu relacionamento. Daniel nunca aceitou a explicação de Grace de que ele deveria ficar com Charlotte, ou que a amizade de Grace com Charlotte valia muito para ser destruída.

Na época em que conheceu Julian, na faculdade de medicina, Grace sentiu que tinha uma melhor compreensão do estado clínico de Marshall. Os anos de diferentes tratamentos médicos foram finalmente aprimorados. As mudanças de humor de Marshall ocorriam com menos frequência, e seu temperamento se acalmara. Ao longo dos anos, ocorreu uma crescente independência à medida que ela e Marshall ficavam separados durante as ausências dela, primeiro na graduação e depois na faculdade de medicina. Grace acreditara que o irmão se adaptara à sua condição e aceitara suas limitações e perspectivas futuras. A medicação estava funcionando, e a fisioterapia o mantinha afastado de uma cadeira de rodas, preservando sua individualidade.

Marshall conheceu Julian em Sugar Beach, quando Grace fez as apresentações. Dias depois, naquela malfadada noite de março de 2007, quando Marshall apareceu sujo de sangue na porta de seu chalé e com seu jogo de xadrez de *Lladró* dentro do saco de náilon pendurado na mão, Grace percebeu o quão mal calculara o progresso de seu irmão. Ela ficou triste, não apenas porque o homem que amava tinha partido, mas também porque o irmão que ela conhecera se fora. Naquele momento, Marshall foi substituído por aquele ser lacrimejante diante dela, uma pessoa incapaz de se controlar. Uma pessoa que ela criara. Grace sabia que iria protegê-lo, ainda que aquilo fosse lhe custar caro.

Hoje, com sua recente liberdade, Grace se sentia feliz em dedicar sua vida a ajudar Marshall a existir. E ela contou isso para ele quando voltou de Bordelais para casa. Eles tiveram uma longa conversa durante a sua primeira partida de xadrez em mais de uma década. Porém, agora, Grace preocupava-se com Sidney. O plano para tirá-la do apartamento só podia significar que Sidney queria ficar a sós com Marshall. Isso explicava a partida apressada de Sidney na outra noite, quando ela viera discutir um assunto urgente, mas nunca o discutiu, indo embora rápido depois de seu jogo de xadrez com Marshall.

O receio de Grace era de que Sidney estivesse naquele momento tentando extrair informações sobre Henry Anderson e Julian Crist da própria pessoa de quem ela deveria esconder cada detalhe de sua descoberta. O metrô desacelerou, enfim. Grace escapou pelas portas assim que começaram a se abrir e subiu correndo a escada na direção da Windsor Tower.

58

Sábado, 22 de julho de 2017

SIDNEY PISCOU, SEGURANDO O CELULAR JUNTO AO ouvido. Olhou para os pés de Marshall sentado em sua cadeira de rodas, ainda estudando o tabuleiro e seu próximo movimento. Viu botinas pretas de solas grossas com tiras grossas de velcro que davam estabilidade aos tornozelos bambos dele.

— Você ainda está aí? — Gus perguntou do outro lado da linha.

Sidney tentou controlar a respiração. Desviou o olhar dos sapatos ortopédicos de Marshall para o anuário aberto ao lado dele e para o cadeado posto em cima da página. Em seguida, fitou o antigo jogo de xadrez, situado ao lado do atual tabuleiro. Um dos estojos de madeira de pinho estava posicionado no meio do caminho do saco de armazenamento — um tecido transparente com um cordão na abertura, que ela soube na hora que era organza. Observou o canto do estojo de peças de xadrez de *Lladró* e percebeu o cotovelo liso de titânio que revestia a madeira. Sidney pensou na descrição de Lívia Cutty sobre a forma da arma que provavelmente provocou as fraturas nos crânios de Julian e Henry. Qualquer uma das quatro bordas arredondadas do estojo representaria uma correspondência perfeita.

Grace me pediu para guardar o jogo de xadrez porque traz de volta lembranças ruins para ela.

Em um instante, todas as peças se juntaram, e Sidney deduziu que entendera tudo errado. Finalmente, olhou para Marshall, que ainda encarava as peças do xadrez, analisando seu próximo movimento.

De repente, Marshall ergueu o rosto e fez contato visual com ela. Sidney queria sair calmamente. Assim, apontou para seu celular para avisá-lo de que precisava de privacidade. Ela ficaria apenas um minuto no corredor. Agira do mesmo modo centenas de vezes. Porém, durante o segundo em que hesitou, Sidney notou o indício do reconhecimento nos olhos dele. Ela se deu conta de que sua expressão facial revelou para Marshall Sebold tudo o que ela não queria que ele soubesse.

O telefone caiu de sua mão quando Sidney ficou de pé rapidamente, com a cadeira guinchando pelo piso de madeira e tombando para trás. Ela se virou para a porta, notando com o canto do olho que Marshall também se apressava para se levantar da cadeira de rodas. Sidney só conseguiu dar dois passos antes de sentir o golpe: uma sinapse que se irradiou através dos neurônios do sistema nervoso central, produzindo um abalo que lhe percorreu o corpo. Começou na parte posterior da cabeça, um choque rápido que parou o tempo e deixou os membros pesados. As pernas cambalearam quando ela tentou se levantar para dar outro passo. Então, o piso de madeira lhe preencheu a visão antes de tudo escurecer.

A PORTA DO APARTAMENTO SE ESCANCAROU, E GRACE correu para a sala de estar. Marshall estava parado sobre o corpo de Sidney, com o antigo estojo das peças de *Lladró* e o saco de náilon que o guardou nos últimos dez anos pendurados no punho cerrado direito.

— Não, Marshall — Grace sussurrou.

— Ela sabia. Estava falando com o detetive de Whiteface. *Gus*. Ouvi Sidney dizer o nome dele. Ela sabia de tudo.

Os dois olharam para o corpo de Sidney. Uma poça xaroposa de sangue rastejava por baixo dela e se espalhava pelo piso de madeira de Ellie Reiser.

— O que vamos fazer? — Marshall olhou para o seu antigo jogo de xadrez pendurado na mão direita, com os cordões do saco que o guardava enrolados firmemente em volta do punho. Em seguida, olhou para Grace, como se estivesse surpreso em vê-lo em suas mãos. Havia sangue no tecido. Ele estendeu o saco para a irmã pegá-lo. — Ajude-me, Grace.

Ela olhou para o corpo e para o sangue e, depois, encarou o irmão.

— Você vai me ouvir com muita atenção, e fará tudo o que eu disser.

Grace pegou o saco de náilon que continha o jogo de xadrez de *Lladró*. Não era a primeira vez que seu irmão ficava parado na frente dela, sujo de sangue e pedindo ajuda.

Gross Piton
29 de março de 2007

O sangue era um problema.

Ele deu o golpe com o jogo de xadrez com tanta força que rachou o crânio de Julian. O corte profundo cuspiu sangue em um borrifo rápido no rosto e na camisa. Cobriu as mãos e os braços. A agressão foi uma manifestação de sua raiva. Julian agiu como se ela lhe pertencesse, olhando para Marshall com pena e tristeza pela vida que poderia ter tido. Marshall tinha uma imagem do modo como sua vida deveria ser, e também do modo como provavelmente prosseguiria a partir dali. Ele não podia mudar o passado, mas não deixaria que seu futuro piorasse. Sabia o que estava por vir. Podia sentir isso nos músculos enrijecendo e nos neurônios rebeldes. A coordenação motora fina começava a falhar. A capacidade de se locomover logo o deixaria. A fala também. A aptidão relativa ao pensamento claro sucumbira a surtos intermitentes de turvação. A combinação de doenças se reuniria em uma tempestade perfeita, que exigiria mais ajuda do que seus pais poderiam oferecer. Marshall acreditava que a pessoa responsável por sua condição deveria ser a pessoa que o ajudaria. Fugir com Julian Crist era algo que não poderia acontecer, da mesma forma que Henry Anderson não pôde assumir um papel maior na vida de Grace.

Marshall precisava de Grace. Precisava dela agora, e dependeria mais dela no futuro. Durante sua última reunião de "gestão de vida" com seu terapeuta, os pais de Marshall discutiram a necessidade de um cuidador domiciliar. Basicamente, um estranho que apareceria na casa em algum momento no futuro para dar banho nele, trocar suas roupas e ajudá-lo a ir ao banheiro. Agora, Marshall cuidava dessas coisas sozinho, mas seu terapeuta preferia apresentar os acontecimentos futuros, para que Marshall tivesse tempo de "processar" a mudança que estava por vir. Grace abrira um prospecto de uma instituição de assistência a deficientes em tempo integral, onde aqueles com traumatismo cranioencefálico e outros distúrbios crônicos e debilitantes acabavam "reunidos". O terapeuta apresentou isso como uma oportunidade, algo a se pensar. Seus pais e o terapeuta só chegaram tão longe na discussão a respeito do futuro de Marshall porque Grace tinha ido estudar na faculdade de medicina e não estava por perto para protestar. Estar em Nova York para fazer a residência seria uma vantagem, pois ela estaria mais perto dele. Mas a ideia de que Grace passaria o tempo com Julian o incomodava muito. Como Henry Anderson, Julian não poderia entrar na vida de Grace.

Marshall sabia que a morte de Julian causaria comoção, mas ele e Grace dividiam o segredo sobre Henry Anderson. Ele sabia que a irmã também absorveria esse segredo. Eles existiam, Marshall e Grace, por causa um do outro. Eles suportariam juntos. Era o único jeito.

O borrifo de sangue o assustou e o paralisou. O erro estúpido fez sua mente vagar. Marshall começou a analisar seu erro e procurar uma solução, mesmo antes que sua tarefa estivesse completa. Ele viu Julian cambalear. Sem pensar, ergueu o pé, chutou Julian para a frente e o viu tropeçar até a beira do penhasco e cair. A chance de que aquilo fosse considerado um acidente, como da última vez, era perto de zero, dado o sangue que cobria o penhasco. Foi um erro terrível.

Marshall chegou à base do penhasco com a respiração ofegante. Quando enxugou a testa, o dorso da mão ficou manchado de vermelho. Imaginou um retrato de si mesmo, salpicado de sangue e suor, com o jogo de xadrez pendurado no ombro, correndo pelo resort. Então, ele esperou sob as sombras do Gros Piton, enquanto o brilho púrpura do sol poente entornava do horizonte e se espalhava sobre a areia branca de Sugar Beach. Um triciclo motorizado não era uma opção. Assim, a longa caminhada de volta ao chalé seria feita a pé. Sua silhueta cortou caminho pelo canto da praia, sem ser notada por aqueles que assistiam ao pôr do sol, enquanto ele se dirigia à encosta onde se situava o resort.

Marshall estava hospedado em um chalé com dois quartos com seus pais. Ir direto para lá também não era uma opção. Em vez disso, ele desviou para a direita e subiu o aclive íngreme. Testou a maçaneta. A porta trancada. Preocupado, achou que Grace já tivesse saído para se encontrar com Julian. Bateu com força. Quando Grace atendeu, ele simplesmente entregou para ela o saco que continha seu jogo de xadrez.

— Preciso de sua ajuda.

PARTE V
NA ESTRADA DE NOVO

DELIBERAÇÃO DO JÚRI

DIA 4

Harold estava ao lado do quadro-negro, com suas mãos cobertas de pó branco do giz. No quadro-negro, um resumo detalhado dos três dias anteriores de deliberação. Ele usou o período da manhã para revisar meticulosamente a discussão de cada dia, certificando-se de que todos os jurados se achavam sintonizados no mesmo canal e de que não havia confusão a respeito dos fatos apresentados durante o longo julgamento.

— Estamos no quarto dia e são três da tarde. Acho que tivemos uma discussão muito meticulosa e às vezes acalorada sobre o caso. Sei que aprendi muito ouvindo cada uma de suas opiniões. Espero que meus pontos de vista tenham ajudado a moldar nossa decisão. Quatro dias atrás, quando nos reunimos, fizemos uma votação preliminar que quase nos dividiu ao meio. Hoje, após uma cuidadosa revisão dos fatos, e a menos que haja objeções, proponho que façamos nossa segunda votação para ver em que pé estamos como grupo. Para concluir esse processo, todos nós sabemos que devemos chegar a uma decisão unânime. Há alguma objeção à realização de uma votação aberta novamente agora?

Não havia.

— Tudo bem. — Harold sentou-se à cabeceira da mesa. — Peço que vocês levantem as mãos. Primeiro, vou perguntar quem acredita que ela é culpada. Depois, perguntarei quem acredita que ela *não* é culpada. Fui claro?

Todos os doze jurados concordaram que ela era culpada.

59

Quinta-feira, 13 de setembro de 2018

A SALA DO TRIBUNAL SÓ TINHA LUGARES EM PÉ. TODOS OS bancos estavam ocupados, com as pessoas se apertando uma ao lado da outra. Nos bancos da frente, os familiares e amigos — os da vítima, de um lado; os da ré, do outro. O resto da multidão era constituído por espectadores ansiosos, que consideravam um lugar na sala do tribunal mais cobiçado do que um ingresso para a final do campeonato de beisebol. A mídia ficou ao fundo, não só entupindo a passagem de trás como também se espalhando pelo corredor. Aqueles que não tiveram a sorte de conseguir acesso ficaram do lado de fora, nos degraus do palácio de justiça.

Estações de notícias locais e todos os noticiários da tevê a cabo interromperam sua programação normal para apresentar ao vivo o veredicto para o mundo. Depois de quatro dias de deliberação em isolamento, havia informações de que o júri chegara a uma decisão unânime. Os advogados foram convocados, o juiz estava na sala de audiências, a ré, a caminho, e os membros do júri, sendo trazidos da sala de deliberação para a sala do tribunal. Os participantes levaram algum tempo para serem reunidos, o que deu aos telejornais uma hora a mais para recapitular os últimos três meses de drama. Os analistas de casos judiciais, depois de testemunharem os argumentos finais, previram que o veredicto seria apresentado imediatamente, talvez após apenas algumas horas de deliberação. Mas, com o passar dos dias, os especialistas previram um júri incapaz de decidir unanimemente. Todos agora apresentavam novas previsões nas transmissões de rádio e tevê. Estava sendo chamado de o julgamento do novo século, rivalizando até mesmo com a teatralidade do julgamento de O. J. Simpson na década de 1990.

A famosa frase "Se não convencer, vocês devem absolver" da equipe de defesa de Simpson foi substituída neste século pela alegação da acusação: "Se ela fez isso no passado, fará de novo".

Às cinco e seis da tarde, o juiz Clarence Carter bateu o martelo pedindo silêncio. O tribunal lotado silenciou enquanto o juiz organizava suas anotações. Apenas o zumbido dos ventiladores que foram trazidos para ajudar a refrescar a sala era audível.

O juiz apresentou uma visão geral típica de como se conduzir em um tribunal de justiça e avisou que a remoção imediata por funcionários da corte seria ordenada se alguém se desviasse dessa conduta.

— Senhor primeiro jurado — o juiz finalmente disse —, o júri chegou a uma decisão unânime?

— Sim, meritíssimo.

Um funcionário da corte pegou o veredicto das mãos de Harold Anthony e o entregou ao juiz.

— A acusada, por favor, pode ficar de pé?

Sentada atrás da mesa da defesa, usando um de seus vestidos de grife que não mais se ajustava ao seu corpo do jeito que costumava se ajustar, agora folgado por causa da perda de peso, estava Ellie Reiser. Passaram-se catorze meses desde que o corpo de Sidney Ryan foi descoberto escondido em seu apartamento, doze meses desde que Ellie foi presa por assassinato, e três meses desde que ela se sentou pela primeira vez atrás da mesa da defesa. Ellie Reiser foi dispensada de seu cargo no hospital e vinha gastando as economias de sua vida com sua equipe de defesa. Ela obedeceu à ordem do juiz.

— Doutora Reiser, por favor, pode ficar de frente para o júri?

Ellie se virou com uma expressão sombria e encarou os jurados.

O juiz se virou para Harold Anthony.

— Senhor primeiro jurado?

Harold se levantou e leu o veredicto:

— "O Tribunal Superior de Nova York, no tocante ao povo de Nova York *versus* Ellie Margaret Reiser... Nós, o júri, na ação acima designada, consideramos a acusada, Ellie Margaret Reiser, culpada do crime de homicídio qualificado de Sidney Ryan."

A sala do tribunal irrompeu em aclamações e soluços, aplausos e lamentos. O juiz bateu seu martelo novamente. A multidão se recusou a ficar em silêncio. Ellie pôs as mãos sobre o rosto esquelético e voltou a se sentar.

Em meio à comoção, um homem se levantou de um banco dos fundos e começou a sair da sala do tribunal mancando sobre sua prótese, passando pelo pessoal de mídia e alcançando o corredor.

60

Domingo, 16 de setembro de 2018

ELE NÃO PEGAVA UMA ESTRADA FAZIA MESES. DIRIGIR SÓ
com a perna esquerda não era uma tarefa fácil, mas Gus achou que não
havia nada que não pudesse conquistar depois de se livrar do maldito
andador. E qual o melhor jeito de ensinar à perna esquerda as nuances do
trabalho dos pedais do que uma viagem de carro de catorze horas? Agora,
fora da cidade e já na estrada, com as janelas abertas e a brisa batendo em
seu rosto, ele se sentia muito bem.

Gus faria o percurso em dois dias. Quatro turnos de três horas, mais
ou menos. Fazia mais de um ano desde que ele se despedira do pessoal
do Alcove Manor. Durante a grande cerimônia de partida, ele até conseguira abraçar a Enfermeira Desgraçada ao sair; os dois sorriram, mas com
olhares que contavam outra história. Gus pensara em mandá-la à merda,
apenas um sussurro no ouvido dela quando se abraçassem. Ele tinha certeza de que uma vontade recíproca estava na ponta da língua dela. Em
vez disso, ao chegar em casa Gus ergueu a perna protética, apoiou-a na
mesa de centro, abriu uma lata de cerveja, ligou a tevê no jogo dos
Yankees e, entre os ciclos do jogo, pegou o telefone e encomendou flores
para cada enfermeira com quem ele tinha sido um babaca completo. Não
era muito, mas era o melhor que podia fazer.

Gus percorreu sem problemas o trecho final de três horas de sua viagem. Nos últimos dois dias, ele resistiu ao impulso de aumentar seu tempo
de condução para mais de três horas. Uma vez por semana, ainda fazia
fisioterapia com Jason, que o alertara a respeito de ficar sentado por muito

tempo. Ao longo do último ano, Gus aprendera a ouvir o que o garoto tinha a dizer. Afinal, fora Jason quem o fizera tirar a bunda da cama e andar, e, sem aquele garoto, ele talvez ainda estivesse deitado naquele cárcere de reabilitação, aliviando-se em um recipiente de plástico.

Gus encontrou o hotel, fez o *check-in* na recepção e recusou educadamente a oferta do jovem para ajudar com sua bagagem. Seu mancar era visível, mas menos proeminente do que três meses atrás. Ele se submetera ao ajuste final um mês antes, quando Jason concluiu a técnica de varredura a *laser* que permitiu o projeto final de sua prótese. Gus ainda se adaptava à sua nova perna. Ele recusara a "opção do corredor", que geraria uma extensão do tipo robótica do seu quadril, permitindo uma mobilidade mais versátil. "Você vai virar realmente um Robocop", Jason lhe dissera.

No entanto, Gus não era mais um policial, e agilidade não fora seu ponto forte quando ele possuía duas pernas funcionando. Então, não viu razão para tentar alcançá-la com apenas uma, e escolheu a solução mais prática: um soquete de quadril de fibra de carbono e um joelho 3R60, que lhe permitia andar de um jeito quase normal, que melhoraria com o tempo e a experiência. O pé Ottobock Triton, em contraste com o bumerangue futurista Robocop, era projetado para permitir que ele calçasse um sapato, que, ao usar calças, fazia com que se parecesse com qualquer outro homem de sessenta e nove anos. Fazia mais de um ano que Gus perdera a perna, e vinha se saindo melhor do que o previsto.

Em seu quarto de hotel, Gus sentou-se na beira da cama e tirou a prótese. Esfregou o coto para aliviar a dor, que ainda se manifestava de vez em quando. Recostou-se na cama com os ombros apoiados na cabeceira, pegou seu hambúrguer de *fast-food*, abriu uma lata de cerveja e apanhou o fichário de sua mala.

Após uma hora, pôs o fichário de lado, apagou as luzes e foi dormir.

61

Segunda-feira, 17 de setembro de 2018

ÀS NOVE HORAS DA MANHÃ, GUS DEIXOU O HOTEL E FEZ uma viagem de trinta minutos até Atlanta. Dirigiu-se à sede do departamento de polícia na rua Peachtree e parou o carro na entrada do estacionamento. Exibiu seu distintivo de detetive aposentado para o atendente do portão, que permitiu sua entrada sem maiores delongas. Gus achou uma vaga, recusando-se a usar a destinada para deficientes na primeira fila. Em seguida, caminhou até o prédio.

— Gus Morelli!

Sorrindo, Gus subiu com certa dificuldade os degraus da entrada principal.

— Johnny Mack — disse, quando alcançou o patamar.

Eles apertaram as mãos como velhos amigos que eram.

— Vi você dentro de um carro de aluguel?

— As locadoras não alugariam um BMW 92 enferrujado. Vim dirigindo. Precisava sair da cidade e pegar a estrada novamente.

— Sério? A longa viagem te fez mancar.

— Sim — Gus afirmou. — Catorze horas acabaram com as minhas costas.

— Entre, amigo. Vou lhe servir um café e mostrar o que eu encontrei.

GUS DEU O MELHOR DE SI PARA ACOMPANHAR SEU VELHO amigo enquanto John McMahon o conduzia através da Unidade de

Investigação Criminal. As entranhas do departamento de detetives de Atlanta não pareciam muito diferentes das de Nova York, onde Gus passou a última década de sua carreira. Após vinte minutos de turnê, Gus finalmente se sentou à mesa de John.

— Então. — John pegou duas caixas do chão e as colocou no tampo. — Esse caso sobre o qual você me perguntou tem mais de vinte e cinco anos. Deu uma trabalheira para achar as caixas, mas aqui estão elas.

— Qual será o tamanho da encrenca se eu der uma olhada no conteúdo?

Com indiferença, John deu de ombros.

— Estou a nove meses da aposentadoria. Ninguém espera que eu siga as regras. E deixar um velho colega examinar um antigo caso arquivado não vai escandalizar ninguém.

— Obrigado, John. Só quero dar uma olhada para me atualizar dos detalhes.

— Claro. Posso lhe oferecer algo além do café?

— Sim. Você conhece alguém do laboratório que poderia me ajudar?

— Talvez. Do que precisa?

Gus tirou um envelope do bolso e retirou com cuidado o lenço de papel que estava dentro. Delicadamente, desdobrou os cantos e deixou à mostra as unhas cortadas.

— Preciso de alguém para fazer exames de DNA nessas unhas e, depois, compará-los com o que foi encontrado na cena do crime daí de dentro. — Gus apontou para uma caixa.

— Sabia que você estava atrás de alguma coisa quando me ligou. — John fitou as unhas cortadas. — Posso achar um técnico que consegue fazer isso. Mas não é barato.

— Não se preocupe com o preço. Eu cobrirei tudo.

— Alguém bancando ou um favor que você deve? — John quis saber.

— Nada disso. Só estou cumprindo uma promessa.

62

Sexta-feira, 21 de setembro de 2018

SUA VIAGEM PARA ATLANTA DUROU QUASE UMA SEMANA.
Dois dias depois de seu regresso, Gus foi ao Jim Brady's, apreciado pub irlandês em Tribeca. Paul, o proprietário, era um velho amigo. Eles recordaram os velhos tempos bebendo copos de cerveja Guinness, chamando-se mutuamente de *irlandês* e *italiano*. Brindaram o fato de Gus ter chutado o traseiro do câncer.

— Espero que ele não volte para outra rodada — Gus disse com o lábio gelado. — Só me restou uma perna para chutar.

— Bem, meu amigo, espero que você finalmente possa aproveitar sua aposentadoria.

— Não. Todo o fiasco do ano passado me mostrou que não sou do tipo que se aposenta.

— Você não vai voltar para a polícia, vai?

Gus deu uma risada.

— Tenho sessenta e nove anos e uma perna. Nenhuma polícia vai me pegar de volta. E não estou interessado.

Gus enfiou a mão no bolso, tirou a carteira e abriu-a para mostrar a licença para Paul. Não era tão poderoso quanto mostrar o distintivo, mas ainda assim era bom.

Paul se curvou sobre o balcão.

— Detetive particular?

— Passei no exame do estado no mês passado — Gus informou.

— Que diabos um detetive aposentado vai investigar?

— Alguns casos dos velhos tempos. Estão desafiando minha aposentadoria.

Paul ergueu seu copo.

— Talvez você comece a dar uma passada por aqui com mais frequência. Como nos velhos tempos.

Gus brindou com o amigo novamente.

— Talvez.

Paul se afastou para servir outros clientes. Gus tomou um gole de cerveja e comeu um hambúrguer enquanto lia o jornal. Recusou a oferta do jovem barman de tornar a encher seu copo e esperou que o público do almoço diminuísse antes de tirar o fichário da bolsa. Parecia como nos velhos tempos, bebendo uma cerveja e procurando pistas. Ele não era mais um policial, e seu distintivo de detetive aposentado junto com sua nova licença de detetive particular não lhe dariam tantos benefícios em comparação com a coisa real. Mas Gus também não precisava mais cumprir horários, e podia escolher como usaria seu tempo. Cumpriria a promessa a Sidney de investigar a condenação do pai. E ele tinha planos de revisitar o guarda-volumes do Bronx e vasculhar aquelas velhas pastas que ainda o assombravam. Tinha sessenta e nove anos e ainda tinha tempo. Porém, antes que limpasse os casos do passado, havia outro que era muito mais urgente.

Gus passou uma hora no balcão lendo o fichário. Quando terminou, olhou para a tevê. No ar, uma reprise do episódio final de *A garota de Sugar Beach*. Um ano depois de arrebatar os Estados Unidos, o documentário estava sendo reexibido no horário nobre, e reprisado constantemente durante o dia na afiliada de cabo da rede, para corresponder ao julgamento de Ellie Reiser, que havia sido concluído recentemente. Na esteira da morte de Sidney, no ano anterior, os três episódios finais foram vistos por dezenas de milhões de telespectadores. O episódio final, que mostrou Sidney recebendo Grace Sebold nos portões da Penitenciária de Bordelais, em Santa Lúcia, e concluiu com uma cena de Grace Sebold parada no alto do farol de Montauk Point como uma mulher livre, os braços estendidos e o suéter como uma capa na brisa, gerou uma audiência de mais de sessenta milhões de telespectadores. Os índices de audiência descomunais só foram superados pelo recente julgamento ligado ao documentário. O veredicto de Ellie Reiser, exibido ao vivo em todas as redes de tevê na noite de quinta-feira, foi visto por mais de cento e cinquenta milhões de pessoas, correspondendo aos números alcançados quando O. J. Simpson foi considerado inocente, mais de vinte anos atrás.

Gus só desgrudou os olhos da tevê depois que a cena de Grace Sebold no alto do farol desapareceu e as palavras apareceram na tela: *Em saudosa memória de Sidney Ryan.*

Gus fez um sinal para o barman.

— Me traga duas doses de uísque e depois pode fechar a conta.

— Jameson?

— Johnnie Walker — Gus respondeu.

O barman voltou com o pedido um minuto depois.

— Quer outra cerveja com os uísques? — O rapaz colocou os copinhos cheios até a borda na frente de Gus.

— Não, obrigado. Apenas alguma privacidade.

O rapaz foi para o outro lado do balcão. Gus arrumou o fichário e dobrou o jornal. Olhou para o espelho atrás do balcão, encarando-se. Antes do câncer, era o uísque que tinha tomado conta de sua vida. Não foi fácil de admitir, mas a verdade tem um jeito engraçado de alcançá-lo quando você passa seis semanas em uma cama de hospital. Gus decidira que sua nova vida seria sem a bebida dourada, e se saíra bem ao longo do último ano para manter distância dela. Mas uma aposta era uma aposta, e hoje não havia alternativa.

A teoria de Gus esteve perto da verdade durante todos os meses passados. Perto, mas não totalmente certa. E o circo do julgamento que ocorreu nas últimas semanas pouco fez para convencê-lo de que o mundo estava mais próximo da verdade sobre o que acontecera com os dois rapazes que amaram Grace Sebold. Contudo, com tantas perguntas sem resposta, Gus sabia de uma coisa com certeza: estava errado a respeito do que escrevera para Sidney meses atrás. Grace Sebold não matara Henry Anderson. Ele também tinha certeza de que ela não matara Julian Crist.

Gus tirou os olhos do espelho e mirou os dois copinhos de uísque. Ergueu um e o trouxe para perto dos lábios.

— Saúde, criança — sussurrou antes de entornar a dose.

Gus se levantou do banco e dedicou um momento para se endireitar sobre a prótese. Em seguida, colocou o copinho vazio ao lado do outro. Encarou o balcão, com o sol vespertino penetrando a entrada e se espalhando sobre o mogno. Observou os dois copinhos — um cheio e outro vazio —, bateu com o punho duas vezes no corrimão e saiu mancando.

Quando empurrou a porta da frente e sentiu o sol vespertino, o celular tocou. Gus o tirou do bolso e olhou para a tela: *Dra. Lívia Cutty.* Ele esperava sua ligação.

Pôs o celular junto ao ouvido enquanto capengava pela calçada.

— Olá, doutora. Você conseguiu aqueles resultados para mim?

63

Sexta-feira, 21 de setembro de 2018

GUS PEGOU O METRÔ DO JIM BRADY'S PARA O BROOKLYN.
Ele ainda tinha alguns contatos no Centro de Detenção Metropolitano e ligara antes para tomar providências. Gus não estava no registro de visitas; então, um velho amigo mexeu os pauzinhos e não fez perguntas. Era um pedido público, e o gesto não passaria despercebido. Iria custar a Gus uma caixa de uísque, mas valia a pena.

Quando Gus subiu as escadas do metrô na rua 25, em Greenwood Heights, o sol ainda brilhava. Ele percorreu os cinco quarteirões com confiança, parando apenas uma vez para descansar. Ao chegar diante do centro de detenção, aprumou-se e fez o melhor possível para esconder o caminhar claudicante. Seu amigo o encontrou na entrada. Gus fingiu não perceber o olhar sutil para sua perna protética, e os dois entraram na prisão. Seu amigo contornou a burocracia e, em dez minutos, Gus via-se sentado em uma sala de visitação composta de quatro cadeiras e uma mesa. Vestia-se informalmente, com calças folgadas e camisa de colarinho abotoado. Sua bolsa estava sobre a mesa, e um instantâneo de si mesmo, sentado com as mãos cruzadas enquanto esperava, fez a primeira frase da mulher fazer sentido quando ela entrou na sala:

— Não preciso de outro advogado — Ellie Reiser disse. — Os meus são ruins o suficiente.

— Ótimo. Porque não sou advogado.

Ellie se sentou diante dele, usando o macacão laranja padrão da prisão.

— Quem é você, então?

— Um velho amigo de Sidney Ryan. Sou detetive aposentado da polícia, mas trabalhava com Sidney quando ela morreu. Na realidade, acho que estava falando com Sidney ao telefone quando ela foi assassinada.

Ellie balançou a cabeça.

— Não tive nada a ver com a morte dela.

— Assisti ao seu julgamento. Todo o circo — Gus revelou. — Eu aparecia todos os dias no tribunal e sentava na última fila.

Então, ele tirou o fichário de sua bolsa, abriu-o e o colocou diante dela.

— Deixe-me resumir o argumento da acusação contra você. Sidney vai ao seu apartamento. Ela descobre que, devido a alguns problemas de ciúme irracional que você tem em relação a Grace Sebold, você matou não só Julian Crist em Santa Lúcia, mas também Henry Anderson anos antes. Os dois únicos rapazes que a amaram. Quando Sidney te confronta com a suspeita de que o cadeado do amor de Grace Sebold, que por anos ficou em seu poder, estava guardado em um saquinho de náilon e foi usado para atacar e matar as duas vítimas, você entrou em confronto com ela. No final, você fez o que faz melhor. Usou o cadeado para golpear Sidney e matá-la. "Se ela fez isso no passado, fará de novo." O meu argumento está correto?

— Meu advogado me disse para não falar com ninguém que aparecer sem aviso prévio.

— Talvez você mude de ideia quando ouvir o que tenho a lhe dizer.

Gus olhou de volta para o fichário e afirmou:

— Então, existem as provas. E são claríssimas. O sangue em seu apartamento, que você mal tentou limpar, o corpo escondido na banheira, o cadeado do amor guardado em sua gaveta. O saquinho de náilon que o continha manchado de sangue. Eu poderia continuar, mas acho que um corpo, o sangue e a arma do crime são suficientes. Com certeza, foram o bastante para que o júri a condenasse.

Ellie continuou a olhar para ele. Lágrimas rolaram de seus olhos quando ela balançou a cabeça e desviou o olhar.

— Eu sei o que isso parece. E se você era amigo de Sidney, sei o que deve pensar de mim. O mundo inteiro me despreza, e não tenho ideia de como isso aconteceu com ela.

— Escute, sou velho, rabugento e entediado. E também estou com raiva. — Ele fechou o fichário e o exibiu. — Aqui está o meu problema com tudo isso.

Então, Gus estendeu a mão e pegou a mão de Ellie, dando-lhe um aperto delicado. Quando ela sentiu o gesto, ergueu os olhos para encará-lo, e viu o inimigo que ela imaginara ter diante de si se transformar subitamente em um aliado.

Gus deu um sorriso sutil.

— Não acredito nisso.

Agradecimentos

Como sempre, sou grato ao pessoal incrível da Kensington Publishing. Agradeço ao meu editor, John Scognamiglio, cuja mente, descobri, nunca para de funcionar no sentido de fazer o ajuste fino dos detalhes de uma história que ele gosta. Foi muita sorte ter escrito este original sob seu olhar atento; o livro ficou muito melhor por causa disso.

Meus agradecimentos à maravilhosa equipe de vendas, que consegue colocar meus livros em todos os lugares e me dá a emoção de ver meus romances próximos dos autores que inspiraram minha carreira. Também meu muito obrigado a Jackie Dinas e à divisão de direitos subsidiários, que trabalha duro para vender meus livros em todo o mundo!

Agradeço mais uma vez à minha agente, Marlene Stringer, que passou a ser uma de minhas torcedoras mais fervorosas. Previsão e serenidade são grandes talentos, e ela possui os dois.

Tiro o chapéu para Bev Cousins, minha editora na Random House Australia, por seus *insights* em relação a esta história, que ajudaram a aprimorar a versão final.

Agradeço aos meus primeiros leitores: Amy, Mary e, desta vez, Chris. Suas observações e sugestões tornaram este livro muito mais poderoso do que quando lhes entreguei o original.

Cuidar de uma casa é difícil, e fazer isso quase sozinha enquanto seu marido se refugia no trabalho e some antes do amanhecer é ainda mais duro. Assim, sou muito grato à minha incrível mulher, Amy, por manter a nossa vida nos eixos enquanto persigo o meu sonho. Também agradeço a Abby e Nolan por abrirem mão do computador quando eu precisava cumprir um prazo e por decorarem meu escritório com todo o material promocional que conseguiam encontrar em relação a este livro, a fim de me incentivarem a superar a linha de chegada. Funcionou!

Por não saber nada a respeito de produção de tevê ou direito internacional, recorri a diversas pessoas em busca de ajuda. Meu agradecimento aos produtores da rede NBC que atenderam a meus telefonemas e responderam às minhas perguntas. Nada do meu documentário imaginário é verdadeiro, ou até mesmo possível, mas funcionou para a minha história.

Agradeço ao meu velho amigo Michael Chmelar, promotor assistente, que atendeu aos meus telefonemas e respondeu aos meus e-mails por nada mais do que o meu parco pagamento de algumas cervejas em um terraço ao ar livre no calor do verão. Você é muito mais inteligente do que eu, e sua inteligência me ajudou a transitar pelo mundo do direito internacional. Utilizei minha licença poética quando precisei que a lei funcionasse para a minha história, de modo que algo "ilegal" que ocorra neste livro será de minha responsabilidade, e não de Mike.

Finalmente, meu agradecimento à minha sobrinha, Sidney Ella, por me permitir pegar emprestado seu nome para batizar minha protagonista.

OUTROS LIVROS DO AUTOR:

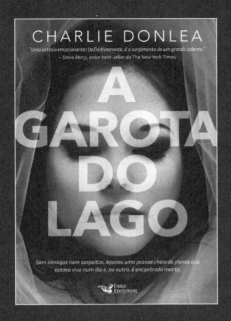

Em *A Garota do Lago*, seu livro de estreia, conhecemos a história de Becca Eckerley e a repórter investigativa Kelsey Castle.
Becca tinha a vida perfeita e era amada por todos, mas o destino trágico dessa jovem brutalmente assassinada numa pacata cidade faz com que a repórter Kelsey mergulhe numa investigação por respostas desse crime, e ao mesmo tempo, fará com que ela enfrente os próprios demônios.

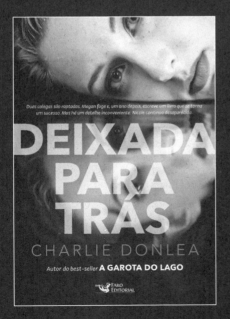

Deixada para trás, foi considerado como o melhor suspense de 2017 pelos leitores. Narra a história de duas garotas sequestradas na mesma noite, mas apenas uma delas escapou para dizer o que aconteceu naquele dia.
E após um ano do sumiço de Nicole e Megan, a médica legista Lívia Cutty, irmã de Nicole, ainda quer respostas sobre o que aconteceu com sua irmã, nem que seja o paradeiro de seus restos mortais.

ASSINE NOSSA NEWSLETTER E RECEBA INFORMAÇÕES DE TODOS OS LANÇAMENTOS

www.faroeditorial.com.br

ESTA OBRA FOI IMPRESSA EM FEVEREIRO DE 2025